U0458163

杨占武 著

牧马清水河

上海三联书店

目录

001　写作：安顿自己的灵魂（代序）

第一辑

003　牧马清水河

022　富裕的河流

030　萧萧班马鸣

047　青冈峡里韦州路

054　贺兰山阙作春秋

062　风雨折死沟

077　预旺川，米粮川

094　塞北何以似江南

103　纳家户访古

第二辑

127　大地的记号：驻牧语言图景

140 哦，tal，达乐山

153 "达子住过的地方"

168 遥远的记忆

178 预旺诗笺

196 善门的博弈

第三辑

203 怀念那条无名的山间小路

216 寻草的释义和我的寻草生涯

228 捞浪茅

239 一口水窖的容量

250 仰望一处废墟

260 村子：1963—1979

276 走下的光阴

293 纪事短章

第四辑

321 江湖夜雨卅年灯——江之浒师琐忆

343 我的江老师和魏老师

352 在多彩的文明中生长

359 红军西征在预旺

362 后记

写作：安顿自己的灵魂（代序）

1

我不是一个职业的写作者，如果"写作"专指"文学创作"的话。但即使作出如此的界定，这样的话题也显得暧昧和含糊不清。实际上，我自认一直是一个写作的人，是以写作谋生的人，并且长期以来在各种文体中转换。将各种类型的写作划出鸿沟，这只是现代人自设的藩篱。这使我想起像黄仁宇《万历十五年》那样的写作，如美国作家约翰·厄普代克所说，它尽管是严谨的学术写作，但却具有卡夫卡小说《万里长城建造时》那样的超现实主义的梦幻色彩。我想，至少我在自己的这类写作中，也遭遇过游弋于学术与文学之间的尴尬，不是写作的尴尬，而是出版刊发的尴尬。这算是题外的话了。

我写作最原初的动力是青少年时期储存的情感。我的老师，我上学时走过的路，寻草、捞浪茅的经历，住窑洞、喝窖水的生活，那一方地域风土，清水河、折死沟、预旺川……，在某些时刻，在内心的某个角落里萦绕，挥之不去，而且愈到后来愈发酵涌动，不写不安，不吐不快。所以，读者目前所看到的一大部分写作，是我与故乡的密不可分。这样的一些写作主题，不是先行制造，而是跑出来的。最初是写老师，之后仿佛有一种声音在催促着。那条小路在说：你不该忘记我呀！写完小路，"寻草"的生活、那一束狗尾巴草或者是香茅、冰草会追问：我曾经在那样隐秘的地方等过你，难道你忘了吗？写完"寻草"，"水窖"会提醒：是我提供了你救命的那口水的。而"窑洞"会抱怨：我真的已经成为"废墟"了吗？我就这样被记忆追逐着，不停地完成它们的催促，让它们成为故事的主人。故乡就这样通过我的记忆来书写，成为我安顿灵魂的一种方式，也成为我观察现世的一种方式。

2

对记忆的书写，也同时遭遇着一种危险。

法国历史学家皮埃尔·诺拉曾说过，只要是动人心魄又充满魔力的记忆，都只按自己的口味对事实挑肥拣瘦；它所酝酿的往事，既可能模糊不清，也可能历历在目；既可能包含方方面面，也可能只是孤立无援的一角；既可能有所特指，也可能象征其他——记忆对每一种传送或显示屏都反应敏感，会为每一次审查或放映调整自己。

问题也由此而产生：记忆如何被"挑肥拣瘦"？遥远的记

忆是否已经有了时间的纷扰？我承认，文学创作从来都是由作家的私人事件酝酿而诞生，写作实际上是在对自己的生命作执着的意义追究，是选择一种生存的方式和态度，选择一种精神方向，但如果只有私人的感受或体验，那写作的意义就大打折扣。写作只有与现实相遇，与世界邂逅才显得弥足珍贵。写作如果不能观照现实，不能关切他人的生存，那它存在的意义就很可疑。由此，我希望自己书写的这些记忆，无论其形态和意蕴如何变化，人们可以从中读到自己的故事，共鸣将是读者对我最高的奖赏。只有"共鸣"，才能回应"挑肥拣瘦"的质疑。

同样的问题还在于，"纸上还乡"不能变成乡愁的乌托邦。我的困惑也正是如此，这让我不断调整与故乡的距离。叙述的客观性和让读者在阅读中感受到真实感，是必须把握的，在这方面我推崇一种"零度介入"的理论，不使故乡的书写变成滥情的产物。同时，灵魂不能安放在历史的缝隙中，任何时候不能放弃审慎的评判。为了不使这样的议论显得空疏，举例来说，我写过去的生活，是为了今天的人们汲取历史的教训，不再重蹈那样的覆辙。

3

我一直觉得写作有它的腔调和节奏，它与写作者的生命经验有关，但更重要的是，对故乡最贴切的描述方式取决于它的存在方式。这很难描述。

有朋友问我，是否读了些史料，尤其是方志之类，借此对故乡有更深入的挖掘。我只能说，史料也反映了故乡的存在方式，而解读史料就是描述和表达故乡的方式之一。还比如，我认为故乡是存在于她的语言中的——这类似于海德格尔所谓"语言是存在的家"——因此，关于故乡的情感也需要用故乡的语言来呈现。语言是有灵魂的，我总是不能放弃对语言的敏感。我在写作过程中，不嫌僻词，不讳俚语，因为我认为故乡就是这样子的，这是她的厚度。同时，记忆似水流年，有时候突然苏醒，这往往都是因为语言。有时候，我重拾记忆完全是因为方言的邂逅，将我拉回过去的时光。还有，我总是喜欢琢磨故乡的一些地名，它们名不见经传，但却吉光片羽，其中可能隐藏着不为人知的往事，小心采撷，仔细辨认，往往使我感到一种发现的激动，一种理解的愉悦。

因此，书写故乡的关键之处在于：你需要"懂"和"悟"，变成一个故乡故土的知情者；或者袭用人文地理的一个说法，即你需要变成一个"文明内部的发言人"。纷至沓来的学术研究，将人群、百姓村落、人间社会视为"田野"，以学术的方式反复赏玩贫穷，话语里充满着殖民主义般的傲慢，其背后是缺乏道义的冷漠。我的书写是对故乡的一份记录，但更多的是基于人本主义的祈盼和怜悯。也许，悲天悯人才是我安放灵魂的唯一归宿。

第一辑

牧马清水河

　　游牧的突厥人的历史大多数需靠他们有文化的邻人的报道来认识。

　　　　　　　　　　　　　　——瓦·弗·巴托尔德

　　游牧人，作为一种类型来看，现在和过去完全一样，将来仍然是这样，他的文化模型，永远是一样的。

　　　　　　　　　　　　　　——菲利浦·希提

1

　　曾经有那么十多年，我因为求学、任教，往返于宁夏同心—陕西西安一线。具体的道路是：从宁夏同心县出发，一路向南，经宁夏固原，甘肃平凉、泾川及陕西长武、彬县、永寿、乾县、礼泉、咸阳，然后抵达终点。

　　这条路，虽属国道，算是大道通衢，但四十多年前，公路等级低，大概在二级以下。加之交通工具是那种老掉牙的解放牌客车，约五百公里的路程，要两天时间，往往会在宁夏固原或甘肃平凉住上一宿。如今这些节点都被福银高速所连接。

道路的分界是六盘山三关口。峭壁高耸，时常阴云漫漫，每次经过都有莫名的紧张感。而在此之前，一直是一条平缓的川道。车行川道，除了感觉平缓，两边的风景却无足观：一线河床，气若游丝；剥蚀残山，连绵不断。无论春夏秋冬，照例显现出枯焦干涸的模样。客车单调而吃力地轰鸣，烦躁不可压抑地增长。这时候，闭目养神是培养忍耐最好的功课。

那时年幼懵懂，本土地理的常识是没有的，而且，又对从小扒命的黄土地充满着自卑。刚刚进入大学，遇到政治课老师杨清源先生——不仅与我同姓，还有一些共同点。他曾是一名志愿军战士，连部通讯员。显然，他是在学生花名册上下过功夫的。第一堂课课间休息时，主动找到我："你是宁夏同心的呀！清水河畔！抗美援朝，清水河畔的人民为志愿军捐献了一架飞机！报纸报道的标题我都记得。"杨老师边说，边用双手的食指在空中由内向外作个回环，好像比画的是飞机，又好像是报纸的标题。

尴尬的是，我不知道捐献飞机的事。

更可怜的是，我也不知道清水河。

后来知道清水河，又不禁失笑：我反复往返的脚下，从同心到固原那段夹在黄土丘壑中的平坦河谷，就是清水河。

清水河，黄河一级支流，发源于六盘山东麓固原市原州区开城镇境内的黑刺沟，向北流经原州、海原、同心、中宁等县（区），在中宁的泉眼山西侧注入黄河，全长三百二十公里。河谷川地平均宽约五公里，有一段河谷的宽度甚至达十公里以上。

清水河的水是苦涩的，既不能饮用，又难以灌溉，被人称为"苦涩之河"。

寂寂无闻的清水河，若换个词汇，则可能如雷贯耳。

——这就是行政区划地理中的"西海固"或宁夏"宁南山区"。

清代封疆大吏左宗棠一声"苦瘠甲于天下"的叹息，成为自他而后，描述这一地区使用频率最高的词汇。在新中国的历史上，"西海固"是令人沮丧地以"贫困"的标志走向全国乃至世界的：它与甘肃河西、定西并称"三西"，1982 年国家启动的"三西"扶贫开发计划，首开中国乃至人类历史上有计划、有组织、有规模"开发式"扶贫的先河；进入 21 世纪，中共中央、国务院《中国农村扶贫开发纲要（2011—2020年）》中，六盘山区被列为十一个"连片特困地区"之首，是扶贫攻坚的主战场。

2

清水河的历史河水，并不是一直流淌着苦涩。

把握这一历史的脉动，只需了解清水河的马。

马是古代社会战略性的资源。不仅用于征战、耕作、交通，还用于宗教祭祀。特别是冷兵器时代，军马作为重要的军事畜力资源，是战争中冲锋陷阵的主要打击力量，也是驿传交通、后勤运输的重要军事工具。孙膑曾总结："用骑有十利。"恩格斯也指出："在中世纪，骑兵是具有决定意义的兵种。"

马又是大型的食草动物，高寒草原是其最佳的栖居地。徐光启在《农政全书》中说："马者，火畜也。其性恶湿，利居高燥之地。"

因此，了解清水河的牧马史，是理解西海固的一个窗口。

两千多年前，一个雪花纷飞的冬天，一位解甲退役的征夫，在崎岖的返乡途中踽踽独行。与猃狁的战争已经多年，疲惫的征夫竟然成为战争的幸存者。归家的日子虽然一推再推，但这一天终于到来了！边关渐远，乡关渐近。征夫想起离家时的那个春天，薇菜刚刚冒出地面，豆苗青青，杨柳的垂丝婆娑曼妙，不由得思绪纷飞，百感交集：

> 采薇采薇，薇亦作止。
> 曰归曰归，岁亦莫止。
> 靡室靡家，猃狁之故。
> 不遑启居，猃狁之故。
> ……

> 昔我往矣，杨柳依依。
>
> 今我来思，雨雪霏霏。
>
> 行道迟迟，载渴载饥。
>
> 我心伤悲，莫知我哀。

"花儿本是心上的话，不唱由不得自家。"征夫的内心独白，言浅意深，竟成千古诗范。

诗作的背景，可以截取一个事件作注。《后汉书·西羌传》注引《竹书纪年》："（周）夷王衰弱，荒服不朝，乃命虢公率六师伐太原之戎，至于俞泉，获马千匹。"

对猃狁的战争，惜墨如金的历史书写者，没有忘记炫耀军功的标志：获战马千匹。

两千多年后，也是一个冬天，大明帝国的兵部尚书唐龙到了固原。他"考据方舆，揆叙形势"，咏诵《六月》，抚然而叹："'薄伐猃狁，至于大原'，其在斯乎！"

与猃狁的战争原来在这里！久历戎行的唐龙，一定是满腹的怀古情愫；周与猃狁的古战场，而今又是与蒙古人对峙的边疆极冲之地，也是名冠九边的重镇。

唐龙到达清水河的这一年，也是他的前辈杨一清大刀阔斧整顿马政后的三十年。他一定记得太祖皇帝的战争论："南征北讨，兵力有余，唯以马为急"。清水河马营密布，他会顺便去视察一下马政的情况吗？

清水河流域及西部，传统地理概念中的陇右地区，海拔高度普遍在 1000 米以上，属寒凉地区，能最大程度地避免马瘟；地势平缓，便于马匹的训练；水草丰盛，清水河谷、东西部丘陵区、六盘山地均有辽阔的草场，适合于马的繁衍生息。

同时，平坦的清水河谷便于迁徙。北方游牧民族向南可长驱直入关中平原；中原政权向北可直抵游牧文化的中心地带。无论哪一方，都将清水河流域作为必争的"膏腴之地"。

清水河流域最古老的居民，可能就是游牧人；最古老的生活生产方式，可能就是游牧。游牧的人是没有记录能力的，是"有文化的邻人"司马迁，才记载了牛马炽盛的状况。司马迁在为从事"货殖"活动的杰出人物立传时，提到一个富豪倮（luǒ）的故事：

　　　　乌氏倮经营畜牧业，等到牲畜繁殖众多之时，便全部卖掉，再购求各种奇异之物和丝织品，暗中献给戎王。戎王以十倍于所献物品的东西偿还给他，送他牲畜，牲畜多到以山谷为单位来计算牛马数量。秦始皇诏令乌氏倮位与封君同列，按规定时间同诸大臣进宫朝拜。

"谷量马牛"，相当于游牧人用"一坡羊"计量羊只的说法。了不起的倮，不知是戎人还是秦人，两面讨好，不仅牛马多到用山谷计量，还兼做商贸，生产、流通环节通吃，成为杰出的企业家，并取得与封君同列的政治地位。

雄才大略的汉武帝，一定是看中了清水河流域的天然牧场、交通西域等诸多方面的资源价值，戎马倥偬之际，竟六次巡幸此地。史载西汉养马四十万匹，有相当一部分应该也分布在清水河流域。

而游牧人的眼，也像鹰一样紧盯着这里。在宁夏固原杨郎乡马庄村出土的那件春秋战国时期的鹰头形铜杆头饰，鹰喙前伸，双目圆睁，是游牧人对清水河流域挚爱和关注的象征。毫不夸张地说，历史上所有的北方民族都几乎入驻过这里。清水河流域山地林区中的林间草地、高山草甸和低山灌丛草原，牧草丰美，是游牧民族在旱季、旱年转移畜群的重要放牧基地，是灾年救命的草场。

考察清水河流域的历史，似乎总与马以及牧马资源相关。攻与守，战争与和平，原州的上空时雨时晴。边墙城堡，穹庐处处；响箭入云，胡笳声声。

这是一种典型的"资源战争"：

全盛时期的匈奴人反复南下清水河。历史记载，在秦帝国的抗击下，匈奴人"不敢南下而牧马"。

建安十八年（213），夏侯渊攻击匈奴部落，进占高平（今固原原州区），缴获大量粮谷牛马。

武则天久视元年（700），突厥默啜攻掠陇右各监牧马，掠牧马万余匹。

唐中宗神龙二年（706），突厥默啜攻掠原州、会州，掠牧马万余匹。

唐代宗大历十三年（778），唐军攻破占据原州的吐蕃两万余众，收复原州，获羊马无数。

党项羌建立的西夏政权，一直与宋在清水河流域争夺。西夏天祐民安八年（1097）四月，宋将章楶（jié）在葫芦河（今清水河）河谷大败夏军，筑平夏城。失去清水河的党项人，唱出哀伤的歌，"田地都被汉家占却""夺我金饭碗"。

而和平时期的清水河，无论它的主人是谁，无分华戎，都选择这里作为官办的牧马基地。

鲜卑人的北魏，划定原州作为"河西牧区"。世祖拓跋焘"以河西水草善，乃以为牧地"，养马竟然达到二百多万匹。这个数字，是中原王朝官办马政从未达到过的。如果属实，只能说，游牧的人更善于养马！

北魏的董绍将军，似乎是一个极爱马之人，向皇帝上过《御天马颂》，辞藻华美。他曾牧马清水河，有诗《高平牧马诗》：

> 走马山之阿，马渴饮黄河。
> 宁谓胡关下，复闻楚客歌。

牧马的人，盗马的贼，掠马的集团，交易的马市，嘶鸣的战马，……清水河的马，奔腾在"沃野千里，水草丰美"的历史画卷中。

3

清水河的战马，曾经是庇护岌岌可危的唐王朝的一片祥云。

中国从汉代开始，即着手大搞"马政"——置办官营马场。历代的马政，清水河流域都不曾缺席。

唐代，清水河流域的中心区域——原州，成为名副其实的"牧马城"。

《元和郡县志》载，唐贞观年间，将京师长安以东赤岸泽的官办牧马基地移至原州，设陇右监牧使，下设四使、五十监，在原州以东，西至兰州狄道（今甘肃临洮）、会州（今甘肃靖远），南至秦州（今甘肃天水），东西六百余里、南北四百余里，总面积近十万平方公里的区域上，建立起唐朝的养马基地。约五十年间，牧马数量由贞观年间的区区三千余匹，增加到七十多万匹。

陇右监牧使最初由朝廷直接管理，后来由原州刺史兼任。清水河流域的原州，不仅是官办马场的核心区域，而且是陇右马政的管理中心。

贞观二十年（646）八月，去灵州会见铁勒诸部的唐太宗，越过六盘山，到西瓦亭（今西吉县将台堡镇南），专门视察了陇右监牧的牧马。陇右监牧，这是太宗二十年前下令成立的。干支纪日推算，从西瓦亭到固原，百里多的路程，太宗一行人用了三天时间。山峦叠翠，军旗猎猎。銮驾至固原城北的秦长城，卫队在长城边饮马。太宗触景生情，指点江山，赋诗《饮马长城窟行》：

> 塞外悲风切，交河冰已结。
>
> 瀚海百重波，阴山千里雪。
>
> 迥戍危烽火，层峦引高节。
>
> 悠悠卷旆旌，饮马出长城。
>
> 寒沙连骑迹，朔吹断边声。
>
> 胡尘清玉塞，羌笛韵金钲。
>
> 绝漠干戈戢，车徒振原隰。
>
> 都尉反龙堆，将军旋马邑。
>
> 扬麾氛雾静，纪石功名立。
>
> 荒裔一戎衣，灵台凯歌入。

英明神武莫若太宗！牢牢控制住清水河流域的马，帝国的大厦将倾亦可扶。

一百一十年后，同样的一个夏天，答案揭晓。

安史之乱的渔阳鼙鼓惊扰了玄宗皇帝的春梦。天宝十五载（756）六月，叛军攻陷潼关，玄宗父子仓皇出逃，马嵬坡兵变之后，玄宗出逃四川，太子李亨北上。

《资治通鉴》记载，凄凄惶惶的李亨只得到玄宗皇帝分给他的后军两千余人，还有飞龙厩的战马若干。飞龙厩的战马虽血统高贵，但究竟少得可怜。到了渭河之滨，与潼关败退下来的溃兵误战，死伤一大批；过渭河时，乘马的军士从浅处涉渡，徒步的只好"涕泣而返"。通夜跑了三百里，到新平（今陕西彬县）时候，士卒、器械损失过半，手下不过几百人马而已。一路所见，都是弃城逃跑的官员，盛怒的李亨连杀两位太守。到乌氏驿（今宁夏泾源县瓦亭），宗室子弟彭原（今甘肃宁县）太守李遵谒见，并进献粮食、衣服。到了彭原，又招募到甲士四百，还有民间少量的马匹。当然，这不过是杯水车薪。

到达原州，李亨"军势稍振"，原来是得到了清水河流域官办马场的数万匹军马，有了一点儿重振旗鼓的家底。而后，在朔方诸将的劝说下，李亨北上宁夏灵武。

肃宗李亨以得到清水河的战马为肇始，登基灵武，逐步扭转安史之乱的败局。《旧唐书》记载了李亨离开原州时的情景：

> 上初发平凉，有彩云浮空，白鹤前引。出军之后，有黄龙自上所憩屋腾空而去。

古来的历史学家都喜欢将帝王的行状墨饰成"天文"事件。与其说原州的上空飘浮着彩云，白鹤在军前导引，不如说是清水河的战马赓续了一个王朝的余脉。

而对于从来就未曾彻底控制过清水河流域的宋人来说，"积弱"的颓势根本无法扭转。宋代马政工作人员诉苦说，"凡牧一马，往来践食，占地五十亩"，这对生齿日繁的农业地区来说，是不可承受的。主管过马政的欧阳修曾由衷地怀念："唐之牧地，西起陇右金城、平凉、天水，外暨河曲之野，内则岐、豳、泾、宁，东接银、夏，又东至于楼烦。以今考之，或陷没蕃戎，或已为民田，皆不可复得。"无奈的宋人，只好在清水河流域所能控制的一隅设官马市场，以布、帛、茶等物大量向吐蕃、回纥、党项羌买马以充军用，这就是所谓的"茶马贸易""绢马贸易"。

4

逮至元明，均属牧场。

对马背上崛起的蒙古人，无需提示牧马清水河的基本常识。地势高寒、水草丰美的清水河流域，成为战略要地和皇家避暑胜地。一代天骄成吉思汗，选择六盘山避暑，在此运筹帷幄，指挥征金、征南宋的战争。他死在六盘山，蒙古人也尊称六盘山为"六盘汗"。元代的开国皇帝忽必烈封皇子忙哥剌为安西王，驻兵六盘山，统辖着包括今陕西、四川、青海、甘肃、宁夏、西藏全部以及山西西部、河南西部、湖北西北部、贵州西部、云南北部、内蒙古南部的广大地域。

明代，清水河流域被确定为全国最主要的军马基地。洪武二十九年（1396）四月，置甘州群牧所（今固原原州区大营古城）。永乐四年（1406）九月，设陕西、甘肃二苑马寺，每寺统六监，监统四苑。清水河流域成为监苑分布的重点地区，

"春月草长，纵马于苑。迨冬草枯，则收饲之"。与此同时，朱元璋分封诸子牧地，肃王牧地在固原大湾川堡一带，韩王牧地在固原开城北，楚王牧地在海原、隆德一带，庆王牧地在同心韦州一带。这些藩王在朝廷用兵之际，也往往承担提供军马的任务。

如今你在清水河流域游走，会听说一个个以"营"冠名的地名。从原州区北二十公里开始，依次分布有"头营"以至"八营"的行政村名。这往往会使你联想到诸如"兵营""驻军"，不能说毫无干系，但也属差之毫厘，原来这是明代开城苑所辖的八个马营。迤北的同心县，有地名"胡麻旗"，不过是"户马旗"的讹写，指专为朝廷养马的军户。所谓"旗"也与蒙古人无关，是明代卫所制度下最小的军事建制单位。马营遍布，可见明朝在马政方面是如何的殚精竭虑！

然而，有明一代，清水河流域的马政却是一部大失败、大溃退的记录。

弘治十五年（1502），都察院左副都御史杨一清受任全权督理马政，据他的调查：

草场被大量侵占。陕西、甘肃两个苑马寺所属六监，原额草场十三万余公顷，"存者已不及半"。

养马军人锐减。原有一千二百二十名，现在只有七百四十五名。

马匹不足。现存二千二百八十匹，且羸弱不堪，"骨高毛脱""行动欲仆"。

据《明实录》记载，杨一清针对这种情况，进行了大刀阔斧的整顿：选任廉洁干事的官员，勘查牧地，添买种马，招抚流民，整顿牧军，修筑马营，种植榆树。通过近四年的努力，到正德二年（1507），清出草场熟荒地近十三万公顷，牧马军人增至二千二百四十三名，通过向民间购马以及茶马贸易，增补马匹一万一千八百七十一匹。

对明代马政的衰落，学者们发表了大量的研究。总起来说，有机构管理混乱、牧军多数逃匿等原因，也有当时北方气候由暖转冷、植被变迁、土地沙化，自然环境整体趋于恶化的因素。

但谁都不能否认，明代清水河流域马政衰落十分重要的原因之一，是牧场被大量开垦，草场日削。

固原以北各处，广筑屯堡，募人屯种。据方志资料，万历年间的固原州屯田达四千八百余顷，民田六千八百余顷，两项合计换算为一百一十多万亩。这已经是一个十分惊人的田亩数字。

朱元璋曾十分自负地说："吾养兵百万，不费百姓一粒米。"在北方地区，他的军队三分守御、七分种，大举耕垦，自给自足，对清水河地区不啻是一种灾难。边将们附庸风雅地吟出"击壤有歌农事足"（杨一清），"青草塞前农耜举"（唐龙）的诗句时，可曾记得"南征北讨，兵力有余，唯以马为急"的历史教训？可曾意识到正是这种农耕的思维，摧毁了帝国马政的基础？

失去了清水河军马的明军，只能龟缩在"边墙"内依靠火器苟且防守。

5

传统农业对游牧的渗透，好像是一种重力加速度。

对清水河流域的滥开滥垦，清代以后达到高峰。

清初，在全国招募流亡人口开荒垦地，特别是鼓励农民开垦无主的荒地，可以永为己有。在土地高度集中的封建社会，这最能刺激农民敏感的神经。

帝国的行政力量也被调动起来了——这就是既古老又现代，用得十分顺手的政绩考核。古老的文官制度，从来不缺乏整词弄概念的人，古老的词汇"田功"被赋予了新意。

考核的方式简洁明了，便于操作，就是"有田功者升，无田功者黜"。顺治十四年（1657）出台《官吏督垦荒地劝惩则例》，制定了更加量化的激励政策：省、道府、州县官员开垦荒地超过规定数额的，官升一级；如超过三百顷，知州、知县加升一级。文武乡绅一年开垦荒地五十顷的，致仕者发给奖状、锦旗予以表扬。

这是一场轰轰烈烈的开荒运动。

清水河流域的川谷川道、山间盆地以至浅山缓坡的草场、林地，明代藩王的牧地，不断被垦殖，黄土丘陵区开荒一直开到山顶上，森林资源被砍伐殆尽。

林木没有了，只见细弱的蒿草在无助地摇曳；干旱少雨，赤地童山，是最常见的境域。

天然植被被破坏后，风蚀水蚀作用加强，水土流失加剧，山洪暴发时浊浪滔天，原本高低起伏的黄土塬变成千沟万壑。

在当代作家的笔下，西海固被描述为"绝望的旱海"。生长于清水河流域的作家李进祥写道："对清水河，我感觉她不像是母亲，更像是我的奶奶。也许是因为她的苍老、她的瘦弱，她的确像一个走得颤颤巍巍的老奶奶。"当地老百姓形容本地环境时，总喜欢说几句顺口溜，如："山是和尚头，沟里没水流；晴天一身土，雨天两腿泥。"

这种状况的形成已非一日。嘉庆十年（1805），伟大的史地学家祁韵士由平凉经隆德去静宁，翻越六盘山时，如实记录说："数日来童山如秃，求一木不可得见。"道光二十二年（1842），被发配新疆的林则徐途经六盘山巅，与祁韵士有同样的观感："一木不生，但有细草。"

清代名臣、曾任陕甘总督的陶模，光绪二十一年（1895）曾有劝谕各属广种树木的《种树兴利示》，其中痛心疾首地写道：

> 山岗斜倚，坡陀回环，古时层层有树，根枝盘亘连络，百草天然成篱，凝留沙土，不随雨水而下。后世山木伐尽，泥沙塞川，不独黄流横溢，虽小川如灞、泸诸水，亦多淤塞溃决……

也就是在那个大举开荒的时代，造就了清水河流域人口的居住格局。天寒土薄，广种薄收，一家人往往会种上几十乃至上百亩地。

在清水河流域，那种人口密集、居住辐辏的村落是难得一见的。农户居住的窑洞追逐着自家的地头，以便打理东坡西洼、漫山开垦的瘠薄土地。十来户人成一村，或者三五户人成一村，同一个村的人家可能相距十多里，鸡犬之声不闻。甚至一村只有一家人。

后来的情况不必详述。据说，1970 年代，联合国粮农组织的官员考察到固原，在了解了自然条件恶劣、生态环境脆弱、自然灾害频发的状况后，留下了一句令人绝望的评语：

　　这里不具备人类生存的基本条件！

6

每一处山水都孕育着独特的风骨，也决定着其传承方式。理解和赓续这种传承方式，可能要汲取古老的智慧。

这就是历史叙述中对清水河流域的描述——"华戎大限"，即农耕与游牧的分界线。

敏感如蒋经国，考察大西北后，在其《伟大的西北》中发出由衷的一叹：

过了六盘山，才能够看到真正的西北了！

秦长城修筑于清水河谷的南端，也相当准确地定位了清水河流域的生产、生活方式。

现代地理学的研究发现，秦长城的走向是一条 400 毫米等雨量线。既是我国暖温带与中温带、半干旱地区与干旱地区、平原丘陵与荒漠草原的自然分界线，又是农耕区与游牧区的天然划分。农耕区，群居村落，男耕女织，日出而作，日落而息；游牧区，"逐水草而居"，在马背上游走。

游牧与农耕，都是一种顺应自然的方式，是一种文化模型。

回望清水河，它历史上最好的时期，就是平耕陡牧，以牧为主，间事农作。

前史之鉴，后事之师。

历史进入 21 世纪，"退耕"成为西海固鲜明的工作特色。几年来，多次在固原行走，了解到生态建设的各种项目和工程，难得的是从一棵树、一株苗、一茎草、一枝花做起，绵绵用力，久久为功。

水阔山远的清水河，未来可期！

在黄河流域的大支流中，只有清水河、祖厉河罕见地自南向北流淌。清水河、祖厉河，地理相连，河性相似，一样的山水，一样的风土，一样的历史际遇。

　　这好像是一个谶语。

　　这个谶语的意义似乎在于：风水轮转，需要一个更高的发展阶段。

富裕的河流

关于宁夏平原"塞北江南"的称誉，若论传播流布之功，当首推唐代诗人韦蟾《送卢潘尚书之灵武》诗：

> 贺兰山下果园成，塞北江南旧有名。
> 水木万家朱户暗，弓刀千队铁衣鸣。
> 心源落落堪为将，胆气堂堂合用兵。
> 却使六番诸子弟，马前不信是书生。

历代咏诵宁夏"塞北江南"之作中，这首诗占据着首篇的位置；其中"塞北江南"的记录，即便在文献学上也是最早和地望最明确的，晚出的材料如《太平寰宇记》《太平御览》虽指称这一称誉诞生于北周宣政元年（578），比韦蟾的诗早了两百多年，但所引材料断代不明，屡屡使人心生疑窦。韦蟾的诗豪迈刚强，本来是赞扬卢潘的才干并给好友打气的，恐怕并非真的说这里如江南般风物闲美、雅澹温柔，更重要的在于打消友人对塞北通常印象中粗犷酷寒的顾虑，劝慰、鼓励的成分更多一些。但出乎意料的是，宁夏平原灌区的持续发展一再印证了韦蟾的称誉名实相副，同时也成全了他的诗名，使得《全唐诗》中所收诗作不过十首、在大唐浩瀚的诗歌天空中黯淡无光的诗人，成为宁夏平原上空持续闪亮的星辰。地以诗而显，诗因地而闻，彼此相得益彰。如今说到"塞北江南"，韦蟾是被提及最多的诗人；在各类研究、宣传中，《送卢潘尚书之灵武》是被引用、书写、镌刻最多的诗。

韦蟾，在最好的时代写了最对的地方。

韦蟾《送卢潘尚书之灵武》一诗还有一种涵化的效果，即在公众传播的领域中，很容易将唐代当作"塞北江南"之源，因而当作宁夏平原灌区建设史上最早和最好的时期。实则不然。翻检历史文献，关于宁夏平原灌区建设，首次也是最明确记载其规模的是北齐魏收撰修的《魏书》，留下浓墨重彩的是鲜卑人建立的北魏王朝及所置薄骨律镇，而镇将刁雍更是划时代、值得树碑立传的人物。

关于"薄骨律"一词的来历，郦道元在《水经注》（卷三）中说，他已觉察到"语出戎方"，但在实地访问时听到"耆旧"的一个传说：当初大夏国主赫连勃勃有骏马名"白口骝"死于此地，语音讹变为"薄骨律"。郦道元并未认同这一说法，觉得其真实的含义尚不清楚。周一良先生认为"薄骨律"应为"胡语"，只是汉人不晓其意，强为之解，"白口骝"之解，失之虚造。（周一良：《论宇文周之种族》，载《魏晋南北朝史论集》，北京大学出版社，1997年，252页）周先生的怀疑是对的，但未提出进一步的解释。郦道元的"田野调查"中牵扯到匈奴人赫连勃勃，本来只是实录"耆旧"传说，却似乎成为一个消极的心理暗示，误导后来的索考不自觉将"薄骨律"的语源向匈奴语或其他语言追溯。实际上，据《魏书·地形志》，薄骨律是北魏太延二年（436）所设立的军镇，鲜卑人的王朝在行政设置时不使用本民族的鲜卑语而使用其他什么语言，殊难理解，特别是要使用被自己推翻的大夏国匈奴语，更要打一个问号。因此，"薄骨律"只能在鲜卑语中查考。问题也许并不复杂，无须曲折索隐，这不过就是与鲜卑语有密切亲属关系的蒙古语常见地名"巴音郭楞"或"巴彦高勒"bayingol，"薄"的古音为 bak，对音"巴音""巴彦"bayin（意为富裕、富饶），"骨律"对音"郭楞""高勒"gol（意为河流），"薄骨律"意为"富裕的河流"。蒙古语似乎偏好这样的命名方式，除了"巴音郭楞""巴彦高勒"，还可以例举如"巴音淖尔"（富裕的湖泊）、"巴音布鲁克"（富饶之泉）、"巴音柴达木"（富饶的滩）、"巴音乌鲁"（富饶的山）、"巴彦塔拉"（富饶的草原），都是如今依然使用的地名。又据《魏书·地形志》和《太平寰宇记》（卷三十六），薄骨律镇在北魏孝昌二年（526）改置灵州，这可以看作孝文帝"断诸北语"后的一个结果，即《魏书·郦道元传》所谓"郡县戍名令准古城邑"，奉诏主其事者就是郦道元。身居要津又"好学、历览奇书"的郦道元，并不具备鲜卑语最基本的常识，这未尝不是一件有意味的事。

　　薄骨律，富裕的河流。因地望的一致，使人想起秦汉时期在此设置的富平县：富裕而平阔。胡汉语言取意切近，不知是基于相同的认知还是存在着某种承继关系？确实，由卫宁平原和银川平原组成的宁夏平原是一片广袤而平坦的土地。现今实测，国土面积为1.7万平方公里，折合二千五百五十万亩；区域内年降水量虽约200毫米，但因黄河穿境而过，适合发展自流灌溉农业，除河流、湖泊、沙丘、碱滩和非农业用地外，可灌溉面积约四百万亩。可以设想，如此平阔的土地不能不引起农耕文明的格外关注。

　　据史料记载，秦始皇三十二年（前215），大将蒙恬率兵三十万北击匈奴，"略取河南地"并徙民戍边，人们通常认为，戍边者可能会从事农业耕作。但秦国祚短促，此后不过短短五六年时间，边民逃归，游牧民族重新占据了宁夏平原，秦帝国是否在此建设过灌溉农业，史料记载一鳞半爪且十分含糊，是个悬而未决的问题，持肯定意见的不少，抱怀疑态度的更多。司马迁陪同汉武帝在北部边郡视察后，批评过蒙恬筑长城、建亭障、挖山填谷修直道等不恤民力的行为，但只字未提此地曾有过引水渠道，而开挖渠道所耗费的民力一点儿也不比这类工程少。两汉时期，文献材料屡屡提及在"西河"（黄河宁夏段至内蒙古五原黄河段），"安定、北地"（宁夏平原曾分属之）等地"激河浚渠为屯田"，但这些行政区域过于广大，到底在哪些地方搞过灌溉农业，具体地点并不清楚，至于工程规模、灌溉水平更无可稽考。依据文献材料，汉代曾在这一地区有过富平、灵州、廉县等行政建制，配置过督促垦殖的典农都尉，再结合现存遗迹以及地情的考察推断，汉武帝时期及以后银川平原的沿河地区，灌溉农业一定得到过发展。至东汉后期，顺帝永和六年（141），安定、北地等郡内徙，此地设置最早、也最有可能开展过灌溉农业的富平县，连同县名和人口都南迁到陕西关中地区，游牧的经济形态又占据主导，原先的耕地也沦为牧场了。由北魏太平真君五年（444）刁雍出任薄骨律镇将上溯，保守估计，宁夏平原至少在三百年里不曾有过引水灌溉农业。

是北魏王朝使这里的灌溉农业繁荣发展起来，"官课常足，民亦丰赡"，足可副"富裕"之名。据《魏书·刁雍传》记载，刁雍赴任宁夏平原，看到有旧的渠堰遗迹，但年代久远，可能是"上古所制，非近代也"，早已无水，农夫散居各处，只有一些零星的耕作，稼穑艰难。刁雍到任以后，即着手开凿新渠，清淤疏滞联通旧渠，筑坝引水，渠道长度达 60 公里，即便在当代，这也是较大的水利骨干工程。知情者一望而知：刁雍所垦殖的土地在银川平原南部，属稳产高产的菁华膏腴之地；而银川平原北部因排水困难、盐渍化严重，改造难度极大，开发较晚且多数为中低产田。史料中没有当时农业产量的记录，但显然取得了巨大的收成。下文还将提到，仅仅过了两年，就可以向其他地方转输供应；仅仅过了四年，就因"平地积谷，实难守护"而在黄河西岸专门建设了大型的储仓，太武皇帝拓跋焘为旌彰其功而命名为"刁公城"。刁雍所开通的这条长渠，极大可能就是沿用至今的唐渠或称唐徕渠的前身，经过历代整修，现在长度已达322公里，为银川平原大渠之冠。唐代的著述家还清楚地记录着这条长渠的名称是"薄骨律渠"，《元和郡县志》说它"溉田一千余顷"，但随着时间的流逝，现在只称为"唐渠"了。大唐继承了北魏的遗产，然而独擅了辉煌的盛名。

宁夏平原灌区的灌溉制度由刁雍第一次记录，即"一旬之间，则水一遍；水凡四溉，谷得成实"。这是一种轮灌的用水办法，既能够保证农作物对水分的要求，又能够节水，提高用水效率，最大限度地扩大灌溉面积。由此也可知，这样的用水量尚不能满足水稻作物的种植，刁雍在宁夏平原所种植的农作物主要是耐旱的谷物。

黄河宁蒙段大规模的长途水运也由刁雍来开启。黄河出青铜峡进入银川平原和内蒙古河套平原，地势豁然开朗，河道平缓，流量稳定，适于开展航运。薄骨律镇俨然如国有农场，所生产的粮食被调运到沃野镇（在今内蒙古自治区巴彦淖尔市乌拉特前旗南），该地处于交通要冲，是拱卫王朝京都、抵御柔然民族南下的六个军事重镇之一，距薄骨律镇八百里。据太平真君七年（446）刁雍写给太武皇帝拓跋焘的表章，当年要运粮五十万斛。北魏一斛即一石。刁雍针对陆地运输和河运算了一笔账：如用牛车运输，每车载重二十石，因道多深沙，轻车往来尚且艰难，载重的牛车常常滞陷，况且粮食在河西，还要渡运到河东才可以装车，往返一次需一百多天，每年最多运输两次，五千辆牛车运送五十万斛粮食需费时三年；如河运，造船二百艘，两艘合为一舫，一舫可载二千斛，"方舟顺流，五日而至，自沃野牵上，十日还到，合六十日得一返"，从河道畅通的三月份到九月份，可以往返三次，运粮六十万斛。太武皇帝拓跋焘赞许这一"大省民力"的做法。刁雍实在是精明强干的能吏，如果我们还记得他将粮仓建在距离河岸只有三里、便于河运的地方，还要感佩他的谋国之忠。根据史料中关于道里的记载，刁公城地处今宁夏永宁县境；他所使用的渡口一定就是著名的黄河古渡口"仁存渡"。黄河这一段天然航道，一直沿用至20世纪50年代末，关于《魏书·刁雍传》所记载的一些航运细节还可对勘。比如，晚清及民国时期的晋商利用这条航道，货物河运至包头转为陆运，从而将宁夏与京津地区联结起来；绥西抗战中宁夏方面的军队由仁存渡登船至临河县境灰德城上岸，据亲历者回忆，行船13天。在谷歌图像上使用ArcMap软件打点计算，从仁存渡到临河县境，河道长度322公里；而到乌拉特前旗境为453公里。软件打点计算的长度要少于实际长度，但足资参考。刁雍所说，运粮到沃野只需五天，这样的速度实在惊人；特别是在没有机械动力的条件下，木船回牵只需十天，这是如何做到的？刁雍又说，六十天运粮一次，那么，留给粮食装卸的时间却长达四十五天。如果文献记载无误，除了古今河道、水情变化等因素外，其中还蕴含着什么样的讯息，是需要进一步思量的。

　　宁夏古灌区作为"古代水利工程可持续利用的典范"，已入选"世界灌溉工程遗产"。在悠久的水利建设史上，人们应该记住有过刁雍这样一个人：他明敏多智而又性格宽柔，位高权重而又恬静寡欲。他乐善好施，是虔诚的佛教徒，活了95岁，是一个长寿之人。

萧萧班马鸣

1

又到青石嘴。

穿越六盘山，青石嘴是必经之地。从原州市区出发，这里已是清水河谷的起点和最南端，过开城梁，然后缓慢下潜，就到了这处山谷的凹地。

总会琢磨它交通地理的意义。青石嘴是那种东南西北穿越六盘山地、枢纽性的通道节点。由此向东南，过三关口，便与泾河河谷相接，从而抵达咸阳、西安；向东北，自乃河进入干流的茹河河谷，通向陇中及陕北高原；向西，进入葫芦河谷，可以通往古秦州即今天的天水地区。

这里是通道的开篇和终点，像一篇美文中的叹号和句号。如若穿越漫长而曲折险狭的山道，它提示你对前方的艰难做好心理准备，就像是下水前憋一口气好扎一个猛子。而对于北上的旅人，意味着攀山涉险的结束，在此歇足，舒一口气，拂去旅尘，整顿一下入城的衣角。六盘山呈东南——西北走向，东西两片弧形山脉，像是堆雕在大地上的一副楹联，中间的断裂带处有多个这样的道路节点，但似乎以青石嘴为最。不光是它交通四方，还在于它的宽阔在崇山峻岭中是难得一见的，这里能分布两个村落，承载起一个高速公路互通式立体交叉枢纽，足可使你想象。

这次来青石嘴，不是作历史交通地理的考察，而是瞻仰红军长征青石嘴战斗纪念碑。纪念碑建在西侧的梁山上，由基座、碑身、骑马士兵雕像三部分组成，主体高 19.35 米，碑体两侧翼高 10 米，碑铭高 7 米，这几个数字串联起来，指示着一个日期：1935（年）10（月）7（日）。碑顶是红军战士手持大刀骑战马冲锋的雕塑。巧妙的设计中，记忆的是一场小规模的遭遇战：1935 年 10 月 7 日拂晓，红军的领袖和将士们准备从青石嘴东北向茹河河谷进发，去向希望的陕北。登上六盘山峰顶，他们突然发现一支约有两个连的敌军正从南而来，原来是要向固原运送给养的辎重部队。此时敌军刚到青石嘴，正准备休息用饭。红军趁其尚未发觉之际，迅速将其包围。此役完胜，几乎兵不血刃，除敌团长和少数敌军逃向开城外，俘虏骑兵一百多人，缴获十余辆车的弹药和被服以及一百多匹战马。林彪的一纵队用缴获的战马组建了中国工农红军第一支骑兵侦察连，梁兴初为连长，刘云彪为副连长。

又是马！在六盘山地、清水河畔，总是邂逅马的故事。

在改天换地的大时代里，一支弱小的力量，如若获得六盘山地的战马，往往预示着一个良好的开端，是走向强大并最终获得胜利的兆头。我熟稔的故事，是"安史之乱"中大唐的太子李亨，在"马嵬兵变"、王朝命悬一线之际，得到清水河的数万匹战马，"军势稍振"。"屈指行程二万"的红军，一支疲弱之师，也是在那样一个危难的时刻，得到战马，好像是伟人"今日长缨在手"的注脚，预示"何时缚住苍龙？"已非无期的时间之问。马背上的连长梁兴初，后来如雷贯耳的"万岁军"军长，英姿勃发，豪气冲天，正率领着他的马队出青石嘴，风驰电掣般向茹河河谷进发。早就听人说六盘山其形如龙，首伏宁夏，尾落陕甘，亦称"龙首山"，是龙兴之地，朝那湫渊是龙的故都……神游八荒，古往与今来，天意和人事，我出神地琢磨，陷入玄学般的回味。打算投资红色文化旅游的企业家，正在激动地介绍他雄心勃勃的投资规划，要建长征纪念馆、学教基地、游客中心、体验互动……

何妨搞一个骑兵纪念馆呢？我沉吟着，思绪在跳动：红军的骑兵，古今中外，欧亚大陆，重装骑兵，轻骑兵……

2

只是，我想象中理想的骑兵纪念馆并不在一座座水泥钢构的建筑中。一想到"千里飒然中""每见流星想行迹"，美称多不胜数如"飞黄""绝地""追风"的马，会被做成标本置放在硬冷的水泥地上，或变成一张张图片束缚静止在展墙展板中，就有一种窒息的感觉。

　　宁肯寻找和仰望一处废墟。那里可能是一处山岗，绿茵如织，碧空如洗。坐定，耳听八面来风，极目天远地阔，万马奔腾，鞭子在风中抽过……

　　六盘山地、清水河流域，战马的嘶鸣穿越历史长空。如今虽归于寂然，但如斧声烛影，马的灵魂会不经意地萤光一闪。出身于语言学专业，我时常敏感和惊异于那些粗朴的地名，隐含着那么多马的讯息：山川河流、乡镇村落，往往以马为名，如白马山、饮马河、马建（圈）乡、大马庄村。原州区的张易镇，密集分布着马场台、东马场村、马台、凉马台等多个村庄。海原县的李俊镇有马儿山、马圈、马套等村庄。稍北的九彩乡，七个村中有三个村分别名为马套、马湾、马圈。有意思的是过原州区张易镇，西行入宁夏西吉县境马莲河流域，听到一个叫"马其沟"的地名，从字面不得解义，原来，"马其"是"马蹄"的意思，因地貌形似马蹄得名，当地方言"其""蹄"不分，所以才讹写为"马其"。而如"白马庙村"，显然与祈求战马健康的马神庙有关。丰富的涉马地名，好像可以绘制出一幅马的语言地图。

　　而且，很难抑制那种"好古以求"的冲动。

　　比如张易镇，宋代文献中是叫"张义"的，置于宋熙宁五年（1072），属泾原路镇戎军（治在今原州区）的一个堡寨，那个时候就已经叫做"新堡"，它的南边一里处还有一处旧堡，"三面临崖，皆不受敌"，易守难攻，不知建于什么时候。有鉴于此，镇戎军的长官张守约建议修葺旧堡，将仓库、草场、兵马、办公场所移置其中。张易镇东北不远的开城，就是著名的安西王府遗址，成吉思汗的子孙在此屯兵，蒙古军的铁骑驰骋如流水，马背上的民族一定不会放弃张易这样良好的牧地。而据《嘉靖固原州志》载，张易堡在明代是固原卫下属的一个堡子，不属固原州管辖："州属"与"卫属"的军政分野，显示它是卫所制度下军管的一个养马基地。到了清代，这里又是提标前营游击马场。

我曾沿着固原至将台堡的县道，一路向西南到张易镇探访，从原州区出发，在清水河谷的台地行进一小段路程，入叠叠沟，就突兀地进入六盘山的腹地，从高原入高山，原来是无需做任何预备的。翠岭排空，天连云树。山连着山，山头如"品"字形排列，车行沟道，似乎是汽车驾照的钻杆考试，稍快就感觉要与山撞个满怀。得益于这些年来的生态建设，被当地人津津乐道的是终于又见淙淙溪流。出叠叠沟到张易镇，风景又是一变，这里已进入大山深处，地势平缓，湿润凉爽，更难得的是有良好的水源地，方志材料中描述的"浸滴成潭""激湍清冽"的西海子就在这里。水草资源、气候特征、地势条件，真是天造地设，不可多得的养马、驯马好地方！难怪历朝历代，即便是马政衰落时期，张易的养马都不曾缺席。登高远望，看到缓坡地都已开垦，不时有行人驻足拍摄梯田美景，想到明代三边总督张珩的诗句："兴武营西清水河，牧童横笛夕阳过。逢人便道今年好，战马闲嘶绿草坡。"只是昔年的绿草坡早已成为农耕的阡陌，不见茵茵绿草，也不会再听见战马的闲嘶，心下黯然，莫名其妙有一些惆怅。

海原县纷多的马地名，必定与朱元璋之子楚王的牧马地有关。明代嘉靖及万历时期修纂的两种《固原州志》都说，今海原县城及西安镇是"楚府牧马地"。《明实录》曾记载，景泰二年（1451）楚王府的牧军子弟就有两千多人。西安镇处于天都山下，稍稍前溯，还知道这里曾是西夏人的避暑行宫，文献记载，他们在此狩猎，以猎物的鲜肉佐酒，放歌豪饮。想想这样的一种画面，真生猛。

我这次来固原，专程去看著名的养马城（大营古城）。遗址在固原市原州区西边的中和乡庙湾村，距原州市区约五公里，有月城，面积达十四万多平方米，是宁夏目前最大保存最完整的古城遗址，为全国重点文物保护单位。这是明代的甘州群牧千户所，置建于洪武二十九年（1396）四月。现在还流行一个说法：先有大营城，后有固原城，可见其规模和影响非同一般。据方志资料，当时的城堡"城高二丈五尺，周三里七分，东南北三门"。作为甘州群牧千户所的这处城堡，也许是建在前代已有堡寨的基础上，但说法不一。

清水河谷迤北同心县的一个村落"胡麻旗"，是杨姓居民认祖归宗的地方。"胡麻"，是一种油料作物，也是当地的特产，"胡麻"而又称为"旗"，百思不得其解。后来翻检史料，原来"胡麻旗"是"户马旗"的讹写。从《明史·兵志》的记载可知，"户马"指的是"民牧"，即民养官马，"编户养马，收以公厩，放以牧地，居则课驹，征伐则师行马从"。而"旗"则是明代卫所建制中最小的军事单位。封建社会以户为单位管理人民，所谓"编户齐民"。遥想当年，这些人被编为养马户，和平时期为朝廷养马，一有战事还要跟随大军东征西讨，他们的后人应该都有些赳赳武夫的气质吧？但《马政纪》等史料中说，这种"户马"的方式是在洪武至永乐初年实行于南北直隶的，如何出现在固原卫？

确实，地名中隐藏的讯息太丰富了。历史层层叠压累积，任你使尽浑身解数，抽丝剥茧，时间的老人也会拈须莞尔。如果只是切开一个剖面，一言定谳，必定贻笑大方。

3

信史茫茫，如今要选择一处时间清晰的废墟来追溯和怀念，都不容易。

清水河流域一些被称为"营"的地名引起我的注意。沿着原州市区北上，不过二十来公里，就到头营镇，一直向北，依次分布着头营、二营、三营以至于八营，一字儿排开。翻阅有关资料，原来这些地名来源于明代马政，是开城苑管理的八个马营。

明太祖朱元璋在推翻马背民族建立王朝的过程中，深刻认识到马的作用："国事莫大于戎，军政莫急于马。"明代重视养马，建立了一套相对独立、分工明确的马政机构，适用于西北地区的主要包括行太仆寺、苑马寺、茶马司以及盐课司等四套系统。其中，苑马寺主要负责官马的牧养孳生，苑马寺下设监、苑，是国家划定的国有牧场，而"营"是最基本的生产单位。当时的固原，是西北最大的军马基地，密集布置着马苑，还有朱元璋所封诸王的牧地。这八个马营为开城苑所管辖，而作为管理机构的开城苑就设在头营内。

头营至八营的建设者是杨一清（1454—1530）。弘治十五年（1502），杨一清以都察院左副都御史身份督理陕西马政。我留心阅读过杨一清《关中奏议》，了解了一下他当时建设马营的初衷。在他看来，其原因在于：

解决军士住处。苑马寺大多没有修建衙门、城堡，个别有城堡但也年久坍塌，且均无马厩，马政工作人员住处促狭，多是赁屋而居或者住在窑洞里，——杨一清在奏折里有时候把"窑洞"称为"穴"，——对本地人来说，他们穴居习以为常，但外来的军士是不习惯的，为此随到随逃。

解决马匹冻饿损伤。官马昼夜在野，春夏之时牧放固然没有问题，但冬寒时山野之中草枯水冻，加之风雪侵凌，冻饿损伤。建设马营后，"及冬春寒冻时月，俱收入城堡喂养"。

防止外寇抢掠。比如，弘治十四年（1501），官养马、骡因无处收避，被抢去三千九百六十二匹。建设马营后，"春夏时月如无声息，官马听其在野牧放，一有烽火传报，即便收掣回营"。同时，敌人知道我们有保障、有防守，也就不敢生垂涎之意。

职此之故，建设马营城堡为当务之急。杨一清总结道："筑城堡则人马有所保障，置马厩则马匹不至横伤，修营房则贫军有所依栖，建公廨则牧官可修职业。"

杨一清具体规划了城堡的规制，量其大小，各修城门一二座，城上修垛墙、更铺、城壕，城内修建营房、马厩，多者数百间，少者百十间。关于这八营马房：头营、二营旧有城堡狭小，在原有基础上扩建。头营向东拓展二百三十六丈，二营向南拓展二百九十五丈。三营旧有城堡被河水冲浸，不堪安插人马，在本城以西另创新营。四营、六营、七营旧有城堡年久坍塌，俱修葺一新。五营原无城堡，在庙儿平创建新城。八营旧有城堡，但因镇戎千户所开设在内，也无空闲地，只好在该城以南展拓。

这将是一个浩大的工程。为此，动用了本地军营的军夫及其子弟家属，调集了附近各军卫的军民人夫，从平凉府的华亭县及巩昌府漳县采伐和运输木材。该年正值地方歉收，人民缺食，只要给予灾民吃食，就可以采伐木材和进行运输，这是工赈两利的事。自古"凶年兴大役、成大功"，正是如此啊！这个办法颇有点儿类似于今天的"以工代赈"。

关于资金筹措，杨一清看来颇有"经济"之才。除了向中央财政积极申请资金，他建议另辟财源，将陕西都司所属府、卫、州、县大小问刑衙门自弘治十七年（1504）正月起至本年十二月止，囚犯的赎罪银、赃款、罚银统统追缴，支付雇人采伐木植、烧造砖瓦、运输等项费用。

　　据历史资料记载，杨一清共修建城堡十九处，衙门、仓敖、马厩、屋宇四千二百间，工程两年完成。当然，清水河流域的城堡和马营只是其中的一部分。

　　杨一清惨淡经营马政三年，成就斐然，牧马达到三万多匹。同时，"城堡相望，苑厩罗列"，城堡之间用边墙连接，防御的军事基础设施得到加强。对此，他十分欣慰，曾登上兴武营的城楼赋诗一首：

　　　　簇簇青山隐戍楼，暂时登眺使人愁。
　　　　西风画角孤城晚，落日晴沙万里秋。
　　　　甲士解鞍休战马，农儿持券买耕牛。
　　　　翻思未筑边墙日，曾得清平似此不？

4

　　后人对于杨一清整顿马政给予很高的评价，从马匹数量的增长方面来看确实如此。但我似乎感到一点不安：他十分重视牧马数量的增加，而对马匹饲养包括优质饲料饲草的配置、饲养技术的科学化、医马技艺的提高，略无道及。

　　行天莫如龙，行地莫如马。也许游牧民族对马的牧养可以提供参照，如蒙古族，他们随着季节变换选择牧场，进行游牧，春季选择能够避风、较早吃上绿草的牧场，夏季选择凉爽的山坡，秋季选择较远的优良牧场，冬季选择较近的牧场。至于驯马的方法则主要是一种包括拴吊、吊汗、奔跑相结合的"吊马法"。而杨一清的养马设计，几乎变成舍饲喂养，与通常的农地畜牧业大体无差，何况各色人等也并无畜养军马的职业技术常识，这能培育出一匹匹驰骋纵横、能征善战的马吗？

但关键的问题还不在于此。

正德五年（1510），杨一清第二次出任三边总制。令他十分吃惊的是，仅仅过了短短五年时间，马政事业迅速衰颓，他所付出的心血很快付诸东流。到达陕西时，牧军们跪立在道路两旁，哭诉：自从大人您离开以后，我们疲于应付各种劳役，支应各种科取，不能牧马。马死，牧军被鞭打得体无完肤，差不多一半人都逃亡了，留在本地的也是活不下去啊！哭声震原野。

如果说这就是典型的"人亡政息"，但遽速如此，还是超出人们的想象。

我曾反复阅读杨一清的《关中奏议》，想从其中找到答案。他似乎更侧重于吏治的整顿、牧军的勾补、马匹的增置，而对于这种亦兵亦农的制度设计缺乏应有的思考。

牧军们半耕半牧，虽属军事化管理，但他们开荒种地，疲于应付各类劳役，支应各种科取，职业更像承担苛捐杂税、徭役的农民，牧马的本职工作反而成为业余。可见，一支军队如果兼及经商、务农，便不能抑制开草场为农地、务副业而逐利的冲动，这种冲动既来源于自身，但更可能来源于各级官僚机构的催科。如此，必然会本末倒置，反末为本。在整顿马政的过程中，杨一清曾直陈时弊，痛斥以陕西苑马寺卿李克恭、灵武监监正李谦等一干人，"视牧马为虚文，以科敛为能事"，认为"政之兴废，存乎其人，得人则兴，失人则废。"人们有一种印象，即经杨一清整顿之后，这种情况一定大为改观。但在《明实录》的记载中，正德十一年（1516）兵部即奏议，陕西苑马寺牧马草场被甘州、固原的军民侵占耕种，监苑的官员不去查考，而卫、所、州、县官又故意放纵，因此"马政日废"。自杨一清1502年督理马政至此不过十余年光景，兵部的奏议就使用了"日废"这种每况愈下的形容词，使人惊讶！杨一清整顿马政时立下宏愿，不出十年，牧马达到几十万匹，现实和他开了一个天大的玩笑。从后来的情况看，每次整顿马政，所遇到的问题都是一样的：草场被侵占、牧军逃亡，吏治的整顿陷入越反越腐的怪圈。这样的问题反复出现，就不单是各级官吏的道德滑坡所致。制度缺陷，恐怕是明代马政迭经整顿而屡屡败坏的原因。

万历元年（1573），出任三边总督的石茂华（1522—1583）途经八营牧马苑时，作诗《防秋过八营牧儿苑》：

万骑如云野径微，惊鸿遥过塞垣飞。

那堪朔气侵征幰，更际秋风上客衣。

牧马苑中思騄耳，硖城门外敞牙旗。

壮心直逐伊吾北，驻节邮亭对晚晖。

不过表达出诗作者壮心不已的豪情而已。实际的情况是，自杨一清之后，明代的养马业在数量上也再没有达到过杨一清的水平，只不过苟延残喘而已。

万历四十三年（1615），陕西茶马御史黄彦士上疏建议，干脆废除监苑，将军事机构划归民政，变牧地为民田，并列举十个方面的好处，主要观点如：养马不如买马，农业收入完全可以支付这笔购买的费用；土地归于农民，可以永守其业；牧军成为职业军人，专司戍守。从经济角度考量，黄彦士所言不无道理，但军马养殖事关国家战略资源储备，兹事体大，黄彦士考虑问题的格局太小，缺乏战略眼光。内阁官员阅后没有上报，一定也是基于这种考量。从另一方面看，黄彦士的建议恐怕也是基于牧地大多已经被开垦为农地的现实。

5

种豆得瓜，种瓜得豆，堡营的建设却是城镇的兴起。也许在杨一清的建堡理念中，一开始就隐含着城镇建设的规划，所谓"开立街市以通贸易，种植树株以供荫息"。这其中已经考虑到了城市商业、人员休憩等因素。

堡营的修筑奠定了城镇的基础设施。杨一清之前的三边总制如秦纮就修建过豫旺、石峡口、双峰台三城，杨一清修筑城堡更多，在他之后，堡营的修筑一直也未曾停止。万历时期，明朝廷修边筑堡，这使得成吉思汗黄金家族的后裔顺义王俺答汗十分纳闷：双方已经议和，你们为何大建边墙堡寨？兵部左侍郎、山西总督郑洛的回答最为机巧：咱两家各有各的边界，就像我们中国人，兄弟分家，也要打个院墙。你我虽然通好，也保不准你们的人逃亡到我这边来，我这边也难免有恶少跑到你们那边偷马。所以，修边筑堡也是为你们好啊！俺答汗对这一番说辞感到满意，于是约束其部众，配合明廷修堡。史载，宁夏的许多堡寨也是在这种背景下修建的。

作为城镇兴起最重要的标志是人口的积聚。为了解决养马的军夫，杨一清广泛招募人员，"军余"、流民都在招募之列。这些人到来以后，给予草场和土地，开荒种地，领养官马。其直接的结果是农事大举，商业发展，官营军事手工业和民间手工业兴起。

头营到三营，或为镇或为村，都从马营演变而来。放宽视野看，如今清水河流域的城市、村镇，大多都能找到养马建堡的影子，甚至固原城都是由苑马寺奏请重修的。城镇如棋，仿佛是马政的废墟上开出的鲜花。我曾寻访八个马营的遗址，残垣断墙，孤独地矗立在农耕的阡陌中。到清水河西部的三营镇，想到这就是由杨一清所创的"新营"发展而来。在镇北发现一个叫"城背后"的村子，直觉上，这质朴的村名隐含着一段不为人知的往事。翻检方志材料，发现明代固原州设十个地方行政组织"里"，如"在城里""东山里""南川里""石仁里""新兴里""榆林里""固原里""底堡里""彭阳里""新增里"，这些名称大多不加雕饰，带着浓浓的俚俗气息。"在城里", 类似于城关镇。既然有"在城", 也就有"城背后"了。当年, 什么人会住在城里? 又是什么人住在城背后? 我揣测,"正军"及其官民手工业生产者、坐地行商的商人大概会住在城里, 而住在城背后的, 可能是招募而来养马的"军余""恩军"。

人们都会有"我从哪里来?"的追溯。不是基于柏拉图的哲学之问, 而是故乡故土的怀念。明代实行常备军建军制度的卫所制,"移民实边", 从内地迁徙了大量人口。世所公认, 明代是内地人口向边塞大迁徙的时代, 但只有少数一定级别的军官, 能从"卫所选簿"等资料中查到他们的籍贯。至于"城背后", 都是穷苦的百姓, 史书上不会留下他们的踪迹。我只是从零星的记载中, 大体推测他们祖籍何地。

——直隶、山东、河南、山西、陕西各司法机关的犯人。杨一清说, 按照永乐年间有关犯人充军的旧例, 依律发配到边卫。

——逃往各苑潜住谋生的流民。杨一清认为, 这些人不当差役, 不受官府约束, 搞不好是一种潜在的不安定因素, 但他们耐贫寒, 习畜牧, 招募来做牧军, 既可消除隐患, 又可充实牧军队伍。因此出台一条政策: 凡是逃亡来到本地潜住的百姓, 论法应该问罪, 现在允许其赴官自首, 免予治罪, 编入各苑籍册, 量其人丁多寡, 给予草场土地, 领养官马, 如此, 则"公法私情, 似为两便"。据说, 这个告示一贴出, 闻讯前来投军者络绎不绝。

——王府中的奴仆。杨一清对郡王、将军、中尉各府的家人进行了清查，凡超过法定人数以外的，一律"捉拿到官，审问明白，编发监苑"。

——一般平民。据载，嘉靖时固原州、平虏诸所和白马城堡等地招募人口时，"应募而入籍者，宁夏之人十则八九"。这条资料让我有点儿哑然失笑：今天，银川人和固原人有山川之别，操着不同的方言，原来许多人有着共同的祖籍。

当然，以上所述，也只是招募而来的牧军。至于因从事贸易等其他原因落居城里和"城背后"的，也在在有之，但无从查考。

在清水河流域，他们远离故土，身负罪责，是第一批最重要的垦荒者，该区域农牧兼营、以牧为主的生产结构正好在他们手中翻转。从那个时代开始，土地大量得到开发，农业逐渐成为主要的产业。也许，这符合太祖朱元璋的理念——史家公认，在明清的皇帝中，朱元璋、乾隆皇帝是最坚定的农耕文明维护者。

旷土尽辟，桑田满野，马散边城月。1641 年 8 月，其时为风雨飘摇的崇祯十四年，距离他在煤山自缢而死不到三年，陕西巡抚陈百羽的一份奏折中提到，开城苑，这个领有八营马房，"草场宽阔，水泉便利，地宜畜牧"，可牧马万匹的上苑，现存只有区区二十六匹马；而"草场逼仄"、可牧千匹的下苑——黑水苑，更是只有可怜的七匹马。马政的衰落，是一种制度的失败，也是一种文化观念的失败。

　　如今，在清水河流域，不经意间，往往会发现一处马营的废墟。苍天作证，大地有痕，侧耳历史的深处，会听到一种激荡的回声，云锦成群，蹄践霜雪，萧萧班马鸣，仿佛作别的仪礼。

青冈峡里韦州路

宋元丰五年（1082），苏东坡居黄州。就在这一年，他的老朋友张舜民贬官郴州，绕道来黄，与东坡同游武昌。自然，二人的话题之一是张舜民的遭际。细问之下，缘由很老套，不过又是一起被人告发用诗文讥讽朝政的事。大约这样的故事最能叫苏轼感慨，所以随手作了记录：

> 张舜民芸叟，邠人也，通练西事，稍能诗，从高遵裕西征回，途中作诗二绝，……一云："青铜峡里韦州路，十去从军九不回。白骨似沙沙似雪，将军休上望乡台。"为转运判官李察所奏，得罪贬郴州监税。

张舜民的这首诗并不算出名，而且文字上多有出入，如"青铜峡"又作"青冈峡"，"白骨似沙沙似雪"又作"白骨似山山似雪"，末句"将军休上望乡台"又作"凭君莫上望乡台"，等等，但对于方志以及地方史的研究来说却是宝贝，如明清以来的宁夏志书都作了收录。有意思的是，关于"青铜峡"还是"青冈峡"，多有考辨之作。主张"青冈峡"者说，这是地处今甘肃环县甜水堡的一段峡谷，距韦州七十里，张舜民随军从环州北上，由此向西北进发才可以到达韦州；而主张"青铜峡"者说，张舜民的诗是从古灵州（含青铜峡）一带撤兵的记录，从灵州到韦州，正好要穿越沙漠，所以才有"白骨似沙沙似雪"的悲叹。这类考辨中不乏学术的深究，但有时候也像对待某个历史名人的籍贯，沾边儿的地方都要拉扯一下。但韦州的地理位置是没有争议的，这就是今天宁夏回族自治区同心县的韦州镇。而对于张舜民诗到底是"青铜峡"还是"青冈峡"，本来可以就便用"诗无达诂"、两说无妨并存的理由搪塞过去的。这么想着，却突然有了一种新的发现：韦州的重要意义，不就是它正处于"青铜峡"与"青冈峡"之间吗？

从古灵州到韦州需要穿越的这片沙漠，即宋代著名的"旱海"。我初次接触"旱海"这个概念，也许受当代作家关于"旱海"描述的影响，一直以为指的是黄土高原像陇东、西海固这种严重缺水的地区，其实完全不是。宋代的旱海就指的是古灵州南面的沙碛地带，现代地理中通常称为"河东沙区"，区域面积约一万九千平方公里，其中沙地面积约五千平方公里。它总体是毛乌素沙漠的一部分，北端与库布齐沙漠、乌兰布和沙漠临近，西侧及西南侧又与腾格里沙漠遥接。穿越"旱海"实在是太难了，古人直接说它是"恶道"，颇有点

"闻沙色变"的味道。

　　我很喜欢日本历史地理学家前田正名对河东沙区的比喻："就如同大海中的一座大的孤岛"。他还指出，正是这样一个孤岛，将灵州隔离于传统农业区之外。韦州，正处在这个孤岛的南缘，由南向北看，就像深入沙区"旱海"中尖形的海岬，是这一区域中原农耕文化最北的突出部，因而成为走向北方游牧区的踏板。中原王朝占据韦州，可以伺机进军游牧地区；而对于北方游牧人来讲，穿越河东沙区占据韦州，就有了南下牢固的基地。明白了韦州在"旱海"地理空间中的位置，就可以体会其南通关中、北达塞外，举足轻重的战略地位了。

　　而介于青龙山、罗山两山之间的韦州川道，适足可以充当这样一个踏板和基地。这段狭长的平原地带，从南边一个叫作"大郎顶"的小地方开始，由高及低，平缓地向北推移，一直到罗山的东北缘，总面积达一千多平方公里，土地的平阔在黄土高原中是难得一见的。纵贯其中的甜水河，如今虽只见涓涓细流，但正如人们赋予它的名称，是甘甜清冽的生命之水。这条川道，近山林之利，富水泉之饶，夹在两山之间，汉代的文献中就直白地称为"左右谷"，大概是取河谷两旁都有高山的意思。而在唐代的文献中是被称为"安乐川"的，这个名称有丰富的人文含义，既是对当地宜居宜业状况的描述，也寄意新来的吐谷浑部众"安且乐"。如历史学家陈垣先生所说，后来由于唐肃宗对"安禄山"这个名字的厌恶，凡是郡县名字中带"安"字者多改之，"安乐川"也因此而改为"长乐川"。但无论是"安乐川"还是"长乐川",顾名思义都使人对历史上韦州平原的富美充满了想象。

那时候的韦州一定河流涌动,林草茂密。游牧人在此频繁地活动,能够说明这一切,《宋史》也描述此地"水甘土沃,有良木薪秸之利"。除此之外,遗留至今的一些地名也能很好地证明这一点:韦州川道最南端的"大郎顶",可能是一个蒙汉合璧词,"大郎"即蒙古语的 tal,是"草原、平原"的意思;"顶"即山顶,韦州平原正好在这里结束。

这样的韦州,是距离沙漠最近处的一道"甜点",是中原王朝在塞北最先伸出的触角之一。农耕的汉族人,游牧的匈奴人、吐谷浑人、吐蕃人以及党项人都视其为必争的膏腴之地,长弓短剑,铿然作响,"剑光夜挥电,马汗昼成泥"。可考的历史中,汉代三水县的故址就在韦州南侧的红城水,元狩二年(前121),汉朝在沿边选定五个地方以安置匈奴降人,称其为"五属国",其中北地属国即设在三水县;唐高宗咸亨三年(672),这里设置了州,用来安置吐谷浑部落;西夏人在这里建立了静塞监军司;明代更是封藩建国,是庆靖王的王府驻地。我猜测,元狩二年(前121),霍去病从环县出发,进军河西走廊,一定路过韦州并作了详细的探查,否则怎么会恰巧在这一年安置匈奴降户于韦州?唐王朝收复长乐川以后所更名的"威州",也凛然透出一种肃杀之气。至于后来觊觎韦州的中原王朝文臣武将、民族首领,也可以拉出一份长长的名单。

然而,刀光剑影只是历史长河中的瞬间。我心目中的韦州一直是那样的宁静祥和，特别是因为一个美丽的女性——弘化公主的到来，使得纷扰的世界一下得到平衡。弘化公主，唐王室"和亲"的第一位女子，史载她是太宗皇帝李世民的女儿，而很大可能是太宗宗室的女子，于贞观十四年（640）出嫁吐谷浑的国王慕容诺曷钵。她不仅是唐王朝和亲公主中的第一个，在唐王朝和亲的历史上还取得了好多个唯一：唯一被尊为大长公主，唯一其子二人又迎娶了唐室皇族女子，唯一出嫁以后而又极其罕见地重回长安入朝觐见。因为吐谷浑在与吐蕃人的战争中失败，咸亨三年（672），唐高宗辟地今宁夏中宁、同心、盐池三县的部分地区为安乐州（今韦州），安置其部众，以诺曷钵为刺史。自此之后，弘化公主一直到圣历元年（698）五月三日病逝，在安乐州居住长达二十六年。弘化公主奇质、清仪、睿敏，人们无法确知她在韦州的作为，如今只有一方书写秀丽劲挺的《弘化大长公主李氏墓志》供人们摩挲想象，但正如唐代陈陶的诗句，"自从贵主和亲后，一半胡风似汉家"，从那个时候起，大唐恢宏的文明，一种开放包容的气质就深深植根于韦州了。

到了明代，朱元璋的儿子朱栴到了韦州。这个十六岁的少年，一到韦州就爱上了这里的富美，喜欢这里"地土高凉，人少疾病，地宜畜牧"，在此长住九年，以后虽在银川开府，但每年都要携宫眷回韦州消夏纳凉。他在韦州营建了东湖和鸳鸯湖，使韦州的粗犷平添出几分江南的秀色。他开建王府，装点韦州城，楼台馆亭、雕梁画栋，把江南的建筑艺术嵌入寥廓的塞上。他"天性英敏",自幼又接受过良好的教育,"问学博洽,长于诗文",与王府一班文人学士赋诗填词,使得这里的山水氤氲了浓厚的人文气息,蠡山叠翠、西岭秋容、白塔晨烟、东湖春涨、石关积雪、韦城春晓……从此,韦州的山水更见精神,韦州的文韵更为醇厚。

朱栴死后葬在罗山东麓的韦州城,依山傍水,得水藏风。王陵的建造宏伟壮观,形制类似于北京的明十三陵,只是规模略小。后来几经破坏,如今只存残垣断壁,只是当地百姓口中的"墓疙瘩",令人唏嘘不已。巍峨的宫殿陵寝已经颓毁,包括那些优美的诗词歌赋都尘封在历史的故纸堆里。

……

因各种机缘,我常常在宁夏东部的一条南北通道上往返,而韦州是必经之地。这次,我又专程来韦州作实地踏访。为了使我的探寻更有收获,还约了考古学、历史学专业的朋友同行,请了韦州籍的金先生做向导。按照金先生的建议,我又专程登一回过去从未造访过的青龙山,这是韦州平原的东界。青龙山山势平缓,感觉上几个缓坡就到山顶,从这里向东眺望甘肃环县,这才明白所谓的山,其实只是地势抬升了几个台阶,以便使鄂尔多斯盆地西缘的韦州与黄土高原的陇东平滑顺畅地衔接。从这里到环县,有多条道路。山左有个村子叫"青龙山村",路遇一位村民,他说这里连接两省三县一区(甘肃、宁夏两省及环县、同心、盐池三县和红寺堡区),言下不无自豪。回望对面的罗山,高峻而蜿蜒,韦州平原就在脚下,左顾

右盼，南北望不到尽头，这使我又想起汉代不知哪位先贤一定
登上过青龙山或罗山吧，否则不会那么恰如其分地命名这条川
道为"左右谷"，既通俗又准确。上到山腰的一处平缓地，见
一座小庙，匾额草书"青龙庙"三字，低矮破旧，只是现代修
建的砖瓦木椽两开间房屋，毫无庙宇的恢宏，但考古的朋友提
示，散落的明代残砖、琉璃瓦、滴水等遗物，平台前残存部分
的夯土，庙宇低洼处的几孔窑洞，都显示它明代就已经存在，
且修建于夯土之上，其规模肯定比现在要大很多，大家不觉肃
然起来。这座占地广大的庙宇建在交通线上，当然是为了安顿
旅人的心情，想见当时一定行旅不绝。而纵贯韦州平原的 202
省道，曾是古老的丝绸之路，即《新唐书》所说的"萧关通灵
威路"。明代的三边总督每年率大军北上防秋，都要从这条路
上通过。"驰命走驿，不绝于时月；商胡贩客，日款于塞下。"
沿着这样的路，人们来到了韦州。而今，途经韦州的一条新的
高速公路——银昆高速（银川至昆明）正在建设，道路在延
伸。移民与容纳，正是韦州悠久的历史传统，这里因容纳而文
脉赓续，弦歌铮鸣。

贺兰山阙作春秋

1

　　贺兰山的独特之处在于，除了远观近赏，你可以随意地挑选一处沟谷，走进它的腹里。南北走向、长达二百多公里的贺兰山，东、西麓均呈梳篦状分布着众多的山口。清代翰林院庶吉士储大文有过《贺兰山口记》，他说（东麓）"山口约四十"，实际远不止此。今人统计，东麓大小一百八十条，长度十公里以上的有三十二条，最长的达五十公里；西麓亦复如此，大小沟口、河道近百条，长度十公里以上的有二十七条，最长的达二十八公里。这些山口长短不一，东南西北走向各异，更有一些沟谷相与贯通，纵横交错，如织如缕，如手掌的纹路。

　　我读古来歌咏贺兰山之作，最看重明代庆王朱栴的词《念奴娇·雪霁夜月中登楼望贺兰山作》，情景交融，意境宏阔雄壮，其中有"万仞雪峰如画""瀑布风前千尺影，疑泻银河一派"诸句，摹画出迥异于中原的雪色山光，只有亲见目睹者才能写出，仅此即远迈前人。但朱王爷显然与绝大多数人一样，是"遥望"而非"近抵"，更不是深入，对贺兰山的描摹终究绕不开大多数人"遥望""贺兰晴雪"的画面。如若深入贺兰山的内里，它才乐于和你分享它的秘密，你会感受到它令人瞠目的复杂和多面：峰陡壁峭，雄壮奇美，也山低崖矮，衰弱萎靡；乱石嶙峋，草木凋零，也涓涓细流，姹紫嫣红；曲径通幽，温润如玉，也肃杀凄清，风吼云怒。你需要多攀爬几条沟谷，特别是在它的南、北、中段至少各选择一处去体验。

　　贺兰山的密码其实就隐藏在它的沟谷中。读懂贺兰山，应该从阅读每一道山阙的故事开始。史前人类的活动，游牧人的踪迹，"云锁空山夏寺多"的皇家园林，明王朝的边墙烽燧。……当然，还有声名更为卓著的贺兰山岩画。幽深的山谷总能激发人们探索的欲望，刺激人的想象，于是就有贺兰山即不周山的考据，秦始皇修筑长城的传说，穆桂英挂帅的附会，甚至民国时期土匪的传奇。贺兰山口可描画可咏颂可探赏，而我更愿意记录每条沟谷的故事，贺兰山阙作春秋。

2

　　贺兰山的故事首先是游牧的人书写的，或者更确切地说，迄于清代，贺兰山的历史就是一部游牧史。

　　据《元和郡县图志》所云，"贺兰山"之得名，是因为"山有树木青白，望如驳马，北人呼驳为贺兰"。北人，大概率是指北方游牧民族，而且很可能是鲜卑人；駮，同"驳"，指色彩斑驳，植物学家解释此指云杉与山杨、白桦等混生的景象，实际不必拘泥于此。贺兰山草木稀疏，裸露的石色任何时候都是斑驳的。如果"斑驳"在鲜卑语中叫"贺兰"，那么可以从与之有密切亲属关系的蒙古语中来索考。蒙古语把贺兰山称为"阿拉善山"，那么，"贺兰山"也许就是"阿拉善"Alašan（意为"五彩斑斓之地"）的音译。揆诸唐音，"贺"的拟音为 [ɣɑ]，而据日本学者村上正二的研究，Alašan（阿拉善）一词中古蒙古语是读为 ɣalašan-qalašan 的 [村上正二．訳注《モンゴル秘史 3-チンギス・カン物语》，东洋文库（294），东京：平凡社．1976.258]，二者对音契合。其尾音 šan 被译为音兼义的类名"山"，较之"阿拉善山"，省减了一个"善"字，确实是恰切而节略的。如此说来，是鲜卑人首先使这座山闻名于世。但与《元和郡县图志》撰者同时代的杜佑在《通典》中又提及"突厥谓駮马为曷剌"，如果"曷剌"即"贺兰"的转音，那么，"贺兰山""阿拉善"的语源可以追溯到阿尔泰语系。但无论是突厥人还是鲜卑人，都是贺兰山游牧史中的过客。贺兰山驻牧的族群太多了，在一鳞半爪的史籍记述中留下名字的就有西戎、鬼方、义渠、朐衍、匈奴、突厥、鲜卑、吐蕃、党项、蒙古等。

　　山峦是游牧人的庇护所。在贺兰山的沟谷盘山涉涧，总能想起史书中关于游牧人生活的描述。《隋书》说他们"冬则入山，居土穴中"。《元朝秘史》说："咱每如今挨着山下，放马的得帐房住；挨着涧下，放羊的、放羔儿的喉咙里得吃的。"甚而想起司马迁的描述，那些游牧的人，各自分散居住在各个溪谷，各有自己的君长，不相统一。活动在贺兰山的鲜卑人，我们至少可以寻觅到"贺兰部""乞伏部"两个部落。

而更重要的在于，纵横交错的沟谷提供了游牧人随季节变幻、逐水草而迁徙的通道。东西联通的几条大沟谷，从来都是沟通阿拉善高原与黄土高原的坦途；繁多的曲径别道，提供了游牧人自由出入的捷径。

哪怕是一只山羊，也很难抑制穿越的欲望。贺兰山西麓是南北长而东西窄的洪积平原，西、北受到腾格里、乌兰布和沙漠的阻隔，牧草资源极其有限。然而，西麓却是适宜攀爬的缓坡，游牧的人信马由缰即可登上贺兰山顶向东眺望：冲积平原旷远无垠，一望无际；黄河湿地柔绿如染，苇花飞白；甚或河水襟带左右，大型的农业灌区五谷蕃熟，瓜香果甜。游牧的人如何才能平复自己垂涎的喘息呢？实际情况正是如此，历史上游牧民族南下，通道之一就是首先从更遥远的北方集兵于贺兰山东麓，然后顺黄河南下，再沿清水河穿越六盘山直抵京都长安。

3

显然，中原王朝很早就注意到了这条通道。

公元前 320 年，一路北巡的秦惠文王站在黄河东岸向西眺望。黄河水势浩荡，嵯峨的贺兰山若隐若现，河西湿地郁郁葱葱，匈奴人的牧马膘肥体壮。作为秦国历史上第一位称王的西部霸主，他会不会感到一种无形的压力？抵御匈奴人的长城已远在身后，为什么不把关口前移，将黄河作为防御的天堑呢？如果他有这样的闪念，那么百年之后秦始皇就付诸实施了，秦始皇三十二年（前215）蒙恬攻取河套黄河以南地区，"城河上以为塞"，在黄河的东岸分别修建了神泉障、浑怀障两个军事要塞。

而国力强盛的西汉王朝则进一步跨过黄河，直抵贺兰山下。汉兴之初，王朝继承了秦帝国的遗产，谨慎地维持着与匈奴以河为界的秩序，然而也早就显露出跨过黄河向西攻取的态势。在因袭黄河东岸秦帝国富平县的基础上，汉惠帝四年（前191）增置了灵洲县，最重要的是在四面环水、狭长的灵洲岛建立了河奇、号非两个官办的牧马苑，是当时全国五个牧马苑中的两个，其军事意图昭然。在元狩二年（前121）夏的第二次"河西之战"后，元鼎三年（前114），汉帝国沿着贺兰山东麓，紧邻几个大的山口设置了灵武县、廉县，修筑了专门屯田的典农城、上河城，牢固地占据了河西军储基地和交通要道。

关于骠骑将军霍去病第二次"河西之战"的行军路线，《史记》只简略提及"北地""居延""小月支""祁连"几个地名。今人研究，霍军由当时的北地郡北上，从银川平原的某一障塞而出，然后绕道居延海完成战略大迂回，对匈奴实施了一次出其不意的突袭。那么，他是从贺兰山哪个山口出发的呢？我猜一定是灵武口。这个山口可通阿拉善盟的那林霍特勒，在今青铜峡市邵岗镇西侧，而邵岗镇正是西汉富平县的故址，大军在此渡河，渡河的工具、粮秣的补充自然没有问题。"河西之战"后仅仅过了七年在灵武口设置的灵武县，是"灵武"这个地名在历史上的首现，《史记》记载霍去病死后"天子悼之……为冢象祁连山"，这使人不能不联想到这个地名似乎出于对霍去病用兵如神的纪念。明清旧志都记载此地有泉水，山涧溪流淙淙，山前又是一大片开阔地，显然适合大兵团运动，因而是战事频仍的地方，建宁元年（168），东汉名将段颎大破羌人，明洪武十三年（1380），西平侯沐英征讨瓦剌部的战争，都发生在灵武口。灵武口的地标是莎罗模山，今称"（大小）柳木高"，是海拔分别为1579米和1514米的两座山。明代庆王朱㮵曾在此建造宁夏莎罗模龙王祠。

贺兰山阙多战事。即便是辉煌的大唐王朝，也不能平息它的烽火，读一读王维、卢汝弼的诗句就可遥想："贺兰山下阵如云，羽檄交驰日夕闻。"，"半夜火来知有敌，一时齐保贺兰山。"

4

对明王朝来说，众多的贺兰山口是收拾不了的麻烦。翻检史料会发现，明朝对贺兰山口的重视是空前的，没有哪一个王朝对山口的记录比他们更翔实，只有现代的兵要地志和地理学才能超越。保存至今的贺兰山口的名称，也属明代最多。

在明人看来，贺兰山"形势虽险，防守亦至不易"，主要的措施就是修筑边墙。自明代成化年间起，迭经嘉靖、万历年间修葺完善，在黄河西岸，沿贺兰山修筑了一道长长的边墙，并在一些重点防御的山口修筑三道关口，以增强防御纵深。

"三关口"的地名就是这样的历史遗留。这个沟口此前叫做"赤木口"，在今银川市西南约45公里处，一直是银川至阿拉善巴彦浩特的通衢大道，后来建有银巴公路。依照《嘉靖宁夏新志》的记载，它与北部的打硙口（今称"大武口"）是"旷衍无碍"的通道，嘉靖十九年（1540）在此由东向西修筑头道关、二道关、三道关。从此，"赤木口"便被称为"三关口"了。

在依托边墙防御的同时，明朝政府还作出了禁樵禁牧的规定，并辅之以烧荒、砍木等措施，将贺兰山下的洪积台地划为军事禁区或无人区。但人们发现，这并不是一项好的措施：未禁之前，"风林山阙处，茅舍两三家"，樵牧的人家在山上定居，敌骑到来时，家养的鸡犬鸣吠，声息很快达于瞭台；既禁之后，等于自闭耳目，特别是风雨天气，往往敌骑抢掠撤回才发觉。《嘉靖宁夏新志》作出以上分析后还借别人之口挖苦说：林木长在悬崖绝壁上，敌骑又不会跑到悬崖上去，假如林木可以遏制敌寇，那反而应该是多种植而不是砍伐。

然而，无论是修筑边墙还是制造无人区，明王朝只能在一隅之地作出隔离，并不能阻止游牧人的南下。贺兰山口只是南下的通道之一，此路不通，自有他途。正如《嘉靖宁夏新志》所说，正统年间以后，北人更多的是避开银川平原，从贺兰山西侧即明人口中的"山后"直接南下，甚至到达甘州、凉州。

如今走过贺兰山口，见到最多的就是明代的边墙烽燧遗迹，不过是已坍塌的一道道土梁或一堆堆乱石。人为的阻隔早已消失，银川平原与阿拉善高原之间有多条道路，三关口还蜿蜒着一条崭新的高速公路，自驾不过一小时的车程。我的阿拉善朋友常常过来相聚，酒酣耳热的他自称"山后人"，高声喧哗："我买一把韭菜也会来银川！"是啊，山口依旧是山口，这是上苍赋予这块土地上人们来往交流的通道，穿越历史的长空，仿佛看到时间的老人在颔首微笑。

风雨折死沟

1

郦道元（约 470—527）显然已经注意到了这条河，《水经
注》曾简略地提到：

> 河水又东北迳于黑城北，又东北高平川水注之，即
> 苦水也。……川水又北，苦水注之。水发县东北百里山，
> 流注高平川。

确实极其简略。而且我猜测，他记下这一笔的时候，或
许心里有一点儿不踏实：如今被称为"清水河"的高平川水，
他说这就是"苦水"；而如今被称为"折死沟"的这条河，是
清水河的支流，他也称"苦水"。研究江河湖海名称的人都知
道，一条河可以有几个名字，或者一条河可以分成好几段，并
且每段都有一个名字。至于好几条河流都共用一个名称，也并

不罕见。但同一条流域而干流、支流重名，毕竟有点儿主次失序，方域失所。况且，他说这条河发源于高平（今固原原州）东北的"百里山"，郦学者大都将此作为一座山的专名来看待，但查阅古代地名辞典之类的工具书，在原州东北包括今天的甘肃环县，也是找不到这样一座山的。何妨将"百里山"看作是百里之外的山呢？总之，这一切都为"苦水"是否为"折死沟"留下了聚讼的空间。

考据总是很繁琐。但不管怎么说，"苦水"即折死沟，这是绝大多数研究者接受的结论。

化外僻壤之地，大多没有文字记载的历史。即使明清以来详载本地地理、沿革、风俗、物产、名胜、古迹的方志类图籍，均付阙如。只是在某些零散的纪文中，我曾留意到"折死沟"还有"哲思沟"这样一个诗化的名称。在以片段零星记录地理知识为特征的古代地理学时期，杰出的地理学家郦道元，执杖走天涯，竟然注意到了折死沟。那么多轰轰烈烈的大事件都"鲜文可征"，一条并不起眼的季节河却能载入皇皇巨著《水经注》。今天在折死沟流域的千山万壑中行走，哪怕是一脚踩空，也仿佛能跌入历史的长河。

折死沟，翔实而准确的描写材料，当然归功于现代地理学。比如，中国水利部组织、全国各省市自治区水利（水务）部门参与，行政资源和学术力量组成强大阵容编纂的《中国河湖大典·黄河卷》（中国水利水电出版社，2014 年），对折死沟作了翔实而规范的描述。也许，了解一些专业的数据是必要的：折死沟发源于甘肃环县毛井乡丁山庄，至王团镇蔡家滩村入清水河；流域面积1860平方公里，干流河长102公里，河道平均比降3.11‰；多年平均含沙量达635千克每立方米，实测最大含沙量达1580千克每立方米，为宁夏实测含沙量最大的河流；河流水质苦涩，多为苦咸水，多年平均矿化度7.0克每升；流域内有集水面积大于100平方公里的支流三条，即黑风沟支流、张家井沟支流和靳家沟支流。

按照条目选列标准，干流包括支流流域面积达到或超过1000平方公里的，才可以载入《中国河湖大典》。如此，清水河流域中入选的支流，左岸有中河、苋马河、西河、金鸡儿沟，右岸则只有折死沟。

可以说，理解清水河东部山区，必须理解其右岸折死沟！

2

英语的 Native 或 Indigenous，汉译为"原住民"，被用于人类学的研究中。我喜欢这个词，是因为它准确地表达了一方地域长期居住者的身份，而又不像"土著"这个词总带给人某种不悦。突兀地提及这个词汇，不是掉书袋，而是想说明，一经离开地理学的客观描述，原住民切身体验中的折死沟，很难摆脱那种"气急败坏"的情绪。

折死沟，不是一条驯服的河。虽以河流为名，但一切

"潺潺流水"、"浪花涟漪"抑或"鸟语花香"、"低吟浅唱"的美好形容词，均与它无关。

我们的叙述可以从清明节开始。

每年大部分的时间里，折死沟只是一道天堑。仲春暮春之交，春和景明之象，伴随着大地复苏的，首先是折死沟的淤泥。在落后的基础设施条件下，淤泥和着苦咸水，是行旅的麻烦制造者、沿岸百姓牛羊牲畜的陷阱。一个流行的笑话说：新潮的青年告诉一个老者，有一种东西叫"汽车"，可以自己行走，而老者不相信这世上还有除非人牵驴拉自己能够行走的东西，青年引着老者去看，不巧汽车被陷在折死沟的淤泥里，只好请周围的百姓帮忙，人力推、毛驴牵，一起把汽车从淤泥中拉出来。老者更加相信，自己的经验才是可靠的，而年轻人总是一惊一乍。这类故事的主题，是嘲讽老年人的顽冥不化，但故事的背景往往要设在折死沟里，因为折死沟的淤泥太真实了。

苦咸水也在此时苏醒，直到封冻季节。折死沟河谷切割极深，且上游有多处臭水泉涌出，泛着绿色的苦咸水，缓缓渗出，水量极小，不足以形成水流的景观。

而且，完全不可以饮用。

我曾在一篇小文中提及过折死沟的这种苦咸水，并引述与折死沟河性相似的甘肃环县耿湾的一条河沟里红军死亡事件为证。当时因为手头资料所限，有点儿语焉不详。后来进一步查阅，溯及资料源头。这是史兴旺、赵君旺两位作者，发表于

1993 年 9 月 7 日《解放军报》的《六盘山揭疑》一文，后来得到如中共中央党史研究室第一研究部所撰《红军长征史》、刘统所著《北上——党中央与张国焘斗争始末》等著作的采信：1935 年 10 月，党中央和毛主席率领中国工农红军，胜利到达长征路上的最后一座山——六盘山。就在此时，发生了一起红军命案：头天驻甘肃环县耿湾附近的红军将士们一夜之间竟无声无息，突然死了三百多人。到底谁是杀害他们的凶手？始终没找到任何线索和确凿证据。直到 1989 年初秋，解放军驻宁夏某给水部队，奉命到该地进行给水条件调查。该部水文地质工程师王学印、王森林得到当地群众口传的线索：红军从六盘山上下来后，许多人饥渴难忍就到沟谷找清澈的泉水喝。由于职业的关系，王学印和王森林很快怀疑到当地的水质上。他们根据已经掌握的水文地质资料和现场观察及采样分析发现，这里的泉水和沟水咸而苦，水中钾离子含量奇高，1 吨水中纯钾含量达 1000 至 2000 毫克。有些地方的泉水和沟水溢出外流时，还有不少气泡与泉水一起呈间断状溢出，有时会带有大量氰气，氰与钾、钠结合生成氰化钾、氰化钠这两种剧毒性化合物，人体若摄入 50 微克，即可造成中枢神经阻断性死亡，而且无任何知觉。至此两名工程师揭开了一桩历史遗留案件，真正的凶手被找到了。

在此向两位作者特别是王学印、王森林两位工程师表达由衷的敬意！

折死沟的苦咸水不仅不可以饮用，而且散发出的气体也足以致人死命。专业的学者告诉我，这种气体应该是硫化氢。水文学中一句"矿化度高"的客观叙述，非专业人员需要作多么深入的学习和理解。

切莫以为折死沟不是一条河。在降雨量集中的7—9月份，折死沟的洪水会真切地显出它确实是一条河，是一条桀骜不驯、野性十足的河。如果谁不能理解"暴怒"或"恐怖"这类抽象的形容词，你可以带他去看折死沟的洪水，它能够提供最直观的图像。折死沟的洪水总是突如其来的，奔涌的泥浆排山倒海，呼啸而来，除了如雷的轰鸣声、磅礴的冲击力，你还能观测到泥浆与土尘共舞的独特景观，一边是泥浆的奔流，一边是两岸轰塌冒起的阵阵黄色尘烟。我读到地理学的描述是这样的：植被覆盖率低，调蓄能力小，汇流速度快，洪水陡涨陡落，过程较短。在折死沟流域的灾害史记录中，洪灾往往占据着重要的位置。

经常听到当地老百姓说的一个词——"吹"。他们形容当地道路的崎岖，描绘沟沟坎坎的形成时，往往会简略地告诉你："是水吹出来的。"查汉语词汇的解释，"吹"的义项如：合拢嘴唇用力出气、吹气演奏、（风、气流等）流动等等，总之，和气体有关。然而，方言中的"吹"，是描述水会像风一样，"吹"出沟壑，可以体会到水流的疾速和力量。这个平实而通俗的词，好像通用在陕甘的黄土高原上，不是修辞学"水流"与"气流"的"通感"，凝结着多么痛彻的生活体验！

3

冬季的折死沟河谷是商队和行旅者的坦途和捷径，驼铃的声音不知曾在这里响彻过多少年。

从河湖大典的描述可知，折死沟河道平均比降较小，极少陡峻河床或"跌水"，平缓如通衢，放眼望去，浮在河道上的盐碱在阳光下泛着耀眼的白色，如暗夜行车时车灯照出的一束光，在黑暗中开出一条隧道。河道总体上平直，极大地缩短了人们出行的距离，也省却了攀越山道的辛苦。比如，从预旺镇至清水河谷，翻山越岭，上坡下沟，最便捷的山道往往在 70 公里，而从峡谷穿越，只需 15 公里。方志的研究者也曾指出，这段峡谷就是宋代文献中的"葫芦峡"，是清代以前从银川到固原的交通大道。可考的历史中，至少有过宋夏时期著名的"折姜会"，一个边民从事交易的"和市"，在今天马家高庄乡的东侧，与预旺镇隔河相望，折死沟正好在这一带完成它的 U 形弯。折死沟的右岸、支流黑风沟的左岸，这形成其连通三面的交通优势：北部的盐州、灵州，东部的环州和南部的原州。民国时期，远从内蒙古包头而来的驼队，即取道盐池县的惠安堡，同心县的韦州、下马关，在折死沟的支流黑风沟（同心县预旺镇北）入途，沿着折死沟河谷，东南一直可以走到甘肃环县，然后抵达甘肃东部或更远的地方；西南，可以直入清水河流域的固原。

但行旅的危险也相伴而行。

图册上的折死沟，只约略地显示这是一条 U 形的河流，比例尺愈小，这种"平直"的错觉愈强烈。但实际上，折死沟河谷却是典型的蜿蜒式蛇行河道。在峡谷中行走，逶迤曲折，左转右拐，视线遮蔽，声音的传播受阻，伏击具有相当的突然性，这便成为劫掠的理想之地。

可惜，我没有找到劫掠者和被劫掠者亲述的文字，无以提供这种"不在场的现实"。在此，我想引用文物专家何正璜先生亲历的游记文字，差可作为比照。20 世纪 40 年代，他参加西北艺术文物考察团，一行人乘着"骡轿"，从兰州到拉卜楞寺。1947 年 6 月发表于《旅行杂志》的游记散文《东方的梵蒂冈——拉卜楞》中，他描写他们一行人即将到达临洮唐汪镇的一段行程：

> 第二天，走不远，就开始上山了。先走山沟，弯弯曲曲，又走山窝，四面高山围绕，又走山脊，两边深谷如削，处处都令人害怕。中经一段，地名沙沟，地形复杂，真是山回路转，令人迷离，据说是有名的土匪出没之地。土匪利用弯曲多，行人前后相离二丈远即不得互见，土匪将前面一人摔入山谷中，后者毫不得知，如此一一摔去，即使大批行旅，亦可实行打劫。

故而，堂而皇之的国民政府艺术考察团要在"三百武装骑士"的护送下，完成考察拉卜楞寺的行旅，"但见刀剑戈戟，长矛短鞭，如回到了中古时代，也像扮演一幕古装的武场，又像是在拍摄一部国产的武侠影片，令人好不迷惑"。

折死沟河谷的行旅者，当然不会放松心情去遐想。我从记事起，听到的有关折死沟的传说，最多的便是土匪打劫商队、绑票撕票这类骇人听闻、令人毛骨悚然的故事。这类故事大多发生在民国时期，特别是匪患大炽的 20 世纪 20 年代初至 30 年代中期——一个被英国学者贝斯飞博士在《民国时期的土匪》中引称老百姓所说"国家不像国家，简直是土匪世界"的时期。历时非远，所以还在当地民间流传。不过，骇人的行劫越货故事，已变成鬼魂的传说。比如，在折死沟的"沙河"支流，有一个被称为"烧人沟"的沟岔，据说当年行旅者们被土匪堵截、烧死在里面，故此得名。传说夜深人静时候，会听到人声鼎沸，传出喊杀声、哀嚎声。传说如此恐怖，而且绘声绘色，没有人会在暗夜里穿行这条小沟。儿时路过这里，即便是大白天，也会快跑急速通过。

折死沟有着复杂的树枝状支流。千沟万壑，似枝条状的支流从干流放射出去，而支流又套着下一级的支流。没有人详细统计过折死沟的支流究竟可以分为多少级，总之，枝枝丫丫，将千山万丘切割成一个个相对独立的地理单元。盘根错节的沟沟岔岔，纷出的歧路，是贼人逃匿的便道。比如，一本史话记载说，土匪所依赖的就是山道野径，他们的口头禅是："就算打不过，两脚一抹油，到山沟里一钻。"传说中，民国时期本地的大土匪马绍武，最大的能耐是特别能跑，跑起来快马也难以追及。我曾费心搜罗新中国成立伊始人民解放军在折死沟流域剿匪的记载，想找到当年追剿土匪的行路历程，虽然没有更多的细节，但还是提供了足资想象的空间。《宁夏军事志》记载说，剿匪部队最辛苦的是赶路。1950年初春围剿马绍武匪部，在海原县庙山摧毁其指挥部，并击伤匪首马绍武。受伤的马绍武在折死沟流域的沟岔里潜逃，不断变换藏匿地点，剿匪部队竟然追了整整七天七夜，才将他堵到川口村的一个石洞里。川口村，紧临折死沟北岸。

汉语的词汇"剪径"，意为拦路抢劫。这个词汇里的"径"，即山路、小路，那种曲折蜿蜒的小路，才使得"强人""贼人"自由出没。《水浒传》里的人物朱贵说："小路走，多大虫，又有乘势夺包裹的剪径贼人。"这似乎不是"隔世之音"，民国时期的折死沟时刻复活着这一幕。

4

不光是"强人剪径"，王朝、军事集团征战的刀光剑影，一样也在折死沟闪烁。

不过，年代久远，文献不足征，那些遥远的战事已经掩埋在历史的尘埃中。

折死沟出蔡家滩入清水河。入河处，当地人直白而形象地称之为"蔡家口子"，谷坡陡峻，红色的山崖夹岸嶙峋崛起。

从军事地理学的角度来看，扼守蔡家口子，即锁住折死沟从预旺至李旺的峡谷即上文所说的"葫芦峡"，从而控制从宁夏北部至南部固原的这条重要通道。宋代的文献说，范仲淹为了控制这条通道和降服暗通西夏的明珠、灭臧二族，提议构筑细腰葫芦峡城。明代固原方志的材料说，这条峡谷通韦州、灵、夏诸处，"其路两山相夹，最为要害"，并进一步指出，细腰葫芦峡城就是"李旺东堡"。而另一些研究则说，细腰葫芦峡城，即今同心县王团镇张二水塘古城，在折死沟的北岸。也许，"李旺东堡"和张二水塘古城是一个地方？

不管怎么说，葫芦峡作为战略要地的重要性是不言而喻的。正是看到了这一点，明代政府在峡谷的两端即今预旺和李旺，分别设立了平虏守御千户所和镇戎守御千户所。

文献中所见最明确的折死沟的战争，发生在明军与蒙古人之间。

嘉靖六年（1527），当时任三边总制的是王宪（1464—1537）。六月，一支蒙古人的军队，从花马池（今盐池县）入寇黑水苑。黑水苑，地在今固原原州区的黑城，是明代养马的地方。据嘉靖《固原州志》的记载，黑水苑有马房397处，草厂2所，草场、马圈9处，看来规模比较大。蒙古军的目标是黑水苑，显然是盯上了这里的马。但蒙古军入寇的消息，显然被王宪预先侦知，他已调集榆林等处兵马二万严阵以待。蒙古军来了以后，王宪指挥各路兵马合击，斩首三百余级。战后，状元康海写了篇《平虏碑记》，至今还收录在嘉靖《固原州志》中。据康海的描述，这是一场伏击战，明军在哲思沟（折死沟）的两端，掐一段，堵头、拦腰、断尾，取得了战役的胜利。

积尸草木腥，流血川原丹。

——只是，不知道蒙古军到底来了多少?《明史》的记录是"数万骑"，而嘉靖《固原州志》的记载不过"千余人"。康海估计是知情人，他的碑记充分发挥了状元的智慧，以缄默代替撒谎，耍了一个小小的滑头：干脆不写入寇的人数。文中提及的"细沟、哲思沟、白羊岭、五羊坊"等地名，都是一些山梁沟岔，完全不适于大兵团的展开，嘉靖《固原州志》的记载应该可信。但明廷和正史显然采信了邀功的数字。嘉靖皇帝朱厚熜很高兴，王宪因此加官进爵，封妻荫子，"加宪太子太保，复予一子荫"。

5

我所描写的折死沟，终于要告别古代。

交通工具的变革，首先否认了它作为一条交通要道的价值。折死沟即便是一条捷径，谷底平而阔但松而软，只适合于肩扛畜驮，连畜力车也不适宜。如今，陆地交通四通八达，"张羊公路"（张家塬至羊路）以及一条崭新的"王预"公路（王团至预旺），穿山越岭，贯通东西，将清水河与古代的"韦灵大道"相连接，更不用说贯穿南北的大动脉银昆高速

（银川至昆明）途经预旺，使得长期以来偏处地理死角的这个小镇加入全国高速路网体系。

经济社会发展，也使折死沟流域失去了大举农事的意义。这里属于半荒漠地带，梁峁纵横，土壤贫瘠，干旱少雨，年降雨量只有 200～300 毫米，绝大部分地区不适合发展农业。长期以来，过度的耕垦加剧了水土流失，使得折死沟流域那种十足的"野性"愈发变成一匹脱缰的野马。改革开放以来，不断实施的扶贫计划中，"移民搬迁"都被列为彻底解决折死沟流域贫困的主要举措。折死沟流域的多数地方被列入"迁出区"，整村迁出。我读过一篇网文，其中述说留守折死沟沿岸白崖子村、张家嘴子 13 户人家的艰辛生活。这是十多年前的事，现在，移民搬迁工作基本完成，居民几乎悉数迁出。

如今，你穿行折死沟流域，在一个个梁峁的过渡处，或南北或东西走向的山脚下、沟壑边，都可以发现被废弃的窑洞，或排列整齐，或孤独自处，那是当年辏集连片的村庄或离群索居的"鸡窝人家"。窑洞一旦遗弃，无人打理加上雨水的冲刷，其坍塌的速度真是快得无法想象。不过数年时间，那些曾经热闹的、升起着袅袅炊烟的窑洞，差不多要成为"遗迹"。秋风荒草，耕牧几绝，黄土地正在修复。是啊，作为一个不适于农业开发的地区，过去已经付出了太多，人们索取的也已经太多，迫切需要休养生息。

然而，走出古代，折死沟流域还没有找到融入现代的方式；或者说，现代社会还没有找到接纳它的方式。

　　驱车经过王预公路。道路随山就势，画出优美的曲线，是自驾游者张扬个性和追求自由的好地方。路的两侧人工种植了柠条、文冠果等耐旱的灌、草植物，四季各有动人的色彩。我从一些报道中读到，好心的人在做着鼓动宣传，说蜿蜒的王预公路像"66号公路"，以此唤起游客的好奇。

　　不，王预公路就是王预公路，它是独特的。有谁没有见识过真正的黄土丘陵吗？折死沟流域是经典的教科书，值得精研细读。沿着这条路，抵达山区的腹地，不是要去体验印第安的锥形帐篷、保留区抑或鳄鱼观光农场，而是要深入黄土地，深入她长形的梁和圆形的峁。这里的荒漠草原景观，一山一壑，一花一草，野狐野兔呱拉鸡，冰草沙蒿骆驼蓬，教给你黄土地的基本常识；坍塌的窑洞还有水窖，残败的庄院，依然顽强挺立的榆树柳树，让你见识什么是生存的困顿和坚韧；裸露的土地，破碎的山岗，满目疮痍，启迪人与自然和谐的历史教训……它的风土是独特的，人文是独特的。

　　折死沟，一定将以黄土丘壑的本质面目走出古代，进入现代。

　　暗夜里，罕见民居隐约的灯火，只有满天灿烂的星辰。有风从山岗吹过，远处仿佛飘来熟悉的童谣：

　　　青石板，钉银针……

　　目不识丁的百姓将广袤的苍穹比喻为"青石板"，将满天的繁星比喻为"银针"。多么形象的表述啊！星星的故乡，数星星的人。

在折死沟入清水河的入河口——蔡家口子，我与学者朋友寻找一处遗失的古城遗址，当年的城堡建在岸边，一部分已经坍塌，跌入沟中。确定一处遗址的文化含意总是困难的，但失望或兴奋的探访过程总使人怀念。在浮着盐碱的白色沟底徘徊，想象着东来西往的行旅，幻视在某一个拐弯处会突然出现一链子骆驼。仰望夹岸深邃陡峭的沟壁，垂直深切的地层剖面，土壤的色彩黄、红不同，地理学的朋友叙说午城黄土、马兰黄土的知识。

苍天厚土，满腹心事。细细品味郦道元笔下的"水发县东北百里山"，水长山远，总觉得表达的无力。述说折死沟，我的笔触不能道其万一。航拍的朋友从400米高空俯拍的巨幅照片，宏阔清晰，经得住反复的摩挲和细细的端详，确实，"文不如画"，但总觉得缺少一点神韵。心里默下一念：百里山，葫芦峡，请个画家来画你！

预旺川，米粮川

预旺川，米粮川。

——宁夏同心县民谚

对于我来说，这块巴掌大的故乡，是故乡，也是他乡。

——丁小村《我那巴掌大的故乡》

1

骑上一辆加重自行车，后座上还捎带着一个人，在铺着砂石、坑坑洼洼的公路上行驶，会是一种什么感觉？

行车的阻力很大，相当费劲；颠簸很厉害，屁股被咯得生疼；速度稍快，路面的小石子会蹦起来，像弹弓的子弹一样弹出去……

这会是一种令人心怡的"驾驶感"吗？

我的回答：是的。

1979 年，某个秋天傍晚的余晖刚刚散尽，怀揣着陕西师范大学的录取通知书，做好入学的准备后，我和长两岁的兄长，一起到母校中学的门口作最后的一瞥。

说不清是留恋还是对即将远行的行程的担忧。总之，感到五脏六腑都无处安放，心里憋得慌。

何况，加重自行车还是借来的呢！这可是梦寐以求的、最先进的交通工具。拥有自行车的心情激动，绝不亚于如今爱车人拥有保时捷 Carrera GT 或兰博基尼 Murciélago。我们从中学所在地，沿着通往县城的那条砂石大路，从南向北，由北而南，反复、猛烈地骑行了两个来回。凉风习习，小镇的灯火忽隐忽现，我们硬是将自行车骑出了"风驰电掣"的感觉。末了，在小镇最大的建筑——国有粮库边歇息，发出我们由衷的感叹：

> 预旺平原，真大，真平！老人说，预旺川，米粮川，啧啧！

预旺是一个乡镇。镇治所在地，是一个南北长而东西窄的狭长平原，不过十多平方公里。在黄土高原的千山万壑中，突兀地出现这样一块平整的土地，令人惊诧、顿生艳羡。因为一纸通知书的预期，欲望也蓬勃起来：有朝一日，是可以在这么平展展的地方坐一坐的。方言中，"坐"是"坐家""居住"的意思。

接下来，是我上学的旅程。

车行宝鸡，传说中的"八百里秦川"展现在眼前。九月的关中平原朦胧在雨中，黄绿翠微，辽阔舒缓，花态柳情，山容水意。与此相比，干涸枯焦瘦小的预旺平原岂可忝为在"平原"之列？从此我那巴掌大的故乡，在心里不断下潜，似乎要永远潜入海底。多少次回乡往返的路途中，我每次驻足回望的一瞥，都似乎是羞怯的。

然而，回味和咀嚼却是经常的，正应了那句经典的台词："不是想不起，而是忘不掉。"

2

埃德加·斯诺曾经到过这里，时值 1936 年的酷暑季节。"首先他到了苏区当时的临时首都保安（即志丹县），和毛泽东同志进行了长时间的对话，搜集了关于二万五千里长征的第一手资料。然后，经过长途跋涉，他到达了宁夏南部的预旺县，这已经是和国民党中央部队犬牙交错的前沿阵地了。"（胡愈之：《西行漫记》中文重译本序）斯诺自述："在甘肃和宁夏的山间和平原上骑马和步行了两个星期以后，终于来到预旺堡。（埃德加·斯诺：《西行漫记》，董乐山译，229 页。生活·读书·新知三联书店出版，1979 年 12 月，下同。）"一进入预旺平原，眼前的景象，给他一种出乎意料的惊喜：

　　与陕西和甘肃的无穷无尽的山沟沟相比，我们走
的那条路——通向长城和那历史性的内蒙草原的一条
路——穿过的地方却是高高的平原。到处有长条的葱绿
草地，点缀着一丛丛高耸的野草和圆圆的山丘，上面有
大群的山羊和绵羊在放牧啃草。兀鹰和秃鹰有时在头上
回翔。有一次，有一群野羚羊走近了我们，在空气中嗅
闻了一阵，然后又纵跳飞跑躲到山后去了，速度惊人，
姿态优美。（267—268 页）

　　"高高的平原""葱绿草地""大群的山羊和绵羊在放牧啃
草""兀鹰和秃鹰""野羚羊"……，这样的文字，如马致远《天
净沙·秋思》之"枯藤老树昏鸦"的手法，以众多密集的意
象，勾勒出一幅温情的"仲夏远行图"。

　　从 1936 年 8 月 16 日至 9 月 7 日，斯诺在预旺县采访 20
多天。有人作过统计，《西行漫记》的文字有近三分之一是在
预旺采写的。"真正的红军"以及预旺包括当时预旺县一些名
不见经传的小地名如"包头水""吊堡子"，随着这部著作的
出版被传向了世界——一如斯诺的诺言："我今天替你们照了
红军活动的照片，我将带到全世界去传播。"斯诺说，预旺堡
"那时候是红军一方面军和司令员彭德怀的司令部所在地"。撷
取一小段的材料，就可以体会什么叫将星如云了：斯诺"在预
旺城东门外受到彭德怀、刘晓、李富春、聂荣臻、左权、邓小

平、陈赓、杨勇、杨得志、肖华、朱瑞等红军高级将领的热烈欢迎"。特别是那幅被题为"抗战之声"的照片，被作为《西行漫记》的封面，成为"红星照耀中国"的标志性象征："在预旺堡的高高结实的城墙上，红军的一队号兵在练习吹号，这个堡垒一样的城中有一角落飘着一面猩红的大旗，上面的黄色锤子和镰刀在微风中时隐时现，好像后面有一只手在抚弄一样。"（246页）人们也许会淡忘《西行漫记》中来自预旺的那些文字，但《抗战之声》这张图片却时常被人提起，并且传说愈来愈鲜活。一本《同心史话》的书曾这样描述道：

> 一天清晨，斯诺在预旺南门外拍摄晨练的红军小号手，这些小战士都仅有十四五岁。斯诺调整着镜头，总感觉有些不如意。突然，他眼前一亮，一位个头高挑年轻英俊的红军战士向他走来。这就是19岁的营支部书记谢立全。……斯诺问他会不会吹军号，谢立全说："我刚参军时就是小号手。"斯诺高兴地让他站在红军军旗旁吹军号。
>
> 谢立全站在红旗下，对着喷薄欲出的朝阳，昂首挺胸，吹着军号，斯诺望着全神贯注的神态，非常满意，赶快按下快门，摄下一张珍贵的照片——《抗战之声》，这张照片后来广为流传，被评为世界经典图片。

我相信，这样的描述一定是今人经过辛苦的考证再加上想象的复原。

给斯诺留下深刻印象的还有预旺一带的西瓜：

> 从最高级指挥员到普通士兵，吃的穿的都一样。但是，营长以上可以骑马或骡子。我注意到，他们弄到美味食物甚至大家平分——在我和军队在一起时，这主要表现在西瓜和李子上。指挥员和士兵的住处，差别很小，他们自由地往来，不拘形式。（234页）

> 宁夏产瓜，种类很多，彭德怀很爱吃。可是，好吃惯了的作者却发现彭德怀在吃瓜方面并不是对手，但在彭德怀参谋部里的一位医生面前却只能低头认输，他的吃瓜能力已为他博得了"韩吃瓜的"这样一个美名。（238页）

> 一天早上我到彭德怀的司令部去，发现他有好几个部下在那里，正好开完会。他们请我进去，开了一只西瓜。我们围桌而坐，淘气地在炕上吐起瓜子来。（266页）

> 我记得有一天早晨在路上向一个回民老乡买瓜，他种了一山坡的瓜，是个态度和蔼的乡下佬，满面笑容，脾气随和，还有一个长得实在美丽的女儿——在这些地方这是十分不多见的，因此我迟迟不走，买了三个瓜。我问他，马鸿逵手下做官的是不是真的像共产党所说的

那么坏。他滑稽地举起双手表示气愤，一边嘴里吐着西瓜子。"哎呀！哎呀！哎呀！"他叫道。"马鸿逵，马鸿逵！征的税叫我们活不了，还抢我们的儿子，又烧又杀，妈的马鸿逵！"最后一句话的意思是你可以奸污马鸿逵的母亲，这还便宜了他。院子里的人看到这老头儿这么激动都笑了。（288—289页）

回到预旺县以后，我发现部队在吃西瓜庆祝甘肃南部传来的无线电消息，马鸿逵将军的国军有一整师向驻地的四方面军投诚。（293—294页。按：预旺县治在今下马关镇。）

农民们在路上卖水果和西瓜，红军买东西都付钱。一个年轻战士同一个农民讨价还价还了半天，最后用一只心爱的兔子换了三只西瓜。吃了西瓜以后，他很不高兴，要把兔子还给他！（306页）

彭德怀开了一只大西瓜庆祝今天的好消息。这里的西瓜又便宜又好吃。（307页）

碉堡子九月六日。今天休整。一军团的指挥员们全在彭德怀司令部吃西瓜，战士们休息，自己打球吃西瓜。（308页）

　　行笔至此，我好像应该为预旺的西瓜做一个广告。斯诺笔下的那种西瓜，是一个老品种了。皮厚，籽大，生瓜皮呈翠绿，熟后碧中泛乌蓝，能窖储过冬。由于光照时间长、昼夜温差大等原因，含糖量较高；且预旺地区寒凉，西瓜晚熟，作为商品，可以利用季节差。当地民谚有"早穿棉袄午穿纱，围着火炉吃西瓜"之说，一方面是当地气候特征的写照，另一方面是指西瓜可以储藏过冬，在反季农业兴起之前，冬天吃西瓜，确实是预旺一大奇观。

3

　　学过一点交通地理学的常识，知道"自然条件、技术措施、经济社会效益"这样的一些概念，慢慢地明白：那些年只是将预旺作为"平原"去认识，实在是过于浅陋和局限了。预旺的意义，并不全在于它是黄土丘壑中的平原——虽然在传统的农业社会中这极为重要，但更重要的是其独特的交通位置。

　　斯诺实际上已经指出了预旺在交通区位中的价值："我们走的那条路——通向长城和那历史性的内蒙草原的一条路。"应该稍作全面一点的概述：预旺，可以北达宁夏的银川、灵武——斯诺所谓"通向长城和那历史性的内蒙草原的一条路"，南抵宁夏固原，从此可通过甘肃平凉，直入关中平原；

东接甘肃环县、庆阳，进入陕北黄土高原；西连宁夏海原、同心，进入著名的河西走廊。

古老的丝绸之路途经于此，这就是唐代的原灵古道。从原州（今固原原州区）到灵州（今吴忠），预旺是重要的驿站。唐大中三年（849），唐军从吐蕃人手中收复原州等三州七关，大诗人白居易的堂弟、邠宁节度使白敏中规划了这条道路即《新唐书》所说的"萧关通灵威路"，具体走向是：原州—李旺—羊路—张家塬—预旺—下马关—韦州—惠安堡—灵州。这条唐代的驿道一直沿袭至今。

对于交通地理，文字的表述往往是无力的。比如，指出经预旺可达固原，你毕竟不能把握道多歧路的具体状况，或者之间还要经过什么重要的节点。实际上，从预旺到固原，有多条路可走。比如，道路之一，是先抵达海原县的李旺镇。从此以后，进入清水河流域的川道，一马平川，抵达固原，穿越六盘山，即可一路进入关中平原。同样，如若从李旺北达预旺，即一路坦途，进入古灵州即今宁夏北部吴忠。在这里，我也已经指出李旺作为另一个交通枢纽的地位。

但即使从预旺抵达李旺，依然有不同的道路选择。

预旺濒临一条狭长的"几"字形旱季河，属清水河右岸一级支流。宋代应该叫"葫芦峡"，大约因其"几"字的形状，老百姓就直接称为"折死沟"，如今载入典册的正式名称也是如此。预旺镇和李旺镇，正处于"几"字形"丿"中的东北和西南两端。这段峡谷可以通行，实测18.5公里。但若翻山越岭，则数倍于此。久历戎行的范仲淹，可能敏锐地看到这条峡谷作为预旺交通周边特别是连接固原的重要意义。庆历年中，他抓住宋夏议和的短暂时机，提出在李旺镇建筑堡寨——细腰葫芦峡城，从而控制这条峡谷通道的建议。关于这段史实，诸多细节尚不明确，以至于"细腰葫芦峡城"是一个城还是"细腰城""葫芦峡城"两个城，聚讼不已。我选择相信方志作者的认知，比如，我的父母官，《光绪平远县志》的作者、县令陈日新说：

> 细腰葫芦峡城，即宋之镇戎所，今之李旺东堡也，在预旺城西。……宋仁宗庆历五年，环原之间，有明珠、灭臧、康奴三族最大，交通西夏。宣抚使范仲淹议筑古细腰城以断其路。

"镇戎所"，在今李旺镇。

同样是出于控制这条便道的考虑，明代成化年间分别设置了镇戎守御千户所（李旺）和平虏守御千户所（预旺）。《明实录》云："固原卫迤北葫芦峡口并豫王城俱有古城一座，通宁夏韦州。计周围数百余里，内为土达居住之巢穴，外为虏寇出没之喉咽。……仍修理豫王城，设平虏守御千户所，其葫芦峡口设镇戎守御千户所，俱隶固原卫。"（卷157）我甚至猜测，嘉靖年间兵部尚书兼右都御史王琼，提督陕西三边军务时，率精兵三万，由固原地区赶赴灵州，巡行塞上，也走的是这条峡

谷。兵贵神速，俺答知道消息后，不敢应战，慌忙撤走。不战
而屈人之兵，王琼以一首《嘉靖己丑夏五月兵过预望城》的
诗，记录了自己的一丝得意：

原州直北荒凉地，灵武台西预望城。
路入葫芦细腰峡，苑开草莽苦泉营。
转输人困频增戍，寇掠胡轻散漫兵。
我独征师三万骑，扬威塞上虏尘清。

以今日宁夏全境的南北道路交通而言，有"东线""西线"
之分。这主要是指宁夏吴忠至固原段特别是在同心县境内，公
路建设呈西重东轻的情况。但在相当长的历史时期，宁夏东
部常常为中原王朝所控制，更深刻地受到中原农耕文明的浸
润，故而东线的交通是经营的重点。也是陈日新说的："盖明
以前，自宁夏至固原，军塘皆设之惠安、韦州、下马关、预旺
城一路，而同心城或为僻壤，故其地不著。"直到清代左宗棠
用兵宁夏地区，也曾明确指出，预旺城地势，背接韦州堡，回
军如果由金积堡向南进击，必经韦州堡以达预旺。一过预旺则
道路分歧，防剿均费兵力。明人眼中的"喉咽"，以及左宗棠
所谓"一过预旺则道路分歧"，描述的都是预旺四通八达的交
通态势。

交通枢纽的地位，使得预旺辐射半径扩大，造就了集市的
繁荣。相当长的时间，预旺一直有"旱码头"之称。在周边

的马家高庄、张家塬等几个乡镇中，预旺是处于经济文化中心位置的。"预旺城来米粮川，四街八巷赛长安"虽嫌夸张过甚，但也足以体现本地人的自豪。四邻八乡包括甘肃环县的老乡们，骑驴牵牛，到预旺赶集，杂糅着四方之音的小贩的吆喝声，是预旺作为交通枢纽最好的注脚。如果再需提供依据，则"预旺"的名称便是最好的佐证材料之一：它最早的称呼是"豫王"，清顺治年间被改名为"豫旺"，取"集市繁华买卖兴旺"之意。

4

当地人提及"预旺"，总喜欢说成"预旺城"，快速的语流中，听觉上好像是"羊城"Yang-cheng。《光绪平远县志》记载说，"豫王城，盖元豫王城之也，今名预旺城。周五里三分，高阔各三丈二尺。题设守御千户所，隶固原卫。东关被水患，嘉靖中改筑西北关，周三里二分，高阔各三丈"。考之史书材料，豫王名为阿剌忒纳失里，是元太祖第六世孙，元文宗天历元年（1328）（一说为天历二年，即1329年）被封为豫王，令筑城于此。由此算来，预旺城的建设距今已近七百年。

当年的预旺城到底什么模样，史籍无载，不容易想象。从《光绪平远县志》的记载看，我们只知道明代嘉靖年间因为遭受水患被重修过一次，并且城池的规模有所缩小。万历年间的兵部尚书石茂华巡察陕、甘时，曾有《提兵防秋宿平虏所》

诗：

> 城名豫旺自何时，莅率戎行暂住斯。
> 莫计旋期歌暮止，肯缘塞意动凄其。
> 边烽直接渠搜野，戍道遥通瀚海涯。
> 颉利已收南牧马，穷荒日日猎狐麛。

只是提及在预旺暂住，对于预旺城的情况无一语道及。

斯诺曾写过："五小时后，我们到达了预旺县城，这是一个古老的回民城市，居民约有四五百户，城墙用砖石砌成，颇为雄伟。城中有个清真寺，有自己的围墙，釉砖精美，丝毫无损。"（268页）很容易将这样的字眼当成对"预旺"的描写，但稍加斟酌，就会明白这里说的不是预旺城，而是"预旺县城"，指的是当时预旺县治下的马关城。而关于预旺城，斯诺的描述如：

> 那是宁夏南部一个很大的有城墙的市镇。（229页）

> 一天早上，我登上预旺堡又宽又厚的黄色城墙，从上面往下看，一眼就望得到三十英尺下的地面上在进行着许多不同的，却又单调和熟悉的工作。这仿佛把这个城市的盖子揭开了一样。城墙有一大段正在拆毁，这是红军干的唯一破坏行动。对红军那样的游击战士来说，

城墙是一种障碍物，他们尽量在开阔的地方同敌人交锋，如果打败了，就不固守城池消耗兵力，因为在那里有被封锁或歼灭的危险，而要马上撤退，让敌人去处于这种境地。一旦他们有充分强大的兵力可以夺回那个城市时，城墙拆了就容易一些。（297 页）

可能，最初的预旺城就是黄土夯筑。

屡经修缮而保存较好的，是位于城正中的钟鼓楼，具体修筑年代也不详。据预旺《净慈寺重修碑记》记载，明万历末年已进行过补修。钟鼓楼砖石砌成，为正方形，长、宽、高均10 米左右。外顶平台原建有砖木阁楼，挑檐飞脊，雕梁画栋。其东南西北分别开有一道券门，楼的正中有穹隆顶连通，供四方行人车辆往来。每道券门顶端，又分悬四块石刻券额：东曰"宾日"、南曰"观讹"、西曰"饯成"、北曰"乐易"，出自《尚书·尧典》，分别代表东、南、西、北四方和春分、秋分、夏至、冬至四时太阳东升、南移、西落、北易的时刻。

而我喜欢的，是关于预旺建城的一则传说：

相传，规划中的预旺城周长五里三分，方位是正南正北的。

规划好以后，工匠放线作了标识。谁知奠基当晚，下了一场雪。第二天天亮后，人们发现施工放线被移动了，正南正北的城池变成向西南倾斜。白茫茫雪地上没有任何人的印迹，只有狐狸的踪迹。

工匠们上前测量图案方圆，也是五里三分，与规划建设城池大小相当，认为这是天意，于是不再更改，依样开工。

在有些版本中，这个传说被加以完善、渲染，特别是加上"豫王阿剌忒纳失里"这样的主语。

我之所以喜欢这则传说，是因为其中充满了"仙气"。风水先生说，预旺平原宛如凤凰双展翅，城堡就建在凤头之上。也许，交通四方，八面来风，如此的地理赋予了预旺的灵气，造就人才辈出的独特现象。可能长期地处边陲，"虽极风华"而"悉置不录"，以至于"鲜文可征"，很难在史籍"人物志"一类的资料中找到例证，但近几十年来的表现却可圈可点：高考恢复的头几年，预旺中学是同心县高考入学率最高、产出大学生最多的中学；放眼宁夏全区，本土的科学院院士、"长江学者"这种稀缺的称号截至目前为止，都被预旺地区独擅；"学而优则仕"者也在在有之。我所尊敬的一位长者，曾意味深长地说："预旺，不长粮食，只长人才！"

5

然而，我所经历的预旺，却是一部不断衰败的历史。

作为预旺最显著标志的城墙不断毁颓。1975 年，我刚刚步入预旺中学时，往往能够见到有羊只被人牵到城墙上吃草，心中的震撼是不能描述的——不是震撼于城墙被肆意践踏，而是墙体的高大宽阔，竟然杂草丛生，可以放牧。后来见到城根下的住户竟然以墙体为崖，开掘窑洞，一如在山里才常见的"靠山窑"。那时候，西城门还是存在的，出预旺中学南门左拐，步行一小段距离，就可以进入城内集市看热闹，往往可以在城门洞里歇凉。不知什么时候，西城门就连同城墙一同消失了。拆毁的墙土用来填平堑壕，堑壕进而被改造为耕地。斯诺所看到的"又宽又厚""高高结实"的预旺城墙，如今见到残垣断壁已属不易。所谓"夷为平地"，这里有最好的注脚。

集市也显得萧条。从前每逢农历"（初）三、六、九"集日，人们拥挤的状况真可以用"摩踵擦肩"来形容。我想，随着收入的提高，人们的消费层次会提高，而中高端的业态往往在上一级的城市里。比如，过去当地人置办婚丧嫁娶的衣物，会在预旺就近完成，但现在却可能到县城甚至省城。但除了这种商业发展的一般规律，人口的锐减也是商业萧条的重要原因。预旺地区十年九旱，生态环境恶劣，贫困人口多，贫困程度深，连续多年的移民搬迁，周边一些沟壑纵横、交通不便的村庄，人口已悉数迁出。我所熟悉的几个村庄人口，在《宣统二年平远地理调查表》（1910）中有如下记载：王家湾，户数 5，人口 35；龚家湾，户数 19，人口 104；扁包川，户数 14，人口 58。在改革开放之初，这些村庄的人口远超此数，在 200～300 人不等，但现在几成空壳。我从理智上赞同和积极推动这样的地方实施移民搬迁，但人总是很奇怪的，生于斯长于斯，心中总有着挥之不去的失落感。

也许，给人以慰藉的就只有"预旺"这个名称了：预旺，在预想的未来中，一定会兴旺。

塞北何以似江南

翻检中国历史典籍，不难发现一种超乎一般地域的文化认同：江南。

"江南"本是一种地域概念，即长江以南地区。但历史上人们使用这个词时，却往往指不同的地域范围。简而言之，从自然地理的角度看，始见于春秋时期的"江南"一词，指的是楚国郢都（今江陵）对岸的东南地段，随着楚国在长江南岸拓地日广，江南的范围延及今武昌以南及湘江流域；秦汉时期的江南主要指长江中游以南地区，但在实际应用中也包括今长江下游的江浙地区；南北朝时期的江南则移至下游的江浙一带。从行政地理来看，王莽改夷道县（今湖北枝城市）为江南县，昙花一现，几乎鲜为人知，可置之勿论；唐贞观元年（627）设江南道，其中囊括了今长江以南、南岭以北，西起四川、贵州，东至海滨的近半个中国；宋代的江南东西两路，包括了今天的南京、皖南以及江西全省；清顺治二年（1645）改明南直隶为江南省，辖区包括今江苏、上海、安徽三省市，到了晚清，人们习惯上常用江南省来代称江苏省。总之，自然地理和行政区划地理中的"江南"是一个变动不居的概念，但无论是泛指还是特指，都有一定的范围。

然而，文化的江南却是突破了地域限制的。在文化的意象里，江南物产丰裕而人文荟萃，道不尽的风物柔美、姹紫嫣红，说不完的富贵风流、珠光宝气。"一川烟草，满城风絮"，是人生的温情、刻骨的相思，华美的词章、断肠的唱腔；是《南齐书》"都邑之盛，士女富逸，歌声舞节，袨服华妆"的描述。用《红楼梦》中的话说，真个是"昌明隆盛之邦，诗礼簪缨之族，花柳繁华地，温柔富贵乡"。人们乐意道及江南，注重的是"江南"这一词汇所蕴含的意象，而很少顾及其具体的地理方位。举例来说，我读白居易的词《忆江南》三首，最能记得住的是"日出江花红胜火，春来江水绿如蓝"这样唯美的词句，吟诵这首词的时候，注意力完全在于风光旖旎、使人沉醉的江南春色，也许还若明若暗地体会到"忆江南"其实隐秘含蓄而优美地传达着男女相思的主题，白乐天最忆的并不是"江南"而可能是第三首提及的"吴娃"，而对于词中江南的地望是杭州还是苏州的吴宫，就不是很在意。

这样诗性和浪漫的江南，是寄托着人们向往的乌托邦，而乌托邦总是超地域的。因此，在广大的北方地区，从西部到东部，从边陲到京畿，就出现了大大小小、多达几十处的"江南"，而其中传播最广、影响最大、声名最著的，要算宁夏"塞北江南"了。

据《太平御览》引隋朝郎茂《州郡图经》:"周宣政元年（578，原作'宣政二年'，因北周宇文邕宣政年号只有元年，此从《北史·周本纪》）破陈将吴明彻，迁其人于灵州。江左之人崇礼好学，习俗皆化，因谓之塞北江南。"《太平御览》成书于宋代，材料晚出，而且所引《图经》的地域、时代也未注明，这一说法未可轻信，当然也没有断然否定的充分理由。至于唐代，诗词及文献著录中的有关记述便多了起来。僧人释无可，唐代著名诗人贾岛的堂弟，诗名在当时与贾岛一样地响亮，一踏入灵州地界，惊诧这边陲之地竟如江南风土，大有如归故里之感:"灵州天一涯，幕客似还家。地得江南壤，程分碛里砂。"从诗中可见，他是由南而北、穿越沙漠的道路才到灵州的，由沙漠到绿洲的变换，视觉的对比冲击强烈，令他印象深刻。在他之后的另一位诗人韦蟾，据考证并无游历灵州的经历，却写出"贺兰山下果园成，塞北江南旧有名"的诗句，成为今天宁夏最响亮的宣传用语。自唐而后，如北宋《武经总要》:"置堰，分河水溉田，号为塞北江南，即此地也。"元代贡师泰有诗句"使君坐对贺兰图，不数江南众山绿"，也不自觉地用"江南"的意象来比拟贺兰山。总之，宁夏塞北江南的称誉一直得到延续。

也正如《武经总要》所云，宁夏被称为"塞北江南"，根本的原因在于水利。于慎行，明代的礼部尚书，其笔记《谷山笔麈》卷十二《形势》篇，论述江南、江北及其内部人口密度、土地开发、农业发展以及历史形成等等，在我看来是一篇颇有深度的历史地理学、经济地理学论文。于氏尤其重视水利建设，甚至可以说是一个"水利中心论者"。从水利建设出发，他惊世骇俗地肯定隋炀帝、秦始皇都是"不仁而有功者"，并声明这种论述"未易与一二浅见者谈"。他还论及灵州及宁夏：

> 灵州有填汉、尚书、御史三渠，皆屯田灌溉之资也，大历中，吐蕃攻灵州，夺三渠水口以废屯田，则灵、夏之资于灌溉久矣。今宁夏富饶甲于西边，水泉之利，号为"小江南"，三渠之遗利尚有存者。

也许是为了佐证灌溉之利，于慎行甚至说"宁夏富饶甲于西边"，显得有些夸张，使人惊诧。但如果联系到永乐时期就存在"天下屯田积谷，宁夏最多"的传说，于慎行的说法还不算走得太远。宁夏得黄河灌溉之利，渠道密布，阡陌纵横，农产品种类丰富，特别是盛产水稻和鱼类，这符合农业时代江南形象的设定。毫无疑问，由上引释无可的诗就可以看到，这种意象又在与周边粗犷的环境对照中得到强化。在明清时期文人的笔下，这里林木阴森、湖波荡漾，耕稼陶渔、人民富足，对塞北江南的赞誉可谓逐浪而高，并被赋予新的内涵：不仅风物相类，而且文教相通，"文物彬彬盛矣"。

但与此同时，有关宁夏"塞北江南"盛名之下其实难副的反映也并不少。

明初庆王朱㮵给他的侄子皇帝朱高炽有份奏折，其内容见于《明实录》。洪熙元年（1425）朱㮵奏报，他自洪武中自庆阳徙居韦州，洪武三十四年（1401）复令移居宁夏，而宁夏卑湿，土碱水咸，所以请求仍回韦州居住。明代宁夏镇辖境包括宁夏平原的中部和北部，朱㮵口中的"卑湿，土碱水咸"如果指的是宁夏镇治所在地，至少已经包括了今天的银川平原。而朱高炽的回复只是说，这是皇祖定下来的规矩，不敢逾越，谕示朱㮵"仍居宁夏而往来韦州，庶免人言。"而对朱㮵所说的"宁夏卑湿，土碱水咸"，未作一辩。《明实录》提供的其他材料也证实了这一情况，如宣德二年（1427），宁夏总兵官宁阳侯陈懋上奏说，宁夏作为重兵镇戍的边城，军士的粮饷都依赖于陕西有司长途运输，如此尚且不足，故请求让河南、山西的罪囚纳米于宁夏赎罪。相对于塞北江南鱼米之乡的印象，这确实使人感到意外。

另一份材料来自宁夏巡抚朱笈。他在明万历元年（1573）的奏折中说："宁夏孤悬河外，逼临敌巢，地土硝碱，膏腴绝少"，"河势迁徙，冲没良田，遂至河坍沙压、高亢宿水、荒芜无影等项，而田不得耕。"因而恳请朝廷减税轻赋。朱笈是一个有良心的政治家，看来也颇为老练。他补充说：

> 臣窃私忧，夏镇素有江南之名，唯恐溺于旧闻者，见此黜免，必曰夏有水利，税不可免，军饷岁用，额不可缩。

写出这一笔，是为预先防人之口。他深恐皇上听信"塞北江南"的"旧闻"，从而否定他的建议。

朱笈作为执政一方的大员，一个实际工作者，所反映的是自己的切身体验。这使人想到清初四川陕西总督岳钟琪雍正四年（1726）的奏折，其称奉旨实地踏勘，贺兰山之东、顺黄河西岸，自夹河口直到石嘴子绵亘一百五六十里之地，都是"插汉拖灰"（满语，意为"天然牧场"）——大概率，这里还是虽然人迹罕至，然而并不缺乏生机的湖泊湿地。历代引黄灌溉面积都没有翔实的统计材料，但据1920年《甘肃农商统计调查表》，引黄灌区各县在册水地面积仅63.3万亩；1926年编纂《朔方道志》时采访，灌溉面积也只有78.8万亩，不及今日宁夏引黄灌区面积800多万亩的十分之一。这尚为统计数据，还没有依据产出情况对土地进行诸如低产田、中低产田、高产田之类的划分。人所共知，因降雨量稀少、蒸发十分强烈，引黄灌区相当多的土地长期困扰于盐碱化，产出水平极低而且屡耕屡弃，明代巡抚朱笈所谓"膏腴绝少"指的就是这一情况。

事实似乎很清楚，历史叙述中的"塞北江南"是两个相互抵牾的意象。即使在同时代的人们那里，我们既读到尚书王琼《宁夏阅边》诗中"田开沃野千渠润，屯列平原万井稠"的赞颂，也感受到都御史杨守礼《三月夏城巡边晓发》"寂寞边城道，春深不见花。山头堆白雪，风里卷黄沙"的慨叹。这样不同的景象长期并行不悖，显得有些怪异：塞北何以似江南？

　　将宁夏平原称为"塞北江南"，实在是一种泛化。于慎行论及"灵州"，笔锋一转就到了"宁夏"，也可能连他自己也未曾察觉到这在行政地理上有什么不妥之处。如果更具体地说，"塞北江南"是古灵洲的泛化。灵洲见于史籍，最早是《汉书·地理志》的记载，汉惠帝四年（前191）置县。由于黄河改道，那个时候灵洲的面貌今已不存。据颜师古注："水中可居者曰洲。此地在河之洲，随水高下，未尝沦没，故号灵洲，又曰河奇也。"原来，当时黄河自出青铜峡后即分两支，一直到今银川市兴庆区陶乐镇西南处汇合，中间形成南北长约九十公里、东西最宽处约三十公里的洲岛。灵洲四面环水，故称为"洲"，又因为这种神奇的地理景观，又被称为"河奇"。西汉时期在此建河奇、号非两个马苑，养殖军马，看来主要是作为牧场。北魏太延二年（436）置薄骨律镇，郦道元在《水经注》中说："河水又北，薄骨律镇城。在河诸上，赫连果城也。桑果余林，仍列洲上。"韦蟾的诗句，恰好描述的就是赫连果城。我们可以说，"塞北江南"最原初而典型的意象就是赫连果园，但也不必拘泥于果园，因为韦蟾的那个时代，宁夏平原大型灌区的建设、农业的开发早已开始了；韦蟾所咏诵的是古灵洲的果园，但他心目中的"塞北江南"一定是灵州的灌区。"塞北江南"在韦蟾的咏诵中，其实已经实现了泛化，以后其势更为燎然，这其中，行政地理的变迁对"塞北江南"的泛化起到了推波助澜的作用：在北魏孝昌二年（526），"灵洲"已变成"灵州",领普乐、怀远、历城、临河郡,辖境包括今吴忠和银川平原;唐、五代、北宋因之,唐代的灵州辖回乐、鸣沙、灵武、怀远、弘静五县,已包括今吴忠市、中卫市大部和银川市、石嘴山市全部。

称誉宁夏为塞北江南并使之不断得到传播的,可能主要归功于来自江南的人。《太平御览》关于"江左之人崇礼好学,习俗皆化,因谓之'塞北江南'"的记述值得重视,其中透露出的信息是,塞北江南这个名称的发明者是真正的江南人。宁夏在历史上就是一个移民地区,自秦汉而始,移民的步伐就一直没有停止过。明代设卫所,更是开启了移民的高潮,史籍中屡见"徙五方之人以实之"的记述,而"五方之人"中又以吴、越之人居多,清梁份在《秦边纪略》中曾指出:"迁五方之人,而江左尤多,故衣冠言语类于三吴。"水乡泽国的地理景观加上移民的生产生活习俗,使得塞北更像江南了。这种情况颇类似于中华人民共和国成立以后,上海人口迁移到某地,而某地经常自诩为"小上海"。

无论怎么说,引黄灌溉是诞生"塞北江南"这一美誉的基础性、决定性因素。但宁夏"塞北江南"的意境还不尽于此,比如"连湖渔歌"——北方地区罕见而更切合江南的景象。这是黄河故道的遗迹,也算是古灵洲的遗产。据《元和郡县志》载,今银川市西部、贺兰山下,有南北长五十里、东西宽十里的"千金陂",湖泊如此之大而又如此规则,无疑,这应是《水经注》所谓的"西河"故道,后来不断耗减为大大小小、各具其名的湖泊，明代文人已目之为"北方盛观"，多所咏诵。安塞王朱秩炅《秋晓过长湖》诗："浩荡烟波玉一湾，孤村相映绿杨间。数行沙鸟冲人起，一叶渔舟舣岸闲。"清代更有"七十二连湖"之说，乾隆《宁夏府志》描述"老鹳湖"说："水澄澈，无兼葭，望之森然。贺兰倒影，野树环匝，渔子操轻舠出没烟波，真有江乡风色，于秋澄月夜尤宜。"由此我们知道，塞北江南是大型的引黄灌区，同时也是令人心怡的水乡景观，而后者如今更变成文化旅游开发价值更高的"塞上湖城"。我们还知道，"江南"的意象本身就是一种剔除了自身贫困的抽象，是过滤了山地、丘陵、海滨、岛屿，只留下水域平原风光的"嫌贫爱富"和"孤芳自赏"；"塞北江南"从一隅泛化为全部，从"膏腴绝少"而剔除气候的酷寒、"插汉拖灰"的荒蛮，演化为耕稼陶渔的人间乐土，并不出离这一规律。

　　也许，真实的"塞北江南"正如其名，本身就是一个矛盾的复合体：它是"塞北"，也是"江南"；它是塞北的狂野，也是江南的柔美；它是最坏的，也是最好的。

纳家户访古

1

沿着宁夏回族自治区首府银川市逶迤南行约20公里，就到永宁县纳家户了。

银川平原久负"塞北江南"盛名，纳家户就镶嵌在平原腹地。河水汤汤，阔野平畴。这里土地平整，得黄河灌溉之利，宜耕、宜牧、宜渔。驻足四望，沃野千里，贺兰山脉蹲踞西北，山川、沙漠、湖泊等自然景观尽收眼底，一派雄浑辽阔的北方风光，而每当夏秋时节，良田万顷，绿色满目，有水乡泽国的神韵。

纳家户，当然比纳家户的自然环境更为出名。留意一下曾造访过的、长长的政要名单，令人目眩。纳家户清真寺保存着杨遇春（陕甘总督）、马福祥（宁夏护军使）等晚清、民国时期名人的题匾。在新时期，温家宝、贾庆林、雷洁琼、何鲁丽、徐匡迪、司马义·铁力瓦尔地等党和国家领导人，以及科威特、利比亚、阿曼、伊朗、巴基斯坦、马来西亚等20多个国家的驻华大使及官员、学者都到过纳家户。

在银川平原灌区，找到类似的纯回民村并不难，何以纳家户引人注目？我们曾试图用一种文化资源评价的技术手段，对纳家户各种资源要素价值逐一分析，结果纳家户清真寺位居榜首。纳家户清真寺是一座传统的四合院建筑，依寺内匾额"吾家弃秦移居西夏，吾寺始建于明嘉靖三年"的记载，在保存至今的清真寺建筑中，算是比较古老的，中国社会科学院李兴华先生曾总结过其建筑成就，如礼拜大殿屋脊上峻下缓的做法似有唐代建筑遗风，斗拱梁枋雕刻中的植物、动物图案表现出文化兼容的特点。但很奇怪，致力于研究中国伊斯兰教建筑艺术的刘致平先生在宁夏寻访过多处的清真寺、拱北，到过同心县韦州、固原二十里铺这样一些偏僻的地方，而纳家户地近宁夏首府银川市，抬足造访是很容易的，但他却无一字道及。可能的情况是，屡建屡毁的遭遇已经淹没了历史的轮廓，而那些残存的构件已经不足以代表其艺术价值。

我以为，纳家户之引人注目，主要还是这里居住着纳姓的回族。现在，村庄中的纳姓占70%，但据老人回忆，他们小时候纳姓占绝大多数，外姓人屈指可数。今天纳家户有马、王、丁、沈、杨、李、雷等30多个姓氏，但不过是在百年之间陆续落居于此的。问询起来，他们均可道出祖上的来源地：有的来自甘肃临夏、平凉，有的来自宁夏各地，有的来自陕西，最远的来自湖南。至于来纳家户的原因也五花八门，有打工而居留不归者，有投亲靠友者，有入赘者，有"顶门"为嗣者。

纳家户，因"纳"姓而得名，而"纳"姓来源于血统高贵而声名显赫的赛典赤·赡思丁。据人们反复转引的资料说：

> 据《陕西通志》记载：元初，贵族赡思丁·纳速拉丁，子孙甚多，分为纳、速、拉、丁四姓，居留各省，故宁夏有纳家户，长安有拉家村，今宁夏纳氏最盛。

《元史》说："赛典赤·赡思丁，一名乌马尔，回回人，别庵伯尔之裔。其国言赛典赤，犹华言贵族也。太祖西征，赡思丁率千骑以文豹白鹘迎降，命入宿卫，从征伐，以赛典赤呼之而不名。"他是元代杰出的政治家，又是圣人穆罕默德的后裔。显贵的宗族传承，或许才是纳家户闻名遐迩的最重要原因。

2

《陕西通志》这一记载，引起我极大的兴趣。盛世修志，每个地方的志书都不是一种，明代以降的《陕西通志》更不止一部。引述者们都没有标明它出自于何时的《陕西通志》，出自于一种学术规范的敏感，我决定寻根问底一下。

我查考的《陕西通志》如下：嘉靖《雍大记》36卷，明代何景明纂；嘉靖《陕西通志》40卷，明代赵廷瑞修，马理、吕柟主持编纂；万历《陕西通志》35卷首1卷，明代李思孝修，冯从吾等纂；康熙《陕西通志》32卷首3卷，清代贾汉复修，李楷等纂；另有韩奕续修，王功成、吕和锺等续纂康熙《陕西通志》32卷首1卷图1卷；雍正《陕西通志》100卷首1卷；道光《陕西志辑要》6卷首1卷，清王志沂编修；民国《续修陕西通志稿》224卷首1卷，杨虎城、邵力子修，宋伯鲁总纂。

但遍查诸本《陕西通志》，其中大都照录过《元史》关于赛典赤的记载，却没有"宁夏有纳家户，长安有拉家村，今宁夏纳氏最盛"这样的一番话。奇怪的倒是，像马理纂《陕西通志》在"全陕名宦"中收有维吾尔人廉希宪，而对于主政陕西十年、功绩卓著的赛典赤·赡思丁甚至没有提及；有的《陕西通志》甚至将这样一个被后世历史学家誉为"回教史上光芒万丈的人物"（白寿彝语）从"全陕名宦"中剔除出去，降格为"乡愿"级的人物。

最终，我在慕寿祺所撰、出版于20世纪30年代的《甘宁青史略》中找到了这段话，原文是：

案：《陕西通志》元初赡思丁以回回别庵伯尔之裔归降太祖，号赛典赤，译言贵族也。历官太原、平阳、陕西、四川、云南各省，追封咸阳王，其子纳速拉丁追封延安王，子孙众多，分为纳、速、拉、丁四姓，留居各省。故宁夏有纳家户，长安县有拉家村。今临夏喇氏最盛。

慕寿祺（1874—1947），字子介，号少堂，甘肃省镇原县平泉镇古城山人。我不明白慕老先生在介绍赛典赤·赡思丁时，为什么不采用《元史》那样既权威又通行的材料，而是从《陕西通志》说起。由于没有采用新式标点，这一段话使人们看不出哪些是《陕西通志》原文，哪些是慕寿祺自己的说法，以至于后来的著述者们辗转誊抄，鲁鱼亥豕，面目全非，如将"今临夏喇氏最盛"誊改为"今宁夏纳氏最盛"，并成为半个多世纪以来通用的人们介绍纳家户的话语。

史料如大海捞针，迄今为止，我们再没有发现其他关于纳家户纳姓来源的历史记载，难怪人们对这一说法如获至宝了。

我们曾走村串户，试图发现纳家户族谱之类的资料，却了无所得。绝大多数人只知道自己祖父的姓名，少部分人知道曾祖的姓名。记忆中，最高的辈分依次为万、玉、长、殿、洪、福，目前的辈分排行混乱。

族姓的传说，也歧异纷呈，比较普遍的有"二门"说（"老五门纳家"和"渔户纳家"）和"五老四庄"说。但我注意到，不管是哪一种传说，对"老五门"都有高度的认同——读者记住这一点很重要，或许其中隐藏着纳姓回族来源的蛛丝马迹。

"二门"说：现在的纳家人出自两兄弟。兄居"老五门"，从事商业贸易；弟弟居湖边，打渔为生。由此形成"老五门纳家"和"渔户纳家"。该村的六、七、八、九组的纳姓多自称属于"老五门"；二、三、四组的多自称属于"渔户纳家"。但有人说，根本不存在什么"打渔"的事，原来纳家户边上有个"渔户村"，所谓"渔户纳家"不过是部分纳家人紧邻该村而已。对"老五门"的解释也十分混乱：有人说，这是指赛典赤·赡思丁的五个儿子——赛典赤·赡思丁有五个儿子，但他的后人分居全国各地特别是云南，纳家户的纳家中都有他们的直系后裔，这是令人怀疑的。有人说，是纳速剌丁的五个重孙。还有人明确反对：什么老五门？历史上一家生五个儿子的人多的是！谁都可以称为"老五门"。更多的人表示，这是说不清的事，纳长麒老人说："五门是怎样的一种事情，老祖先咱不清楚。我今年91岁了，我不清楚，恐怕纳家户的人也很少说得清楚。"至于"老五门纳家"和"渔户纳家"的关系，有人说是平列的，有人说渔户是老五门的一部分。

"五老四庄"说：最初纳家有五兄弟，其中四个留下后代，分别居住在四个庄点上。老大一门称"老五门"，习于经商；老二一门习于渔猎，为"渔户纳家"；老三一门以打柴为生，掌门人绰号"大囊爷"；老四一门住在一棵大榆树下，称为"大榆树纳家"。此说不如前说流行，同时是"老五门"的翻版。

口传非远而又相互矛盾，无法理出头绪。在对纳家人的调查中获得的信息只有一个：他们有共同的祖先认同。如此而已。

3

在纳家户的实地调查中没有获得纳家来源的可靠材料。于是，我们把目光重新转向纳家户清真寺"正大光明"匾那条"吾家弃秦移居西夏"的材料，希望从赛典赤·赡思丁及其后人在陕西的活动踪迹中找到一些线索。

首先是赛典赤·赡思丁。按照《元史》的记载，他从至元元年一直到至元十年（1264—1273），出任陕西五路西蜀四川行中书省平章政事，驻京兆府（今陕西西安）。陕西行省的设置，目的在于理财备战，为对南宋用兵建立强大稳固的后方基地。赛典赤在陕莅官三年，政绩卓著，元世祖赏赐多多，仍命节制陕西、四川行院大小官属。

其次是纳速剌丁。他是赛典赤·赡思丁的长子，在赛典赤·赡思丁离开陕西 18 年之后的至元二十八年（1291），出任陕西行省平章政事，但时间很短，因为他第二年（1292）就病逝了。

赛典赤·赡思丁的三子忽辛也有宦游陕西的经历：至元二十二年（1285），任陕西道转运使；大德元年（1297）任陕西行台御史中丞。不过，他先后两次在陕西任职的时间都不长：任陕西道转运使时，次年即改任燕南河北道宣慰司同知；任陕西行台御史中丞，当年即改任云南行省右丞。

正史所记，这是最后一个到陕西任职的赛典赤后人。

赛典赤·赡思丁去世以后，在西安建有"咸阳王陵"。约四百年后的清康熙二十六年（1687），他的第十五世孙马注曾亲谒王陵并详细记载说，"葬于长安东十里铺浐河之岸，东界灞河，南界长老铺，西界光泰门，北界晤儿头"。其中，"长老铺"应为"长乐坡"；"晤儿头"应为"斡耳朵"。根据马注的描述，王陵当在今西安市东泸河西岸米家崖村南面，北距广泰门不远。据冯增烈先生的调查，此墓1962年修陇海铁路时被迁，陵墓挖开时仅有鞋一双，看来是一处衣冠冢。

除上述线索，我们遍查已刊布的赛典赤家谱材料，发现还有一个人到过西安：这就是巍山本《马氏家乘》所提及的纳速剌丁的第六子"哈辛"。

联系到纳家户清真寺匾额上"吾家弃秦移居西夏"的记载和《马氏家乘》中关于哈辛"请旨，赴长安守祖墓"的注释，这使我有一种心动的感觉。冥冥之中，我觉得他与纳家户有着某种联系。

4

从历史资料到口碑传说，对纳姓回族的寻根几近一无所获。在一筹莫展之际，却得到了一个令人激动不已的消息：2011年7月23日下午，当我正在去往迪拜的途中，在首都国际机场，同事在电话中告诉我：银川有哈辛的墓。

　　回国后的第一天，即赴实地拜谒，拱北的守护人纳连捷老人已经在那儿等着我们。沙滩拱北及石碑在今银川市兴庆区北京西路的世纪小区里。与想象不同，只是一间土木结构的房屋，周围鳞次栉比的水泥森林，越发反衬出它的残败。

　　元翁纳老太师墓碑为辉绿岩琢成，顶端呈拱圆形，碑座呈梯形。碑头的阿拉伯文字书法很优美，经多人研究甚至日本专家的释读，意为"养育我们的主啊！此坟是尊贵的导师哈辛的"。其中如"穆安立穆"（教、传授，有导师之意）、"穆安左米"（尊敬、被尊敬的人）、"穆砍勒麦"（有尊严的，有威望的人）几个词的用法，隐含着这位墓主人的特殊身份，可确译为"尊贵导师哈辛之墓"。汉文三行，右："乾隆三年岁次戊午四月吉旦"，即 1738 年农历四月初一；中："元翁纳老太师之墓"；左：虽受"文革"时人为严重损坏，但刻痕明显，据纳连成老人回忆，为："至顺壬申隐光寿八七岁"。至顺壬申为至顺三年，公元 1332 年。

　　石碑为何人所立？因无落款，已不可考究。但立碑的时间是"乾隆三年岁次戊午四月吉旦"，这使人不由联想到当时宦游福建的宁夏人马骥。福州市西北郊象山北麓井边亭村有元代伊本·穆尔菲德·艾米尔·阿莱丁的墓冢，为亭式建筑。清初，墓厅圆顶坍毁，乾隆二年（1737）捐资重修，南门上端嵌有一块石碑，阴刻三行汉文楷书："乾隆二年岁次丁巳季春吉旦，特简福建台澎水陆等处地方挂印总兵官、置都督金事仍带记录一次、陕西宁夏马骥捐资重修。"鉴于沙滩拱北墓碑为辉绿岩材料，非宁夏本地所产；重修福建阿莱丁墓的是宁夏人马骥，立碑时间为乾隆二年岁次丁巳季春吉旦，与立此碑的时间仅隔不到一年；落款方式也很相像，都选择初一。是否他在重修福建阿莱丁墓后，也留心选择了一块花岗岩石料，第二年在宁夏就便所立？我作出如此猜想，可能让人诟病，所以不得不略加赘语：选择初一立碑，或许是纪念他自家亡人的"乜贴"。

哈辛，今通译"侯赛因"。根据碑文推算，他当生于1245年，如果"87岁"是虚岁的话，其生年或许还要晚1~2年；卒于1332年是可以肯定的，可补充的还有：回族人从来重视亡人的纪念日，据纳家后人的历代传承，哈辛的纪念日在农历六月二十四。这样，哈辛亡故的具体日子就清楚了。

沙滩拱北位于宁夏回族自治区首府银川市唐徕渠东畔200多米处，因此地为北塔村沙滩自然村，故又称"沙滩拱北"。我对于"沙滩"二字抱有深深的怀疑：此地正处唐徕渠畔，良田万顷的地方啊！后来在明代的《嘉靖宁夏新志》中找到了这处地方，志书上赫然标志着"上塔寺"。顾名思义是指"上人的拱北寺"吗？"沙滩"应该是"上塔"的音讹。

拱北墓厅西约80米处，有石盖古墓群。这种塔式石盖墓为西北地区回族墓茔所罕见，而与元明时期泉州等东南沿海地区的回族墓葬十分相似。在银川城市建设中，石盖墓已迁徙。宁夏文物考古研究所、银川市文物管理处有考古报告《银川沙滩墓地》(科学出版社，2006年。)

据纳连捷老人回忆，1958年时沙滩拱北的形制为六边六方，绿色圆拱顶。他细致地绘制了一份复原图，这对我们研究拱北的形制是有很高参考价值的。沙滩拱北顶上所竖，貌似月牙，仔细琢磨，却是"穆罕默德"一词的阿拉伯文变形。这是一个十分巧妙的设计。

还应该说一说"纳老太师之墓"中"太师"这一称呼。

由于墓碑中的"师"字在"文革"时期遭人为损坏，守墓人坚持认为该字是"爷"而不是"师"。对哈辛，他们习惯称为"纳老太爷"，认为唯有如此，才能体现出墓主人的尊贵和人们对他的敬重。但反复摩挲石碑，原文虽遭砸毁但"师"字仍清晰可辨，且无改刻痕迹。实际上，"太师"一词来源颇古，白寿彝先生谓"太师者，太老师"，此为回族穆斯林使用这一词汇之"正解"。明代著名的回族经学大师胡登洲即被人们尊称为"胡太师"。而"太爷"一词，远比"太师"晚出，回族伊斯兰教苏非教派中以它作为"筛海"、教主的尊称，是清代以来的事。

金石佐证，綦可信从。哈辛作为纳家户人最早到银川的始祖，是可以肯定的了。

天灾人祸，历经沧桑。相比之下，沙滩墓地是幸运的。这种幸运来自于：逝者已远，但他们的后人还在。生命的延续穿越时空，超过一切考证。

5

哈辛何人？正史无载。《元史》说纳速剌丁"子十二人"，却只记载了七人，其中没有哈辛，但各种家谱资料都提到过他。

康乾本《青郡赵氏宗谱》的"圣裔赵氏家乘序"中说："哈散，授普安路同知。"普安路，治在今贵州省盘县东旧普安镇。沙又新藏本《赛典赤家谱》及《南滇赛氏族谱》又说："哈辛，宣慰副使兼宿卫将军。"宣慰司是介于行省和郡县的中间机构，有的地方称宣慰使司都元帅府，在战争和军事统治时期统辖军队。由此来看，哈辛是一位统兵的将军兼行政官员。宣慰司长官称"宣慰使"，从二品；副使，正四品。《元史·纳速剌丁传》列载了纳速剌丁的七个儿子，秩级最低的太常礼仪院使阿容也是正二品。可能其收录人物有秩级的规定和要求，哈辛只是一个四品官，因此未能载入。

但哈辛的真实身份恐不仅如此。除了作为官员、将军，他可能是一位专注于宗教且极有造诣的学者。

在赛典赤家族人物的研究中，钱大昕《济渎重建灵异碑记》一文曾屡被提起，因为它提供了赛氏"始祖"为"赛天知·苦鲁马丁"（应为"苦马鲁丁"）这一从未见于正史记载的珍贵材料。现在看来，其被忽略的重要价值可能在于帮助我们揭开哈辛作为宗教学者的身份之谜。通过家谱资料的细细排比，"忽辛"就是本文所描述的"哈辛"。该碑内容已失，钱大昕只有一句话的内容提要："孟州达鲁花赤也列夫追述其叔祖忽辛祀济渎灵异事"。

黄河水患，河南为烈。"济渎"，不知是不是相沿数代、位于今河南济源的"济渎庙"。这是历代祭祀水神的地方。如《元史》所言，"黄河之水，其渊远而高，其流大而疾，其为患于中国者莫甚焉。"即便是起于漠北的蒙古人，也不得为黄河的治理付出极大的努力，元朝末年，甚至出现了贾鲁这样伟大的治河专家。在采取工程治理、人员疏散等措施的同时，从民间到官方，祭祀河神的活动从未停止过。"祀济渎灵异事"，最大的可能就是哈辛祭河神的故事。

让我们大概想象一下这个故事的原委：

某年某月，由于遭逢连日如注的暴雨，河水暴涨，河堤濒临决口。当时正任职孟州达鲁花赤的也列夫，邀请他的叔父哈辛在孟州举行了隆重、盛大的仪式，祈求河晏民安。结果，他虔诚的祈祷得到了灵验，也列夫郑重勒石纪念。

不必对此嗤之以鼻。也列夫，其父乌马尔（哈辛的二哥）在任江浙行省平章时也有过类似的行为：

那是至大元年（1308）十一月。京师缺粮，朝廷要求浙江行省每年海运米二百三十万石，同时要求在春天运出五十八万石。冬季东北风很多，海运通常只能在夏至进行，行省总管府感到棘手。当时的文人任士林在《江浙行省春运海粮记》中记载了官员们的惊愕以及叫苦不迭的情绪："凡海道岁运，必以夏至为期，风力高竞，其乃有济，今风东北行，帆一日起大海中，漫烂不见踪迹，舟控御失所，则碎破沉溺，患在目前，能有济乎？"但乌马尔认为，这是天子之命，何敢怠慢？因力主迅速组织海运。三月二十一日，货船从嘉定刘家巷启碇（今江苏太仓浏河镇），四月三日五十五万石米即运抵大都粮仓。消息传来，一片欢呼。航运如此之速，这是真实的：历史记载，这条航线由刘家巷入海，至崇明岛三沙放洋东行，入黑水洋，至成山转西，经刘家岛、登州（今山东蓬莱）沙门岛，于莱州大洋入界河，"当舟行风信有时，自浙西至京师，不过旬日而已"。

关于这次海运，任士林还记载了一些细节，如起运时乌马尔先做了一番祈祷：

> 先，启碇之日，公（指乌马尔——引者）诣海神天妃宫，躬具牲牢，陈俎豆，与神誓言曰："海漕之运，我国家万世之利也。春运之役，其昉自今。凡在人事者，予既克尽之矣。大海洋洋，则尔明神之责也。毋狂而风，毋冥而雾，毋剽而暗屿浮礁，毋滞而浊水露碛，俾遂善达，以克国储。神亦与有赖焉。"祷已，明日，大歌小讴，千橹俱发，民气以增，江海明概。

在任士林的笔下，乌马尔的这番祈祷变成了与传统祭祀海神相类似的东西。而在他另一篇同样提及此次海运的《平章政事赛典赤荣禄公世美之碑》一文中，对祭祀活动的描述虽十分简约，但蕴意深长：

> 启碇之日，公诣海神祠下天妃宫，躬具牲牢，与神誓言，一不烦有司。（重点号为引者加）

细细琢磨其中的文字，隐约透露出其特别之处：这就是文中很关键的两处记载："躬具牲牢"和"一不烦有司"。就是说，乌马尔自己亲自准备了祭祀用的牺牲，而且在做祈祷时，没有让其他人参与。这大约是一种与传统祭河神并不相类的方式，任士林可能比较清楚，回想起先前自己在那篇《江浙行省春运海粮记》中一通骈俪十足、对仗工稳的"与神誓言"，不过是猜度的套话，再次形诸笔端，就成了一句暧昧含混的"不烦有司"。皇命大于天，理应大张旗鼓地举行祭祀活动，既上达神祇，又表现和宣传对皇朝的忠诚，如今需要的就是这种大造声势的形式主义和轰轰烈烈的表面文章，如何"不烦有司"，弄成一种很隐秘的活动？

耐人寻味的还有，面对同僚们的赞誉，乌马尔反复强调的是，不能贪天之功，这是父亲贞简公（纳速剌丁）之所教，是祖父忠懿公（赛典赤·赡思丁）之所训。这时候，他的祖父和父亲都已过世了。

将自己的成就特别是奇迹归结于先辈的功修，这是今天听起来十分耳熟的话。

6

哈辛的主要身份是宗教大师。能否对其宗教倾向作进一步的追寻呢？

沙滩石盖墓的文字刻画应该是一个参考。但由于墓石均为砂岩或砂砾岩，结构松散，硬度偏低，便于雕刻但不宜长期保存，宁夏文物考古研究所、银川市文物管理处在清理石盖墓时，未发现有明显的阿拉伯文雕刻，但同时认为"因一部分盖石表面风化、磨蚀，不排除存在曾雕刻阿拉伯文的可能"。而据纳连捷老人讲，在文物部门清理石盖墓前，有些石盖墓是存在阿拉伯文刻画的，特别是《银川沙滩墓地》一书中编号为M14的石盖墓明显刻画有"清真言"，音译"俩以俩海，音兰拉呼"，意为"万物非主，唯有真主"。

另外，M1（两层）、M16（三层）、M18（两层）三座石盖墓，其第二层分别都雕刻有 24 个树杈形的连环图案，这不只是一种唯美的雕饰，而是阿拉伯文 ﺪ 赛伯邑体或赛本德体、绥夫威体，音译 ḥu "乎"，从苏非"则克尔"的意义上来说，正是念诵达数万次的"他"，是"真主"的代词。

"则克尔"是阿拉伯文的译音，有记忆、纪念、赞颂等意，在苏非主义者看来，赞念作为一种仪式，是达到功修者所企求的那种陶醉、狂喜状态从而实现人与主接续的一种重要手段。其赞词内容主要是"清真言""作证词"及《古兰经》文，真主的美名、真主的代词（他），也是赞念的内容之一。如苏哈拉瓦迪教团的赞词：

"万物非主，唯有真主!"（即"清真言"，赞念 10 万次）；

"安拉!"（赞念 10 万次）；

"他!"（即真主的代词，赞念 9 万次）；

"永生者!"（赞念 7 万次）；

"供养者!"（赞念 9 万次）；

"至仁者!"（赞念 7.5 万次）；

"慈悯者!"（赞念 10 万次）。

沙滩石盖墓中阿拉伯文"清真言"、赛伯邑体阿拉伯文 ♣ 的刻画，以及沙滩拱北墓碑"至顺壬申隐光寿八七岁"中"隐光"这一典型的苏非用语，还有我们以上提到的哈辛对神秘主义"显迹"的追求等，似乎可以认为哈辛及石盖墓的墓主都具有苏非主义的倾向。

苏非主义在中国回族伊斯兰教中的影响、传承，一直是人们所关注的重要问题。它传入中国的历史时期很早，自元以后，我国文献中关于苏非的记载班班可考。《元典章》将迭里威士户（苏非）与答失蛮（宗教学者）并列，可见苏非有较大范围的传播。摩洛哥旅行家伊本·白图泰于元末来华，也亲眼见到多位苏非修行者。回族伊斯兰教中源远流长的"格迪目"，以逊尼教义为基础，在教义学上吸收了苏非派的一些认主论，实际上深受苏非主义的影响，但这种吸收究竟自于何时，有必要重新予以审视。用"教派""门宦"等一些世俗的、政治派别的模糊概念，可能会影响我们对回族伊斯兰教教理及复杂状况的深入分析。苏非神秘主义既不由政治原因形成，也不由教法主张的差异而形成。苏非派的成员分别隶属于不同的教派和学派。就是说，既有逊尼派的苏非，又有什叶派的苏非；同样的，在教法问题上，苏非既可能奉这一学派的教法，也可能奉那一学派的教法。回族伊斯兰教学界往往将"崇拜阿里"等一些特征归结为什叶派的影响，实际上，未尝不可以认为这同样是苏非主义的一种遗存，因为什叶派虽然排斥苏非，但苏非却同什叶派有一个共同点：崇拜阿里，他们把阿里尊奉为神秘主义传统的首领。在今天，"格迪目"中也不乏苏非的修行者，这是必须予以注意的。

对赛典赤家族出现哈辛这样的宗教学者，我曾沉吟再三。

赛典赤出于宗教世家，他的全名为"赛典赤·赡思丁·乌马尔"，al-Sayyid Shams al-Din 'Umar，今译"赛义德·舍姆斯丁·乌马尔"。"赛典赤"意为"先生""首领"，指圣裔；"赡思丁"意为"宗教的太阳"；"乌马尔"意为长寿。"赛典赤"这一名号甚至元世祖也如此称呼，其出于圣裔是无可怀疑的。随着研究的深入，我们进一步知道，赛典赤出身于圣裔系统的栽德家族，是叶哈雅·本·阿里·本·侯赛因·本·阿里·本·艾卜·塔利卜的后裔。

在伊斯兰的历史上，没有哪一个家族曾遭受过栽德家族所经历的深重灾难。同时，栽德家族又是一个学者星列、哲人辈出的家族。栽德的父亲赛贾德以虔诚著称，栽德的弟弟巴基尔以"知识的征服者"著称，巴基尔的儿子萨迪格更是蜚声伊斯兰历史的学者，他不仅是什叶派思想和学术的奠基者，也是逊尼派四大伊玛目之一艾布·哈尼法大伊玛目的老师。今天的人们都对赛典赤的官德有高度的赞誉，但往往忽略了家族熏陶、精神传承对其深刻的影响。观乎赛典赤征战云南时的慎用武力、不擅加兵，鼓励农耕时的轻徭薄赋，对诬告者的宽恕，其去世以后"百姓巷哭"的政声，显现出磨难所赠予人们的、设身处地顾虑天下苍生的悲悯情怀。赛典赤的后人中，不乏位高权重者，也总体上有乃父之风。纳速剌丁在云南，至元十六年（1279）采取招抚的办法，得村寨三百多处、民户十二万二百；奏请朝廷缩小官员子弟入质的范围，减轻官员们的精神负担。乌马尔在福建行省，筑兴化、莆田、国清的海塘为田，送给无田的农民一千家耕种；任江浙行省平章时，时逢饥荒瘟疫流行，他以半价粜米给灾民，亏空的部分则用自己的薪俸垫支；他收留因灾荒被抛弃的儿童，等境况好转时再送还其家人。贵族，自有贵族的气质和行事方式，一朝获得生死与夺大权的所谓"布衣"统治者，却可能颐指气使、杀伐决断而毫无节制。

赛典赤作为圣裔，在伊斯兰教中被认为是教统、道统、血统的统一。对赛典赤，我们往往目之为"宗教世家"，其基本的涵义就是：在这样的家族中，代代必有教统的传承人以及宗教学者，连绵相承。

7

据巍山本《马氏家乘》所说，哈辛是到西安守祖墓即赛典赤·赡思丁的墓也就是咸阳王陵的。那么，有没有其他缘由呢？

史料阙如，我们只能根据他所生活的时代背景做一些推测。

至元二十八年（1291），哈辛的父亲纳速剌丁出任陕西行省平章政事。他陪伴父亲从云南出发，一路北上，来到了行省的治所西安。纳速剌丁此番到陕西行省莅任平章，第二年就因病去世，可以想象，这时的他已经老迈。哈辛是来照顾父亲的，但更深层次的考虑是：父亲春秋已高，需要一个在教门上有造诣的人照应。这是一种常识性的安排，哈辛的身份当然很合适。

在纳速剌丁履职陕西期间，安西王阿难答在位。安西王府直属中央，是中央派出的最高行政和军事机构，统辖地域包括今陕西、四川、青海、甘肃、宁夏、西藏全部以及山西西部、河南西部、湖北西北部、贵州西部、云南北部、内蒙古南部。安西王府一藩二印，两府并开，在长安者曰安西，在六盘者（在今宁夏固原）曰开城。咸阳王赛典赤陵与安西王府南北相邻，且阿难答与赛典赤家族有某种深层次的瓜葛，最明显的例子莫过于大德十一年（1307），哈辛的长兄伯颜（赛典赤之孙、纳速剌丁长子），以及左丞相阿忽台、平章八都马辛等谋推阿难答当皇帝，结果事变未遂，伯颜作为此次事变的主要参与者被诛杀。哈辛"赴长安守祖墓"，出入一墙之隔的安西王府有着极其便利的条件。

在经历或耳闻 1307 年的事变时，他的心情又如何呢？

历史不容臆测。总之，最后的结果是，他由长安守祖墓而至当时唐兀惕地区的一个大城——今天的银川市，定居。

在至亲的家族成员中，哈辛可能还带来了一个人：他的儿子矣郊。

按照家谱的记载，矣郊实际上是他弟弟砂的查尔丁的独生子，过继给他的。

由这样的一条线索，我们终于明白了今天纳家户清真寺匾额上那句"吾家弃秦移居西夏"的话：陕西西安根本就不是哈辛的故乡，只是他游历过的地方——这也印证了纳家户人为什么至今认为他们与云南的关系更密切，而与西安毫无瓜葛可寻。

第二辑

大地的记号：驻牧语言图景

天空没有留下翅膀的痕迹，

但我已飞过。

——来自网络

总会对着这样的诗句出神，想象着一个特出的事件或者一个卓异的人物，当时是那样的轰轰烈烈、惊天动地，但不被历史所记录，遗落在时间的长河中，像流星在暗夜中划过，炫目耀眼，瞬间却了无痕迹。心里有说不清的悲壮、失落、无奈和缺憾。

这是泰戈尔的诗，网络上大多说出自《飞鸟集》。追根究底查了一下，原来在《流萤集》里。核对原诗，味道也很不同：

I leave no trace of wings in the air,

but I am glad I have had my flight.

> 我不曾在天空留下羽翼的痕迹，
>
> 却为曾经的飞翔欢喜。

与网络上流传的这两句相比，宏阔的意象、复杂的情感都收敛了：原来只是"欢喜"。终于也明白为什么原诗反而不如这以讹传讹的短句流行。

有好多事，弄清原委反而不如将错就错。何况，有些所谓的"错讹"，说不定还是有心的呢，或许凝聚着别样的心思。

确实，天空不会留下翅膀的痕迹，但是，大地呢？伟大的文字学家许慎早就说过，黄帝的史官仓颉，观察到了鸟兽所留下的足迹即"兽远鸟迹"，因摩画其不同的纹理而创造了文字——这是"天雨粟，鬼夜哭"的大事件。生命万物，只要存在过，总会留下蛛丝马迹。想到这里，心情不禁有些明亮。回味泰戈尔的诗句，峰回路转的短句也许该是这样：

> 大地会留下我的记号，
>
> 因为我来过。

发这样的感慨，不是为泰戈尔的诗，是为清水河。

清水河流域，也许是黄土高原和六盘山脉的自然地理所赋予的宿命，成为被有些史学家称为"游牧民族与农耕民族演绎历史的最典型地带"，又是多民族迁徙的廊道。如今早已"变刍牧而桑麻"，农耕的阡陌完全覆盖了游牧的痕迹。然而，游走在清水河流域的沟沟壑壑，一个个风格迥异的小地名却耐人寻味，让人沉吟再三。

1. 阿布条
村名，属宁夏同心县王团镇

至少在晚清时期，这个村庄人口密集。左宗棠不知去过这个地方没有，但他的描述很准确："依山跨崖，地势险峻。"清末置平远县，通邮传，《光绪平远县志》记载"阿布条设跑夫三名"。

阿布条，蒙古语 ebüljiy-e，读音为 obŏldʒoō，意为"冬营盘"。

中国国家地理网站介绍：草原的大灾多在冬天，牧民要尽力避免牲畜冻饿而死。他们了解草原上各种自然环境，将能抵御风雪灾害的地方留作"冬营盘"。比如，草高的地方不易形成雪壳，白毛风也轻一些，是理想的冬营盘。如今的阿布条，生态恶劣，但那个年代却被选为冬营盘，可以想象其生态状况。

2. 海喇都
宁夏海原县旧名，属中卫市

宁夏海原县，元代称"海喇都原"，明代称"海城"。民国时期因与奉天省海城县同名，更名为海原县，沿用至今。1999
年修《海原县志》提出一种解释："海喇"为蒙古语，意为
"美丽的高原"，但没有提供语源的解释。后经多位蒙古语专家
的研究，"海喇都"为"哈老徒"的音讹，《元史》载，成吉思
汗"乙丑，崩于萨里川哈老徒之行宫"。《蒙古秘史》265 节载：
"戌年秋，成吉思合罕出征唐兀惕百姓。妃子中携也遂妃以去
矣。"哈老徒 qaliɣutu，应该由成吉思汗的也遂妃宫帐 qaliɣutu
ordun 演变而来。

3. 花豹湾
宁夏南部山区多见的地名

　　这样的小地名特多，不必举出具体方位。如"花豹
湾""花豹梁"等，都是以"花豹"加地形特征命名的。
　　花豹是旧大陆所有猫科动物中分布最广的物种。但当地方
言中，"花豹"指的并不是"豹"，而是"鹰、雕"，如孩童经
常玩的一种游戏"花豹叼鸡娃儿"，就是"老鹰捉小鸡"。文字
记录为"豹"，误人不浅。实际上，这个"豹"只是蒙古语或
突厥语"鹰、雕"译音。蒙古语 bürgüd，读音为 borgǒd，突
厥语的这个词与蒙古语同源。"花豹"即"花雕"。

4. 脱烈
村名，属宁夏海原县曹洼乡

村内有元代城堡遗址。"脱烈"应是蒙古人名 toloi，文字记录如此，或许叫人陌生，但如果知道成吉思汗的第四子拖雷就是"脱烈"汉字的另一种译写，就容易理解。

5. 八斗村

村名，属宁夏海原县关桥乡

6. 巴都沟、八代沟

村名，属宁夏西吉县马莲乡

所谓"巴都""八代""八斗"都可能是蒙古语 bagatur（口语 baatur）的音译，意为"英雄、勇士"。

7. 包头水

村名，属宁夏同心县预旺镇

1936 年 9 月，彭德怀同志到过这里。前来采访的美国著名记者埃德加·斯诺也随之到了包头水。更难得的是《西行漫记》中留下了珍贵的一笔，使这个小小的村名传向世界：

包头水九月一日。离一方面军司令部预旺堡，步行约四十里，指挥员彭德怀一边与骡夫说笑话，一边和大家闹着玩。所到之处颇多山。彭德怀司令在此小村中一个回民老乡家中过夜。

墙上马上挂起地图，电台开始工作。电报来了。彭德怀休息的时候，请回民老乡进来，向他们解释红军的政策。一个老太太坐着同他几乎聊了两小时，诉说自己的苦处。这时红军的一支收获队走过，去收割逃亡地主的庄稼。由于他（地主）逃走，他的土地就被当做"汉奸"的收获没收充公。另一队人给派去守护和打扫本地的清真寺。同农民关系似乎很好。本县在共产党统治下已有好几个月，不用缴税，一星期前本县农民派了一个代表团向彭德怀送来了六大车的粮食和辎重，对免税表示感谢。昨天有几个农民送了彭德怀一张漂亮的木床，使他感到很高兴。他把它转送了本地的阿訇。

包头水，处于同心县预旺镇西部的群山之中，距离预旺镇20公里。斯诺好像步量了这一段距离，描述颇为准确。此地有泉水，流量不大，村民利用有限的泉水种植果树。经过现代技术化验，水质较好，人畜皆可饮用。在中华民国十八年十月所绘《甘肃省各县地图集》"镇戎县"中被标记为"包土水"。"包头""包土"这种译写的随意性，恰好说明它不能按照字面文字的记录去理解。实际上，这是蒙古语"包克图"bugut 的译音，意为"鹿"，指"有鹿的地方"，与今天内蒙古包头市的地名是同样的取意。

8. 亚尔玛
村名，属宁夏同心县王团镇

宁夏同心籍的作家李进祥曾有小说《亚尔玛尼》。其中借主人公"六指"之口表达了对这一村名来历的困惑：

> 亚尔玛尼是村子的名字。六指那时候就觉得村名挺奇怪的，不知道啥意思，不知道为啥起这样个名字。起人名、地名，一般都是有原因的。比如自己，手上有六根手指，就叫六指。……村子叫亚尔玛尼，也一定有个原因的。问村里人，他们压根儿就没想过这个问题，疑惑地眨巴着眼睛。问村里最老的人，也说不知道，说是老祖先留下的名字，一直沿用着。

地名的记载中，只是录为"亚尔玛"。小说中采用的是口语的读法，当地人习惯在地名后加一个"呢（尼）"，比如"你家在哪呢呢？我家在王家湾呢呢。"所以，这个"尼（呢）"可视为缀词。这个寂寂无名的小村落，名称却显得卓立特行，有一种与本地方言截然不同的神秘气质。

唯其神秘，使人不敢贸然触碰。为慎重起见，我和几位波斯语、蒙古语、阿拉伯语的学者一同进行了查考。

波斯语的对音：只能拆开来分析。"亚尔"Yar，意为"朋友、伙伴"，这个词至今活跃在口语中；"玛（尼）"muna，意为"亲爱的、可爱的"。合起来，Yar-muna 有可能是"亲爱的朋友"的意思，如果追求翻译的"信、达、雅"，或可译为"至交"。

阿拉伯语的对音：Ymaanu，是一个使动词，意为"他平安，他归信"。作为地名，这是不好理解的。

蒙古语：没有相关的对音。特别是 Ya，只存在于蒙古语的外来语中。

这些对音材料的含义，似乎都不符合地名的命名规律。之所以不厌其烦地罗列，是因为我发现确有人在附会上述的某种猜测，并言之凿凿地写进论著中。

我可不敢以讹传讹！

亚尔玛，有羊张公路通过（同心县羊路乡至张家塬乡，即307乡道），我曾多次走过这条路，并驻足向东北部的群山瞭望。与同心县东部山区一样的沟壑纵横，海拔约1600米也并不算很高，但山势凸起，那种突兀的陡峭使人惊诧。行车在山肩的蜿蜒乡道，好像在悬崖边上游移，给人一种强烈的紧张感，有恐高症的人会觉得晕眩，不敢低头俯视。反复琢磨这种地势，突然想到这不就是"亚曼牙"Yamanyar 吗？维吾尔语意为"危险的崖"。"亚曼牙"省称"亚曼"，当地的读音习惯将"亚"儿化，就成为"亚尔玛"，这才严密契合这种地理特征。钟兴麒编著的《西域地名考录》中，收录有"亚曼牙"的地名，是今新疆琼勒县城东南26公里处的一个乡，意思也是

"危险的崖"。维吾尔语的 Ya，是"坎"的意思，由此而论，清水河流域一些被记为"鸭儿湾""鸭儿沟"的地名，未必因为群鸦喜栖，而是对"坎"的描述。

9. 麻茹子湾
村名，属宁夏同心县王团镇

麻茹子，按文字记录去读，很有违和感，与口语差异较大。实际读为"麻儿子"Mar-zi。"麻儿"，听觉上只是"麻"的儿化音，与此对音的波斯语为 maz，意为"曲折的"。我曾多次到此地走访，如今明白这个波斯语词汇的语义后，几乎要惊叫起来：太形象了！此地在同心县东部，海拔较高（约1900 米），鹤立于群山之中，支离破碎，沟涧萦旋，蜿蜒曲折，感觉到没有一丁点儿平地，非"maz"不能形容。不嫌粗朴，以地形地势来命名地名，似乎是当地人一种很突出的偏好和倾向。

10. 大郎顶
山名，在宁夏同心县下马关镇南

从宁夏吴忠市向南进发，经同心县太阳山镇、韦州镇、下马关镇，就可以到达同心县的预旺镇。这段道路，今为 203 省道，即《新唐书》所说"萧关通灵威路"中的一段，也是斯诺笔下"通向长城和那历史性的内蒙草原的一条路"。从地图上观测，从吴忠市区到预旺镇，这是一条南北几乎笔直的道路，经度向东偏移不过 0.2 度。而且，一马平川，几无阻隔。只是在下马关镇南约 15 公里的地方，有一处低矮的山峁要攀越。攀到山峁的最高处，即为"大郎顶"。

大郎顶是一处瞭望的好地方。向南，可以望见黄草原、预旺原；西北侧，是知名的罗山，被称为宁夏中部的"高原绿岛"；东北是一片广阔无垠的土地，即著名的"下马关滩"。对于祖祖辈辈居住在山岭丘壑的人来说，"下马关滩"是一片大得不能再大的平地。因为其土地平阔，如今是一处规模较大的移民安置区。

人们通常说，"大郎顶"，因杨令公的长子"杨大郎"而得名，至于小说、戏曲及民间传说中的杨大郎（杨延平）如何从抗辽的前线到这里，却从未深究。俗文学传播的穿透力量再次显现。《明一统志》卷三七记述这一地名为"狼山"，并给出一种解释："其山多狼"。这是以讹传讹和望文生义。"大郎顶"实际处于这一片黄土丘陵的沉降区，便于穿越，所以才成为交通路线的首选通过之地。该地区固然"多狼"，但唯独这一处交通要道不该因"多狼"而命名。最要紧的是，当地老百姓从来不把这里称为"狼山"。陈日新，晚清的平远县令，衙门设在下马关，熟知大郎顶的地势地貌，披阅过《明一统志》，大概觉得这种解释实在不得要领，在他的《光绪平远县志》中，删去了"其山多狼"的说法，只是客观地描述说："打狼山，在县城南三十里。《明一统志》：狼山即北套虏由韦州入犯镇原、平凉道。今考之，盖俗呼打拉顶也。"民国时期，马福祥等人撰修《朔方道志》时，也注意到此地是不该叫"狼山"的，还是遵从约定俗成"打拉顶"的叫法，改为音近的"打狼山"。

"打拉"，也可以译写为"塔拉""打刺"等，蒙古语 tal，词典中的义项有"荒野、田野、草原、原野、平原"等。这是蒙古语中常见的地名，料想平阔的下马关滩原来是一块牧场。青海海南有一个地方叫"三塔拉"，"三"是蒙古语"sain"（美好的）的转音，"三塔拉"即"美丽的草原"。甘肃白银市东南共和乡的打刺赤，也无非是"牧场"的意思。

文化传播中的遗失、错讹，于此可见一斑！知之为知之，不知为不知，如果采取客观的态度倒也说得过去，但径改地名，却会中断文化传承。《明一统志》将"大郎顶"强改为"狼山"，沿袭至《清一统志·宁夏府》，就干脆言之凿凿：狼山"在灵州东南韦州堡东五里"。"狼山"只存在于文人的记述中，如果问问当地的百姓，一定是茫然的。

11.驼骆嵝岘

村名，属宁夏同心县张家塬乡

12.驼骆沟

地名，在原州区张易镇田堡村

"嵝岘"是黄土高原的一种特殊地貌，指的是连接两个黄土峁、塬之间的一条狭窄地段。宁夏南部山区叫做"嵝岘"的地名甚多，如同心县张家塬，稍作浏览，就有羊路嵝岘、小湾嵝岘、红土嵝岘、王家嵝岘、刘家嵝岘、南嵝岘。"驼骆嵝岘"，人们都知道意思就是"骆驼嵝岘"，但此地名的奇特之处在于，将"骆驼"颠倒一下，说成"驼骆"。类似的小地名还有"驼骆沟"，意思也是骆驼沟，都启发你想象这些地方原来可能骆驼成群。左宗棠大概弄不清"驼骆嵝岘"这个地名的来由，估计是斟酌再三，在他的奏折中写成"驮骡嵝岘"，似乎容易理解，却既失其意，又失其音。实际上，这种构词方式是元代常见的。比如，元杂剧中把"福分"说成"分福"，把"故乡"说成"乡故"。把"骆驼"说成"驼骆"也有用例，如元代王逢《奉陪神保大王宴朱将军第闻弹白翎雀引》中就有"穹庐离离散驼骆"，是典型的"蒙式汉语"。

常常在清水河流域行走，与众不同的地名，伴随着一连串特异的音符，空谷足音，会刺激到你的听觉，启发你的想象。吉光片羽、断管残沈，慢慢地停下来，小心采撷，自将磨洗，辨认体会，总会有一种发现的激动。捡拾和辨认都是困难的，真相常常躲在时光隧道的最深处，喜欢和你捉迷藏。

好在有历史学的研究作指引。文献资料、考古发现都说明，清水河流域商周之际即有被冠为西戎、鬼方、猃狁，犬戎等名称的戎族，春秋战国时期的义渠戎、乌氏戎，秦汉时期的匈奴，魏晋南北朝时期的羌族、匈奴、鲜卑、柔然、氐族、卢水胡、月氏、敕勒，隋唐时期的吐蕃、突厥，宋元时期的党项、吐蕃、蒙古及其他各民族，他们在此驻牧，在此流动，繁衍生息，迁入迁出，交流交融交汇。驻牧的生活图景归于寂然，但独特的地名却是大地的记号，犹如投射的一束光线，照你走进古代。

哦，tal，达乐山

　　罗山坐落在宁夏中部，地处吴忠市同心县和红寺堡区境内，最高海拔 2624.5 米。从高空俯视，罗山像一座被"旱海"包围的绿岛，故有"旱海明珠，荒漠翡翠"的美称。它涵养水源、防风固沙，为宁夏中部干旱带撑起一把生态"保护伞"。罗山呈南北走向，山势挺拔，巍然屹立，绵延 30 多公里，宽 18 公里，总面积约 33710 公顷，海拔 2624.5 米的主峰"好汉圪塔"，是宁夏中部的最高峰。罗山有植物资源 65 科 204 属 366 种，垂直分布区系明显，丰富多彩，是华北森林植被、蒙古草原植被和戈壁荒漠植被的交汇地带。她也是野生动物的王国，现有包括金雕、猎隼、苍鹰、荒漠猫、兔狲等在内的国家一、二级保护动物 30 种。

——摘自《百度百科》

1

罗山，恐怕是除了出生地，我最早知道的一个山名了，但这却并不是因为地理上的接近。

给生产队的麦田挡麻雀，是我作为一个学童在学校放假期间经常性的工作。每年的夏天，麻雀与我的游击战常常让我愤恨不已。我的常规武器只有一个"撂撇子"，制作简单，十分简陋：一根木棍，拴上两指宽的一个长布条，驱赶麻雀的时候，以土坷垃为"子弹"，卷在长布条中"撂"出去，这样可以增加"子弹"的飞行距离，至于精准度，那完全取决于机会主义的运气。但即便是碰巧将土坷垃精准地投入麻雀群中，这些油滑而老道的窃食者似乎料定我的这种冷兵器实在不过尔尔，没有什么杀伤性，仍自不管不顾地抢食麦粒。我从麦田的这一头跑到那一头，往往还要深入地块中间，汗流黑水，上气不接下气，愤恨与时俱增，诅咒、恐吓而找不到它们能懂的语言，反倒是它们叽叽喳喳，呼朋唤友，让我听来全是对我的讥笑和蔑视。这时候就盼望出现一个手上架着鹞子或隼的人——这样的人，我们就直白地叫做"耍鹞子的"。只要他将鹞子或隼在麦田里放飞一次，麻雀的魂飞魄散和仓皇逃窜就是一部好看的战争大片，比那些年再看一回《南征北战》还过瘾。更何况，从此以后我至少能过一周的消闲好日子。当时就已经知道，鹞子或隼都来源于罗山的松林里，大抵是生产队开个介绍信，人们就可以进驻罗山捕获，经过短期的驯化就能驱使自如了。最难忘的是到了秋季，粮食已经上场，鹞子和隼都要放归，但它们业经驯化，在庄子上徘徊好多天才飞走，是留恋着庄子还是驯它的人？比起鹞子和隼，我的恋恋不舍更甚。它们被蒙着眼睛带到这里，还认识回家的路吗？会回到罗山吗？还会自己捕食吗？几十年后，我曾在苏格兰北海的一次旅行中，在一个据说已经有五百年历史的大公的别墅里，看见隼的表演，那只隼是如此的眼熟，活脱脱就是当年在庄子上曾经盘旋过的，我的第一猜测就是它一定来源于罗山。短暂的交流中，虽然驯隼人言辞闪烁，还是证实了我的猜想。以后的日子里，我始终不能忘却这一幕，甚至怀着一种执念：这只曾在庄子上流连过的隼，也会辗转流落到苏格兰吗？

　　说来惭愧，实地到访罗山却是在几十年之后。因为省亲，我常常往返于银川至同心县预旺镇。从银川南下，绝大多数时间都是取道宁夏东部一线，而罗山脚下的韦州、下马关是必经之地。从银川经灵武、吴忠，或者从银川经吴忠、红寺堡绕罗山的北缘向东南，都可以到太阳山，然后就是韦州、下马关。走得次数多了，便尝试着开辟一条新路：到达红寺堡以后，撇开大道，取一条捷径，沿罗山的西麓南下，然后穿越大小罗山的蜂腰部，走一条叫做"同红公路"（同心县城至下马关红城水）的砂石路，下山经过一座古城——红城水，然后到达下马关。虽然山道崎岖，颠簸不堪，但如果时间余裕，我还是更乐意走一走这条砂石小路的。不光因为这是条捷径，最重要的是可以绕行和穿越罗山，更难得的是行人稀少，可以安安静静地在途中小憩。尤其是夏秋时节，天晴气朗，随便找一处山岗，席地而坐，吹着山风，就近处看看山，看看松林，这都是为了满足经年的愿望。但怎么说呢？对我这样出生和长期生活于北方干旱地区的人来说，在此看山看景总觉得与自己的期望差距很大。山体没有想象的那样巍峨高大，松林也不是想象的那么绿。尤其是山脚下植被很稀疏，砂砾遍地，与惯见的戈壁荒滩所差几无。荆棘的种类丰富，枝条坚硬，大都有尖利的刺，开着红、兰、黄、紫、粉等色彩纷呈的花，狼毒草似乎一枝独秀，有"花团锦簇"的意味，但比起雨水充沛地方，花色却没有那么鲜艳。索索草最多，枯枝压着新芽，连同长得最高的芨芨草——这两种干旱地区最常见的草，它们的色彩、模样，我总觉得自带一种荒凉的气质，总是与它所生长的环境是那么地相宜，山风很大，随风摇曳时发出响亮的啸叫，使人感到风的力度、风的硬气。

人往往会这样：一个期望已久的愿望一经实现，那种预期中的美好便打了折扣。期望之所以美好，那是因为储蓄了想象的高利，时间愈久利润越高。对于罗山，我一度的感觉就是这样。当然还有一种可能，那就是我从来没有深入过它的内里，就像那只秋收之后放归的隼，它曾经在我的眼前盘旋过，但永远地飞走了，不知流落何处，始终是一个谜。

2

与罗山的再次相遇，是在古籍中。为了便于了解"罗山"一名的来龙去脉，这里简单梳理一下。

《元和郡县志》是唐宪宗时期宰相李吉甫（758—814）编撰的地理学专著，成书于元和八年（813），故名。如果追溯罗山一名的源头，那便是这部著作了。其"灵州回乐县"条说：

> 安乐川，在灵州南稍东一百八十里。长乐山，旧名达乐山，亦曰铎洛山，以山下有铎洛泉水，故名。旧吐谷浑部落所居，今吐蕃置兵守之。

由此我们知道，"罗山"在唐代起初是被称为"达乐山""铎洛山"的，而至迟在李吉甫编撰《元和郡县志》时期，被改为"长乐山"。《元和郡县志》的记载文字简约，因为省略了关键的过程，所以使人迷惑：达乐山的旧名为什么要改成长乐山呢？揆诸史籍，"达乐山"先是被改为"安乐山"，然后才改为"长乐山"的。但这段文字的信息量巨大，下文还将论及。

到了宋代，"达乐山""铎洛山"被简称为"乐山"或"罗山"，分别见于《宋史》卷277《郑文宝传》和卷348《钟传传》。还要说明一下：在当地方言中，"乐""罗"同音，这便是二者共存的缘由。

多半是因为在相当长的一个时期内，罗山远离了中原文化的视野，后来的汉文典籍中绝少见到它的踪迹。到了明代，大明开国皇帝朱元璋的儿子庆靖王朱栴到韦州时，已经不知晓"达乐山"的旧名。他在《宁夏志》里说，"山之旧名竟不知为何名也"，并把罗山称为"蠡山"，而这一名称是王府中长史刘昉根据罗山的山峰形状像"蠡"（音同"螺"）而命名的。朱栴这一说法的影响深远，一直延续到现在。人们习焉不察，在大多介绍罗山的材料中，早就不提及宋代即已出现的"罗山"，反而认为"罗山"是"蠡山"的简写。

我对刘昉的这一冠名权大起疑心。且不说他如何勘得罗山的形状如"蠡"，蠡是一个相对偏僻的多音字，读音有lí、lǐ和luó三个，最通常的读音还是lí，如果不是当地人，是很容易读为lí的，这种作法在地名命名中是应尽量避免的。刘昉自己是知道"蠡"读为luó的，其诗作《蠡山叠翠》中将"峨""蠡""哦"几字作为韵脚便是明证。由此可以揣测，刘昉即便不知道古籍中的记载，也至少应该从当地耆老口中知道"罗山"的名称相沿已久，记为"蠡山"也许是文人的好古习气使然，但最重要的可能还是他不明白"罗山"命名的来由，自作聪明地找一个虽然偏僻但可以会意的字眼儿，搪塞敷衍。

可见，现今的"罗山"一名其来有自，历史并不算短，然而溯及源头的"达乐"或"铎洛"，语意却晦暗不明。追溯两个词的古音，"达"与"铎"，在古音中均为定母d，拟音分别为 dǎk 和 dǎt。这提示它们可能就是一个词，而且来源于某种语言词汇的译音。

经年在韦州、下马关川道行走，在川道也即罗山山脉的南端，有一处被当地居民称为"大郎顶"的地名引起我的注意。突然灵光一闪："达乐""铎洛"与"大郎"可能是一个词！

这都缘于韦州是"旧吐谷浑部落所居"。按唐代史料记载，龙朔三年（663）吐谷浑被吐蕃灭国，咸亨三年（672），唐朝廷将诺曷钵及弘化公主所率领的吐谷浑部迁到灵州，设立安乐州作为安置之所。据历史学者的研究，安乐州的城址就是今宁夏回族自治区同心县下马关镇红城水故城遗址，处于大小罗山蜂腰部，正是今同红公路的必经之地。

弄明白这样一段历史背景，"达乐"一名的出现及历史变迁过程就可以复原了：慕容氏吐谷浑是鲜卑人的一支，操属于蒙古语族的鲜卑语，他们来到韦州以后，用鲜卑语 tal 命名了这处"地宜畜牧"的草原，汉语译写为"达乐"或"铎洛"，然后唐廷就着这样的命名赋予新意，赐名"安乐"，照《新唐书·吐谷浑传》的说法，是"欲其安且乐"，于是乎产生了"安乐川""安乐山"的地名。安史之乱之后，如历史学家陈垣先生所说，由于唐肃宗对"安禄山"这个名字的厌恶，凡郡县名中带"安"字者多改之，如唐至德年间的安定改为保定，安静改为保静，安西改为镇西，等等。《旧唐书·李抱玉传》记载：传主李抱玉是吐谷浑人，籍贯在凉州，本姓安。李抱玉说，如今安禄山构祸，我耻于和他同姓，奏请皇上赐为李姓。我相信在这样的政治背景下，安乐州的吐谷浑部众特别是其领导层，应该有李抱玉那样的自觉。朝廷的风向和吐谷浑人的主动，"安乐川"被改为"长乐川"恐怕不是一个慢动作；而"安乐山"——这个读音听起来很像"安禄山"的地名，人们更是唯恐避之不及，被改为"长乐山"。但任官牍改来改去，民间还是一直称为"达乐山"的。再后来，随着吐蕃人占据安乐川以及鲜卑语的消亡，人们对"达乐"一词的语意已经不甚明了，就干脆简称为"乐山""罗山"，好古而昧于史籍的刘昉记为"蠡山"。谜底一旦揭晓，谜面上的一切弯弯绕都可洞穿：见于明代地方史志材料、今天口语仍然使用的"大罗山"，也不过是唐宋时期沿袭下来的"达乐山""铎洛山"，人们以讹传讹，既然有"大罗山"，必然会有"小罗山"，凑足一对，这很符合中国文化偏好对称的习惯。这样说起来，"达乐""铎洛""大郎（顶）""大罗（山）"竟然都是一个词。

　　由"达乐"简称"乐""罗"再到刘昉的"蠡"，汉语的一音多字以及一字多意，为这种演变提供了一条顺滑的轨道。在这条轨道上，词的本意躲藏在历史的最深处，以讹传讹的衍生意往往出人意料，制造出让你无论如何也猜不出的意象。我想起清末八股文的主考官，为了迎合慈禧太后，出了一道"项羽拿破仑论"的试题，一位对西洋混沌茫然的考生起笔写道："夫项羽力能拔山，岂一破轮而不能拿乎？……"或许这不只是使人忍俊不禁的笑话，法语的 Napoléon 可以理解为"拿破轮"，鲜卑语的 tal"草原"可以蜕变为"螺"这种软体动物，在语言学者所观察的材料里，这样的现象司空见惯，例子不胜枚举。《西游记》描写孙悟空七十二变，但猴子的尾巴却无法隐匿。"大郎（顶）""大罗（山）"正如留给人们辨认其原型鲜卑语 tal 的尾巴，顺藤摸瓜可使原形毕露。

3

哦，tal，草原！

但愿考证的繁琐不至于招致读者的厌烦，而能使人们对古代的罗山特别是对其生态环境产生想象，以补益史籍一鳞半爪记载的不足。

《宋史》曾描述韦州川"水甘土沃，有良木薪秸之利"，料想所谓"良木"，多半指罗山的林木资源丰裕。晚清的平远县令陈日新在《光绪平远县志》中记载过一个传说：宋代有道士在此避秋悟道，有两只老虎随身，后来登仙羽化。虽属传说，但正所谓"天下名山僧占多"，人们由此可以对那时的罗山作出想象，脑海里一定会浮现出如林海茫茫那样的影像。

罗山之有比较完整的记载，还是归功于庆靖王朱㮵。他在《宁夏志》中描述罗山"层峦叠嶂，苍翠如染""草木茂盛""屹然独立，势甚雄竦"，还对罗山的植物资源多所道及："木多松、桧、桦、榆、白杨；草则黄精、秦艽、大戟、知母草、血竭、黄芩、防风、远志、黄芪、柴胡、升麻，皆药之良者。"

也正是在明代，由于朱栴的封王建府，提升了韦州的政治地位，罗山的"绿岛"形象一再出现在人们面前。朱栴大概出于对韦州的偏爱，流风所及，也效仿归纳"韦州八景"。到弘治《宁夏新志》，编者发现朱栴只凑得五景，于是不再提及所谓"八景"之说，就归纳为"蠡山叠翠""东湖春涨""西岭秋容""石关积雪"四景。

蠡山叠翠。庆王府长史刘昉诗：

> 蠡山雨洗高嵯峨，群峰叠翠攒青螺。
> 我来信马上山去，马上观看频吟哦。
> 平生爱此嘉山水，爱山不得住山里。
> 到家移入画轴中，挂向茅堂对书几。

东湖春涨。庆靖王朱栴诗：

> 三月东湖景始饶，水光山色远相招。
> 鱼冲急雨牵浮藻，莺逐颠风过断桥。
> 华落乍疑金谷地，浪痕初认海门潮。
> 临堤尽日忘归去，为惜余春谩寂寥。

西岭秋容。庆王府丰林郡王朱邃诗：

倚秋看山处，秋来景更芳。

菊枝披细雨，枫叶下清霜。

黛色浓于染，岚光翠似妆。

客中幽兴发，呼酒醉斜阳。

石关积雪。朱邃诗：

山高矗屹立，叠翠万重峦。

残雪经年在，边风五月寒。

素华涵光影，清味试龙团。

正是诗家景，惟宜静里看。

明代文人咏诵罗山的诗作还有若干首，选此四首，大体可以领略其季节变换——这一一契合我童年时期对罗山的想象。山水之见精神，在于人文，天下名山大川，概莫如此。氤氲了浓厚人文气息的罗山，这才符合中国传统名山的气质。

这样的罗山，确实需要精心呵护。仅从生态角度看，南北走向的罗山，作为自然地理中的屏障，其重要作用一如贺兰山对于银川平原。如果没有罗山，如明代刘长春诗所谓"龙沙滚滚接韦州"，韦州平原可能早就被著名的"河东沙区"——这个古人闻名色变的"旱海"所吞没；假使罗山继续向北延伸数十公里，则河东沙区就可以被斩断，从而使韦州川与银川平原相衔接。

我从张占强、杨雪霞两位作者写的论文中读到，自20世纪80年代起，同心县为解决周边乡镇——也包括我的家乡的人畜饮水问题，在罗山脚下钻井抽取深层水，附近的红城水村不仅钻井取水供给生活之用，还灌溉土地——红城水古城，正是明代方志中提到的"富泉"的所在地，朱栴在《宁夏志》中说："富泉，居大小蠡山之间，水甚甘洌。"嘉靖《宁夏新志》说："富泉……，今引以灌田。"从"水甚甘洌""引以灌田"到抽水，生态退化实际早就预警。到2008年，不过短暂的20多年时间，多数抽水井因地下水枯竭，已无水可取。地下水资源的严重超采，造成森林涵养能力下降，森林植被生长衰弱、植株矮化；野生动物饮水区域缩小，森林动物特别是鸟类活动线下移。这样专业的描述确实需要科普：举例来说，如果你发现惯常活动在森林中的鸟禽频繁出没于都市区，千万不要想当然地以为这里生态优良、居民友善，而可能是它们的栖息地已经遭遇水的危机。地下水过量采用，必然会导致山林枯萎、泉泽退缩、沙化日趋，历史上许多古城就是这样消失的，教训十分惨痛。作为一个曾经也喝过罗山那碗救命的水的人，我理解那个时代人们的行为。如今读到工作在保护区的两位作者的文章，感到由衷的欣慰。苍翠如染的罗山，不应该只存在于古人的咏诵里。

从童年故乡的小山村里邂逅那只隼，罗山就像一颗种子种在了心头。从那时的向往到屡次的实地探访，从想象中的秀美到初见时的失望，还有在浩如烟海的故纸堆里搜寻，奇异的是，每当有人提起罗山，我都会想起村子里盘旋过的和苏格兰的那只隼。完成一次书写，更增加了对这一处山川的敬重。回味这样一种心路的历程，或许只能说：如今，看山依然是山。

"达子住过的地方"

一切学术今天必须求之于地底，
因为学者都在大地的腹中。

——志贵尼

语言是现今仍然活着的古代遗物。研究语言应该是研究各期各地物质文化的一些残存遗产的基本补充工作。研究语言并研究物质文化残迹，再加上目前存在的原始民族来作证，就应该能提供古代社会生活的某些图景。

——贝尔纳

1

往往是夏日的下午，太阳已经西斜，山体的阴影如期投射过来，还吹过来一丝丝凉风。这个时候，坐在沟边山畔、崖窑下的院子里纳凉。

老人突然眯起眼，手指对面的群山，说了一句："唔，老人们都说，咱们这个地方，原来是达子住过的。"然后，指认山体之中的点点遗迹。

哦，还真是这样，平常怎么未加留意。居家对面的"寨子山"，黄土覆盖在棕红色的山体上面，像是一个红褐色脸膛的老人戴着灰灰而硕大的帽子。雨水好像从来没有充沛过，植被永远稀疏，一年四季总是泛着红色，阳光照射下愈加泛出红晕。山顶是一个偌大的堡寨，四面壁立。我曾仔细观察过这种堡寨的构筑方式，堡墙中没有收分，不见夯筑的迹象，只是巧借山势，削土作城，这实在是一种因地制宜、省工省时省力的好办法——后来在《续资治通鉴长编》及明代王琼《北虏事迹》中读到如"四面崖险，朘（音 juān）削为城""随山就崖，铲削陡峻"这样的字眼，原来这是历史上惯用的一种土工作业方式。山体的南坡更是陡峭，错落着一些小小的台地，层层叠叠，分明是窑洞塌陷、院落被掩埋的痕迹。问起窑洞究系何人所居，老人的回答却很谨慎：不知是啥年手里的了。

于是，就有一种神秘感，塌陷的窑洞中会隐藏着什么，特别是接近山顶的最陡峭处还有"窨子"，据说一直通到很远的地方，除了神秘还觉得毛骨悚然。之后，就感到一种隔膜感：原来我们只是寄居在"达子"的地方。

年来在宁夏南部山区一带，或走亲访友，或路途偶遇，在山梁土峁、窑洞民居，碰见老乡，闲坐，也总爱打问一句：

听说过没？最先，你们这地方原来是什么人住过的呀？

唔，老人们都说哩嘛，我们（或：饿们、曹们）这地方原来是达子住过的嘛。

——然后，再无一丝丝的细节可以提供。除了得知"达子住过的地方"并不局限于儿时曾居住的那小小的一域，得不到新的知识。

如若再行追问，差不多都会讲出一番"八月十五杀鞑子"的故事。这个根本经不起推敲的演绎，在民间的传说如此广泛，实在叫人钦佩俗文学的传播力量。

只有我自己心里明白，这样的问话，不是出于"田野调查"，而是出于验证——这和我小时候听过的毫厘不差：突兀、简约、神秘。

口述传说包括民俗，都有赖以发生的来由，也往往会隐藏历史真相。然而，手法却如捉迷藏，隐喻、曲折、变形、附会，常常布满陷阱。所谓索隐、还原，往往可能是现代人的一种智力游戏。就像腥风血雨的元明历史更迭，留下一句轻巧的"八月十五杀鞑子"，虽然在俗文学的领域中畅行，但实在找不到什么具体的历史事象；就像有人猜测捆绑的粽子，可能暗示屈原并非自投汨罗江，而是被绑着扔到水里害死的，是他杀而非自杀。纵然毫无真相可言，但谁能阻止这样的臆测大行其道？

　　"达子"或作"鞑子"，口传中的意思倒是清楚的，笼统地说，指的就是蒙古人。但"达子住过的地方"，到底蕴藏着什么历史信息呢？

2

　　"君自故乡来，应知故乡事。"

　　童年时期听过的这句"达子住过的地方"，一直萦萦于怀，时时有探求的愿望。然而，传说如此简约，欲说还休。但当你即将失去兴趣的时候，人们口舌之间那些与汉语方言迥异的语音符号，却又时时提醒着这种神秘的存在，让你又欲罢不能。

　　——六盘山区、清水河流域，在人们的口语中、在一个个的小地名中，往往存在着一些独特的词语。对此，应该有专门的研究。在这里，只作一个简单的提示：

　　阿布条，村名，来源于蒙古语 ebüljiy-e，意为"冬营盘"；

　　包头水，村名，来源于蒙古语 bugut，意为"鹿"，指"有鹿的地方"；

　　脱烈，村名，来源于蒙古人名 toloi；

　　巴都沟、八代沟、八斗村，村名，均来源于蒙古语 bagatur（口语 baatur），意为"英雄、勇士"。

　　除了地名，还有一些蒙古语的词汇：

　　脑袋，被称为"多罗"，应是蒙古语"头"tolgai 的省音；

姑姑，意为"鸡冠"，应来源于蒙古语 gügü，是蒙古贵族妇女流行的冠饰。汉语古代文献中已经有"固姑、罟罟、罟姑"等多种写法。因为"姑姑冠"的式样，所以口语中就把这类形状的东西称为"姑姑"或"姑姑头儿"了。

这些迄今依然活跃在人们口头的语言，也无一不提示着蒙古化的遗留。

问题至此似乎已经明了：所谓"达子住过的地方"，可能与元代蒙古人的统治有关。但总觉得谜底尚未揭穿：以蒙元统治地域之广大，为何只是在这一隅留下了"达子住过的地方"的传说？所以，这里所谓的"达子"，肯定不指通常意义上的元代蒙古本部的蒙古人。

依旧是清水河流域的那种小地名，提示着思考的方向：

买四川，宁夏同心县王团镇东部的一个地名。当地人讹读如此，实际应为"满四川"，是人名"满四"加黄土丘陵地区的地貌"川"而组成的一个地名。《平远县志》的作者、县令陈日新就记载为此，并考证说，元豫王的部落中，有一个叫"把丹"的，他的孙子满四就曾居住在这里。成化五年，满四叛乱，移居到石城堡。陈日新还说，满四未叛乱之时的驻牧之地就在这一带，废宅的基址尚存。

杨达子沟，宁夏清水河系东部的一条支流，属间歇河，河谷窄狭，在固原市原州区头营镇入清水河。1976 年，在原州区头营镇杨达子沟口建成"杨达子沟水库"。后来又多次进行主坝加高和除险加固。

直觉上，"达子"以及含义明确的"满四川"是一组共时的词语，化石般指示着一个显然的历史断代。翻检史料，与满四同时、平息满四事件的主要军事将领、总督陕西军务右副都御史项忠，曾在一副奏折中写道："固原地方千里，水草丰美，畜牧番多。内为土达巢穴之所，外为北虏出没之场。"语言与史料的吻合，可以复原当时"社会生活的某些图景"了。

3

考索历史旧迹，这里的"达子"，其准确的含义就是"土达"。

元明政权更替，元室北迁，明军进入西北。旧政权的官民，像一切历史更替中的战乱一样，无例外地演绎着一幕幕死难、投降、逃亡的故事。投降、留居以及内附的故元遗民，被冠以一个称号——"土达"，以别于蒙古本部。这些故元遗民，为官者称为"达官"，为民者称"达民"，入伍者称"达军"。

"土达"包括多种民族成分，并非都族出蒙古。除蒙古人之外，还有大量的色目人和其他族类包括汉族。只能说，所谓"土达"是一个蒙古化的群体，与蒙古在政治、历史、文化上都有联系。

明代重臣王琼所作《北虏事迹》，曾提及"土达"中有一个"韦州人"。这个故事被当代美国记者彼得·海斯勒在其《寻路中国》一书中所引用，传布更广：

一日早，虏贼五骑至兴武营暗门墩下，问墩军曰："我是小十王吉囊俺答阿卜孩差来边上哨看，你墙里车牛昼夜不断，做甚么?"答曰："总制调齐千万人马，攒运粮草勾用，要搜套，打你帐房。"贼曰："套内多多达子有哩，打不的打不的。"又言："我原是韦州人，与你换弓一张，回去为信。"墩军曰："你是韦州人，何不投降?"贼曰："韦州难过，不如草地自在好过，我不投降。"举弓送墙上，墩军接之，不换与弓。贼遂放马北奔。

韦州，地在今宁夏同心县境内。文献中提及的这个"土达"，看来世居韦州，不像是蒙古族，很可能是汉族。用他自己的话说，他是觉得草原游牧的生活"自在好过"，甘愿做一个"土达"。

甘宁青地区的河州、凉州、永昌、山丹、庄浪、庆阳、岷州，西宁，宁夏灵州、固原等地都是其活动的区域，华北一带也有为数甚众的"土达"。但因为"土达"主要集中于西北边疆地区，所以，有时候就成为西北边疆蒙古人治下前元降众的特指。

在明代文献的记录中，清水河流域有一支著名的"土达"，即豫王部落的"把丹"。我怀疑这个"把丹"，很可能就是现在通译的"巴特尔"，和上文提及的"巴都""八代""八斗"一样，都来源于蒙古语 bagatur，意为"英雄、勇士"。嘉靖《固原州志》载：

> 元万户把丹据平凉，洪武初归附，授平凉卫正千户。部落散处开城等县，仍号"土达"。其民朴质强悍，选为兵者，类多骁勇善战。

光绪《平远县志》卷四载：

> 元豫王部落有把丹者，仕平凉为万户。明太祖兵至，归附，授平凉卫正千户，部落散处开城等县。

所谓"开城等县"，实际上覆盖了整个清水河流域，把丹之孙满四的驻牧之地就一直向北延伸到今天的同心县一带。

没有人知道清水河流域的"土达"有多少人口。零星的资料只是说，明英宗正统六年（1441），开城有"土军三百八十四户，户有二三十丁者"；嘉庆年间，隆德土达有一百八十五户；满四叛乱时有七千余人被杀，二千多人被俘；正统年间，分驻固原诸路的土达士兵有一千多名。

但我们知道，新政权建立伊始，土达的权益得到尊重，其生活方式、生产方式得以延续，风俗习惯——"胡俗"，得到保留。清水河流域大部分地区沟壑错综、山峰林立，气候湿润，水草丰美，地广人稀，宜牧宜耕。在某种自治的政策环境中，土达们以部落而居，过着"纵猎山野""逐获禽兽为利"的游牧生活，享受着"无徭役"的特殊待遇，是以"用是殷商，家有畜马数百而羊数千者，咸仍胡俗为乐"。洪武皇帝朱元璋包括后来的永乐皇帝也显得雍容大度，即便是对那些归化的"土达"，也给予优容和热情的鼓励，"给予田地、草场，使其任意耕牧"。朱元璋认为，"凡治胡虏，当顺其性，胡人所居，习于苦寒，今迁之内地，必驱而南，去寒凉而即炎热，失其本性，反易为乱。不若顺而抚之，使其归就边地，择水草孳牧，彼得遂其生，自然安矣"。尊重其生产生活习惯，自然相安无事。

与此同时，一种缓慢而有力的民族交流交融也开始了。朱元璋提出："人性皆可为善，用夏变夷，古之道也，……使之服我中国圣人之教，渐摩理义，以革其俗。"

改名换姓就是融合的方式之一。在这方面，永乐皇帝身体力行，仅仅在永乐四年（1406），他就亲自赐姓名多人：

> 都指挥同知满束儿灰，赐名柴志诚；
>
> 都指挥佥事阿儿剌台，赐名杨汝诚；
>
> 凉州卫指挥同知猛奇，赐名安汝敬；
>
> 凉州卫指挥佥事脱脱，赐名杨必敬；
>
> 凉州卫指挥佥事只兰，赐名吴克议；
>
> 凉州卫指挥佥事朵列干，赐名吴存敬；
>
> 庄浪卫指挥佥事火失谷，赐名韩以谦；

庄浪卫指挥佥事祖住不花，赐名柴永谦；

宁夏卫指挥使伯帖木儿，赐名柴志敬；

余千户、卫镇抚、百户等十一人皆赐之。

第二年，即永乐五年（1407），他又赐予两人姓名：

陕西都指挥佥事朵尔只，赐名马惟良；

宁夏都指挥佥事铁柱，赐名柴克恭。

史料所见，土达也积极地融入新的社会、新的政权。他们服从明政权的领导，最鲜明的例子是，他们成为西北边防部队的主要组成部分，驱逐残元，抵御蒙古人的南侵，很多人还立功受奖。比如，洪武七年（1374），巩昌、庆阳、平凉三卫的头目石抹、仲荣等三十九人随征甘肃，立功者被授予军职；永乐八年（1410），固原的土达兵士参加了永乐皇帝第一次亲征漠北鞑靼的战役，到了斡难河。

4

但历史从来不是按照一条正常的轨道向前推进的。成化年间，一个意外的事件爆发，完全打乱了正常的运行轨迹。这就是著名的满四起事。

上文已经提及，朱元璋兵下陕西时，仕元的平凉万户巴丹率众归附，被授为平凉卫正千户，所属部落就地在开城等县编户为民。满四，名满俊，是巴丹的孙子，也继承祖业，在开城县一带生活。

当时，北元势力屡屡南下，边境也不太平。有个已经退休的都督张泰，在鸣沙州（宁夏中宁县境）以南畜牧牛马，他家的牛马屡遭剽掠。张泰将此事转告于宁夏巡抚陈介，并以为这是"土达"张把腰等人假借北元名义干的勾当。次年，陈介巡抚陕西，张泰即令家人又状告张把腰。陈介命佥事石首等缉拿张把腰时，张把腰却诬传他与满俊一同劫掠了张泰的牛马。这样，满俊就被裹挟在里面。

偏偏这时候，巩昌府通渭县有个在逃的犯人，在满俊堡内潜住，县衙遣里长追捕时，满俊又袭杀了追捕逃犯的里长。"通敌"的罪名本来够大，这又杀了官差，事情变得不可收拾，加之平日里明军上层军官贪得无厌，经常向满俊索求马匹、鹰翎等物，满俊本来就一忍再忍，有苦难言，这下便一不做二不休，依着"元帅府事铜印"为神秘诱饵，组织心腹班底，如火四、火能、马冀、南斗、咬哥、满能、满玉等人，组织起事。当地政府并不以为事大，派了满俊之侄、袭巴丹之职、时任平凉卫指挥佥事的满璹，带了数十人前来缉拿满俊。满俊早有准备，他将来人以分食用餐的办法分头诱杀，之后率数百人劫掠固原苑马寺官马，劫持满璹等叛入石城。1468年春，在石城，满俊被推为招贤王，李俊为顺理王，纠集了隆德、静宁、会宁等处土达军民男男女女两万余人进行抵抗。

明廷的军事剿灭自然毫无悬念，但战事并不顺利。从1468年春起事到该年年底，历经十个月，较大的战斗就有20多次，地方兵力屡战屡败，直至朝廷直接调整部署，从甘州、凉州、延绥、宁夏、陕西官军组织8万人进讨满俊，同时，起用马文升为都察院右副都御史、巡抚陕西，"协剿叛贼"，还准备调京营神枪军助攻，这才将事件平息下去。

事件平息以后，明廷对"土达"加强了军事控制，比如，提升军事建制，将固原守御千户所提升为固原卫，建立左、右、中三个千户所，选调指挥等官70余人署理固原卫防御事宜；新增设西安千户所（今海原县西安乡）、镇戎守御千户所（今海原县李旺镇）、平虏守御千户所（今同心县预旺镇）。明制，千户所下辖十个百户所，百户所下辖两个总旗，每个总旗下辖五个小旗，"大小联比成军"，这样，清水河流域可谓兵营密布。与此同时，加强了组织、行政力量，比如，特命陕西按察司佥事杨冕专抚固原等处"土达"，协同镇守、守备等整饬固原兵备；加强了基础设施，固原城内设立永宁马驿站，用以军事联络和信息传递。

满四事件之后，"土达"的经济社会生活发生重大变化，细节无以勾勒，但由游牧而农耕是其最显著的特征，"纵猎山野""逐获禽兽为利"的游牧生活很快淡出。比如，参与过事件平息的马文升曾上书皇帝，请求恩准免去"土达"的粮草差役和解决他们耕作的"牛具种子"问题：

平凉等府土达，虽为边氓，终系异类。屡遭变故，家业飘零，其在高桥者，艰难尤甚。今虏犯边往往获利，诚恐此辈因生异心，为患非细。乞量免其粮草差役。无牛具种子者，官为赈给。

可以设想，作为个体，或许在满四事件中出于恐惧，有过纷纷隐藏"土达"身份的举动，但生产生活方式的变化，给整个群体所带来的变化却是深刻而长远的。

5

历史就是如此诡异。从1368年元室北迁到1468年满四起事，正好百年。有人会说，满四事件是元亡百年的一个祭礼。《剑桥中国明代史》把满俊看作是"世袭的部落领袖"，并对此次事件作出评判："固原事件可以看成是15世纪70年代在鄂尔多斯进行的几次战争的前奏。"但却对满四事件引起的西北边疆地区"土达"的族群演变未作置评。

从土达的历史演变来说，满四事件是一个分水岭。

这个分水岭的意义在于：它更改了"土达"正常的社会演变逻辑，加速了"土达"向其他族群归属的进程。如《剑桥中国明代史》判断，满四事件复与15世纪70年代在鄂尔多斯进行的几次战争关联，内外加剧的情势，则又成为"土达"融合的加速度。假如没有满四事件，"土达"后来会变成一个以此为名的族群吗？

真实的情况却是：满四事件之后，史籍之中鲜见"土达"的记载。

不是"噍类无遗"，而是融合归化。上文已经提及，满四事件之后，明廷尚特命陕西按察司金事杨冕专抚固原等处"土达"。"土达"作为一个群体尚且存在，不过是穿上汉装汉服，看不出什么特点了，如嘉靖三年（1524）兵部尚书、三边总制杨一清在《固原重建钟鼓楼》题诗中所说："弦诵早闻周礼乐，羌胡今着汉衣冠。"亦如嘉靖、万历《固原州志》所载，当年的土达"风俗视内郡无大异焉"，已经融入当地居民之中。

关于"土达"加速向其他族群归属的具体历史进程，应该有更细致而生动的描述。比如，这种加速的融合，恰好说明，"土达"并不是一个内部联系密切的群体。外部原因固然重要，内部因素却更为关键。

民族学者马建福在宁夏海原的田野调查材料，对"土达"的身份演变提供了一种可以深究的路径：

> 李姓回回则说他们一部分是蒙古人的后裔，过了几百年，习惯了当回回。如果说他们是蒙古人，他们肯定是不愿意的，就好似把一个回族说成了汉族，那是绝对不答应的。不过，在他们情愿的时候，他们会承认"老一辈人说是蒙古人的后裔，谁知道呢。看我们哪儿像蒙

古人啊，我们是地地道道的老回回"。

　　建福先生所记述李姓回族的这个故事，我在宁夏同心县一带也听说过。在此略作补充的是：这支自称"没有乱过户"（最重要的含义是祖出一支）的李姓回族，是有一个 ci-jiao-zi（猫头鹰）的绰号的。在过去，这个外号有些讳莫如深，通常是不能拿这个外号和他们开玩笑的。近来却有改观，有的李姓回族并不避讳这一外号，还将 ci-jiao-zi 译写为"兹雀孜"——汉字选择一变，就显得风格独特——进而说这是蒙古语"猫头鹰"的音译。但蒙古语的猫头鹰为 uuli，方言为 shir-a shubuu，毫不搭界。实际上，当地方言 ci、chi 不分，ci-jiao-zi，就是方言中"鸥叫子"chi-jiao-zi 的读法。"鸥叫"连用，是起源颇古的一种组合方式，所谓"蛙鸣鸥叫"。这不能不使人联想到蒙古族"猫头鹰始祖型族源传说"，猫头鹰在神话传说中是一个部族或氏族的祖先或守护神。

　　如此来说，一句简略的"达子住过的地方"，含义却相当深邃。与其说这是一种记忆，不如说是一种告别和融合。否认"达子"身份的，可能就有"达子"本人。

　　如今你在清水河流域，在川流不息的人群中走过，一张张黄色而生动的脸庞，还能找到史籍所载的那种"蒙古化"的痕迹吗？只是在大地的腹中，一个个名不见经传的地名，有一种默默的提示。

遥远的记忆

法国作家都德的短篇小说《最后一课》，讲的是普法战争时的故事。这是一篇优秀的爱国主义教材，一直选在中学语文课本中。我至今仍然清晰地记忆着我的语文老师讲述这篇课文时严肃激越的神情——它和小说中抒发的情感是那样的合拍。

小说中韩麦尔老师有一段话，多年来，我一直品味、咀嚼：

接着，韩麦尔先生从这一件事谈到那一件事，谈到法国语言上来了。他说，法国语言是世界上最美的语言——最明白，最精确；又说，我们必须把它记在心里，永远别忘了它，亡了国当了奴隶的人民，只要牢牢记住他们的语言，就好像拿着一把打开监狱大门的钥匙。

当法国人向普鲁士侵略者缴出家园、财产、人身自由的时候，语言就成了他们最后一道永远不能缴出的屏障。它是维系民族情感的纽带，构筑精神家园的基底。有了语言对心灵的守护，一个民族的精神便激荡腾越，生生不息。韩麦尔老师说："亡了国当了奴隶的人民，只要牢牢记住他们的语言，就好像拿着一把打开监狱大门的钥匙。"仅此一点，我觉得他已把握了历史的本质。

美国长篇小说《根》里面有这样一个情节：黑人主人公一次次地逃亡，一次次地被打得皮开肉绽，但决不接受白人奴隶主给他的英文名字，而坚持用非洲母语称呼自己——哪怕付出加倍的皮肉之苦也在所不惜。

于是，我理解了：名字，虽然只是一个符号，但它蕴藏的却是对故土家园的深情回望，蕴藏了对发生在个人及群体中的历史记忆。

不用再三品味，你便能感觉到其中沉甸甸的涵义。

我相信，每一个远离母语家乡的游子，都能体味出这份情感。

回族先民曾有过这样的一个群体：当他们驾着云帆，骑着骆驼，手执香料与珠宝来到遥远的东方进行商务贸易的时候，或者遵从"学问虽远在中国亦当求之"的教诲，进入盛世的文明古国进行文化学习与交流的时候，或者由于战争的变故，被迫征调进入华夏大地的时候，我想象那一定是一幅色彩斑斓的语言景象：阿拉伯语、波斯语、突厥语以及南亚语，是他们这部分人或那部分人的交际语言。

是的，这就是东来的回族移民。他们坚守着共同的信仰而操持着不同的语言，这样的语言景象存在了几代人、百年多的时间。

首先可以稽考的是那些石刻资料。那年春节初二，正是万家团圆之时，我进入泉州海外交通史博物馆，按照"阿拉伯人、波斯人在泉州"的条幅指引走上二楼的石刻馆。馆内空无一人，一任反复浏览。我安静地与那些坚硬的花岗岩面对面，进行着多语言的对话。

福建泉州也门人建寺碑，约立于元代1279年至1368年期间。背面文字："虔诚、纯洁的长老，也门阿布扬人奈纳·奥姆尔·本·阿赫迈德·本·曼苏尔·本·奥姆尔建筑了这座吉祥的清真寺大门和围墙。乞真主恩赐他，宽恕他。"可以肯定，这个虔诚的南也门富商，从濒临红海、亚丁湾的阿布扬——这个当时阿拉伯半岛南部最繁荣的商业区来，操着一口的阿拉伯语。

赫蒂彻哈通墓碑，记录亡人是"已故丞相提哈迈人胡瓦尔·穆艾努丁的女儿"。提哈迈，位于今沙特阿拉伯希贾兹地区以西的红海沿岸，这明确她是来自阿拉伯半岛的穆斯林。

这方石碑，"黄公墓"与"百氏坟"两行拙朴的大字从左至右竖排分列，下面刻三行阿拉伯文与波斯文混合文字。这透露出它是阿拉伯人、波斯人共用的墓地。

中式祭坛墓葬顶石碑，正面虽然刻着六行阿拉伯文字，但据译文，亡者是来自波斯霍拉桑纳萨人哈只的女儿法蒂玛。

艾米尔·赛典赤·杜安沙墓碑。"杜安沙"，突厥语"杜安"（意为"鹰"）与波斯语"沙"（意为"王"）的混合。他的祖上是一位将领，从布哈拉来华。不是以突厥语为自己的母语，怎能起个突厥语的名字？

一遍遍地摩挲着石刻，试图复原先人的语言图景。"石头的胜利！"蓦然想起那篇美文的标题。然而，石头提供线索却不能提供细节，好在还有文献的记录。

我一直在猜想，在这个强大的、多语言的移民集团中，有没有一种共通的语言呢？在穆斯林之间，也应该有一种语言以便于他们的交流。这种猜想在文献中还是得到了部分的证实。简单地说吧，在移民最盛的历史时期，东来的回族以波斯人和波斯化的突厥人为主。史籍所见，满目都是波斯属地、波斯来人。从一些回族人可考的祖籍地来看，途思（徒思）、祃榴答尔、剌夷、忽木、哈马丹、赞章、乃沙不耳、马鲁、撒剌哈歹、巴瓦儿的、巴里黑、可疾云、撒瓦、柯伤、木剌夷、阿剌模式、兰巴撒耳、泄剌失、可咱隆、苦法、毛夕里、乞里茫沙杭、马剌黑、帖必力思、木发里、忽鲁模思、设剌子、亦思法杭、不花剌……均为波斯的领地。也不妨举出几个叱咤风云的人物来：著名的政治家赛典赤·赡思丁，来自于波斯属地不花剌，即今乌兹别克斯坦布哈拉，杨志玖先生推测赛氏家族的语言可能是波斯语；窝阔台时期的法蒂玛，这个以俘虏之身进入政坛、权倾一时的女流之辈，即来自当时波斯呼罗珊最大的城市之一途思（今伊朗马什哈德）。摩洛哥旅行家伊本·白图泰在泉州旅行时，结识了不少穆斯林，而这些人全是波斯人。

那个时代，波斯语还是一种国际通用语言。人们注意到旅行家马可·波罗在中国游历十数年之久，但他并不懂汉语，而是凭借着波斯语畅行无阻。在马可·波罗的游记中，他往往用波斯语来指称中国名物，北京的卢沟桥叫做保尔珊，即波斯语石桥之义；云南人被称为察唐唐，即波斯语金齿之义。20世纪30年代金吉堂先生在《中国回教史研究》中推测说："回教虽以阿剌伯文为根本，第以其传来中国者，多波斯人或自波斯地面，或使用波斯语文之各族人士，故当蒙古统治中国期间，波斯语文在各个不同之语言文字间，至成为官场中之官话。"

波斯语的这种影响甚至延及明代：明朝政府在15世纪建立的回回馆，负责波斯文翻译和培养波斯语翻译人才。郑和下西洋时随身所带的翻译官必须有通波斯语者。其中，在二下西洋船队返航途中，曾停泊于锡兰山（今斯里兰卡）南部港口，并在加勒附近的土丘上竖《布施锡兰山佛寺碑》（1409），如今该碑保存在科伦坡国家博物馆。石碑上刻着汉文、泰米尔文和波斯文三种文字。汉文部分主要是礼赞释迦牟尼佛对船队远航的庇护，泰米尔文颂扬印度教大神湿婆，波斯文则赞美真主安拉和伊斯兰教先贤圣人。

但是，波斯语却没有在不同语言的回族人中取得"高层语言"的地位，没有成为这个移民集团最终的心灵守护者。经过历史的演变、语言的融合，这些人还是选择了共同的交际语言：汉语。用汉语表达思想，交流感情。

一种语言即是一种文化。人类语言学家对于世界语言的不断消亡、减少怀着一种痛心疾首的心情。但"青山遮不住，毕竟东流去"，人口的规模、政治经济文化的地位等各种因素都决定了人类的语言一直要处在这样的一个流失过程中。不管怎么说，与庞大的汉语人口比，东来的回族人数量是偏小的，况且又分为阿拉伯人、波斯人、突厥人等不同母语人群。他们遍布天下，分布全国，形成了一个个的"语言孤岛"，不足以成为一个可以保留自己母语的独立的群体。处在汉语汉文化的包围之中，汉语才是共通的语言、共同文化的共同载体。东来的回族人又大多都是一些远离故土、无家可归或有家难回的人，他们的身份主要是使臣、商人、军政上层及部属、军士、教士、工匠、科技人才。他们万里远徙，在新的国度组成新的家庭，用新的语言即汉语交流生活。这都加速了回族人母语的消亡。从此，他们与母族地理暌隔，与母语渐行渐远。

行笔至此，为了避免我的意思遭到误会，我还必须指出：与普鲁士人强迫法国人缴出语言不同，与白人奴隶主强迫黑人奴隶接受英语姓名更不同，回族先民失去自己的母语，与其说出于被迫，勿宁说出于自愿与需要——认同的自愿与生存的需要——虽然，当时的统治者也下了限制他们讲母语的律令。

失去个人母语的过程，是一种求同的过程。与一切初期的移民集团一样，或许先辈们有着"勿忘祖宗言"之类的教诲，或许存在着难以割舍的情愫，但这群具有着共同的信仰的人，找到了共同的新的母语故乡，在新的母语故乡中坚持信仰，接续传统，发展文化，凝结共同的文化心理。

历史学家认为，共同选择汉语，是回族成为一个民族的重要标志之一。远离汉语家乡、流落到中亚的回族人也把它作为自己有别于俄罗斯人、塔吉克人、吉尔吉斯人的一个重要标志。这就是国际社会所说的中亚回族人。汉语是中亚回族的民族语言。

然而，历史毕竟是难以遗忘的，语言也是难以遗忘的。科学研究发现，人类只有两样东西根深蒂固，一脉相传：一个是遗传代码，一个是语言。

你如今沿着广袤的西北乡村小道自东南西行北上，途经一个个回民村落，不用更多的深入而只须稍作停留，便可以听到诸如此类的村言土语：

哈瓦尼唠叨，不听话，伊斯纳尔行匪。

或者听到那些光着屁股、蹦蹦跳跳的顽童在毛毛细雨中高唱的童谣：

阿斯玛的雨儿大大下，
精尻子娃娃不害怕。

还有他们在自家的院子、打碾糜谷的场上，呼唤同伴戏耍的吆喝：

> 奥勒赤其抓鸡娃儿，娃娃伙儿快耍来。

或许你就会有一种异样的感觉。或许经过考证你才能理解其中一些语词的含义。哈瓦尼：阿拉伯语，意为小家伙、小鬼。唠叨：波斯语，调皮、滑稽。伊斯纳尔：维吾尔突厥语，又、偏要、光。行匪：古代汉语，指干坏事，回族口语中有"行匪干歹"之语。阿斯玛：波斯语，天。奥勒赤：突厥语，意为猎鹰。三段话的意思是："小家伙太调皮，不听话，偏偏干坏事"及"天上的雨大大下，精尻（方言读勾）子娃娃不害怕"和"老鹰捉小鸡，小娃娃们快来玩"。这样的语词在回族话中是大量的。

伽达默尔说得好：动物依靠自己身体的气味或撒下的便溺来辨认自己的来路，人却通过语言来辨认自己的来路，一个人是这样，一个社团、一个民族都是这样。

阿拉伯语、波斯语、突厥语、蒙古语……，既是回族话的语言底层，也是回族的人种底层、文化底层。它是现今仍然活着的古代遗物，是已经逝去的遥远的历史的回响，是对种族、血脉的记忆，是这个民族的指纹，是在多民族的中国中这个民族有别于其他民族的重要文化特征。

由于对母语词汇的深刻记忆，由于在宗教生活中对阿拉伯语、波斯语的不断温习，还由于用新的汉语故乡编织自己的文化理念，回族对于自己所使用的汉语进行了独特的塑造。于是，一种新的汉语言形式出现了。社会语言学家有一个专门的术语描述它：语言变体。《中国大百科全书》"语言文字"卷指出，在社会语言学兴起之前，标准语是语言学家研究的主要对象，是正统的和受尊重的；与之相殊的土语、混合语、地域方言等则被认为是一种二等语言，不值得重视的。社会语言学兴起以后，这种偏见被取消了。社会语言学认为，因地域、阶级、阶层、职业、性别、年龄而引起语言变异是自然现象，由此而产生的语言异体都应予平等对待。英国英语应予尊重，世界上其他国家和地区的各种异体英语也应予尊重。

对于这种异体的汉语或者说汉语的变体，学术界历来没有给予重视。

深谙回族、汉族方言或者在回汉民族杂居地区有相当生活经历的人，或许有一种奇怪的感觉：在回汉杂居的方言小区内，回族人和汉族人的方言就是不一致。语言学家经过一系列复杂的技术操作，诸如声韵调的描写、语法词汇的分析才能准确地说出这种不一致，而底层的群众完全不用这些技术手段，只依靠他们的听觉和语感便能迅速把握。初次见面，三言两语的交谈，回族的说话人可能告诉你：和我说话的这个人，是汉民的"声气"。——"声气"的意思大略就是"声音语气"。或者，汉族的说话人可能告诉你：那个人是回民的腔调。记得有一次我下乡到宁夏北部的石嘴山市，负责接待我的汉族同行在旅途中向我学说宝丰回民的说话腔调，惟妙惟肖，出神入化。

但他并不是一个搞语言研究的人，只是久居该地，十分熟悉当地的语言和风俗人情而已。

在每一个回汉杂居的方言岛中，都有这种差异的例证。

这一切，就是回族话与一般汉语的差异。差异，构成了回族话的区别性特征。而且，我进一步猜想：它的形成，根源于遥远的记忆——回族人民对那已经逝去的遥远的历史的记忆。

预旺诗笺

　　宁夏同心县预旺镇，元朝时为豫王封地，建有豫王城。明朝建立后，"豫王"之"王"因讳而改为"旺"、"望"，并在此设置平虏守御千户所；而又由于"豫""预"同音，这就导致明代史籍往往出现四种写法："豫旺""豫望""预旺""预望"。

　　预旺城地理位置十分重要，而且土地肥沃，宜于耕垦。有明一代，这里不仅是北方蒙古民族南下的重要通道，也是明朝防范其南下的重要关口。《明实录》卷2云："豫旺城去韦州赢山仅百里，河套驻牧之虏入寇固原、平凉，势必由此。其地土衍沃，可屯而守……盖豫旺为喉襟要地，于此城守，东可遏大小狼山侵掠万安、清平二苑之贼，西可援葫芦峡口、半个城，深入固原、安会之路矣。"是说预旺可东通甘肃环县，西可通葫芦峡口（今宁夏海原县李旺镇）、半个城（今宁夏同心县），并由此深入固原、静宁、会宁一带。

　　明朝前期至中期，朝廷十分重视预旺城的军事设施建设。成化十二年（1476），陕西巡抚余子俊即奏请在预旺设立平虏守御千户所，驻军守御及屯垦。据《明实录》记载："户部会议各处巡抚漕运都御史等官所陈事宜……固原卫迤北葫芦峡口并豫王城俱有古城一座，通宁夏韦州……请以南北军顶兑，顺其水土之性，免其跋涉之劳。仍修理豫王城，设平虏守御千户所，其葫芦峡口设镇戎守御千户所，俱隶固原卫。其闲地则为屯田，且耕且守，五年后方令纳粮。平虏千户所仍听宁夏总兵官节制。"这一建议得到宪宗皇帝的批准："新议千户所准开设，南北军人准顶兑。"（《宪宗纯皇帝实录》卷157，成化十二年九月癸卯。按："豫王"原文作"魏王"，显系误录，此径改。）但建城设所之事一直延拖，未付诸实施。

明弘治十五年（1502），时任总制陕西军务尚书秦纮再次奏请于预旺城修建军事设施。《明实录》卷187载："总制陕西军务尚书秦纮上边备事宜：谓御戎之道，当以守备为本。平凉北四百余里旧有豫望城，固、靖北三百余里旧有石峡口及双峰台城，此皆达贼入寇总路，最宜设备。欲将此三处修完，分兵防守，东与环庆，北与韦州烽火相传，互为应援，此第一阨也……"在秦纮看来，御戎之道，守备为本，而自平凉而北，有四道关隘，豫旺城处于第一道关隘。其"捍御北虏，屏蔽中原"的重要性自不待言。秦纮的这一看法也记载在《明史》本传中："惟花马池至固原，军既怯弱，又墩台疏远，敌骑得长驱深入，故当增筑墩堡。韦州、豫望城诸处亦然。"

弘治十七年（1504）五月，秦纮调任户部尚书。据嘉靖《固原州志》记载，秦纮已"修筑城池及东西关"，万历《固原州志》载嘉靖六年（1527）十月检讨王九思《总制秦公政绩碑记略》也说，秦纮"在边者二年，以备边之筹惟战与守，于是推演古法，造火器，已乃修豫望城，修石峡口，修双峰台三城"。这说明，预旺城建在秦纮任上至少已基本完工；但预旺守御千户所还没有成立。直到弘治十八年（1505）六月，杨一清在任陕西都御史、三边总制时，预旺平虏守御千户所正式建衙。据《明实录》记载："开设豫旺城平虏守御千户所。既成，设正千户一员、副千户二员、镇抚一员、百户十员、吏目一员及新安仓大使、副使各一员。"（《武宗毅皇帝实录》卷2）

由于预旺城处于从固原北上到花马池（今盐池）这条"防秋大道"之咽喉，军事交通位置十分重要。每年防秋之时，三边总督调集大军，"扬威塞上"，途经预旺或往往在预旺城宿营，一些人还留下了诗作。诗者，亦史也。这些诗作，也是预旺城的历史记录。今爰为搜录，笺注如次。

豫旺城

［明］杨一清

冰霜历尽宦情微，又上高楼坐夕晖。

野草烧余胡马瘦，塞屯开尽汉兵肥。

沙场估客穿城过，草屋人家罢市归。

不谓荒凉今得此，当年肃敏是先几。

该诗收录于杨一清《石淙诗稿》卷之七《行台类》（冯良

方点校，2018 年云南教育出版社）。

作者杨一清（1454—1530），字应宁，号邃庵，别号石淙。《明史》有传（卷一九八）。他原籍云南安宁（今云南安宁县），后徙居京口（今江苏镇江）。杨一清历经成化、弘治、正德、嘉靖四朝，为官五十余年，官至内阁首辅，为明代名臣，《明史》本传称"其才一世无两""比之姚崇"。弘治十五年（1502），经兵部尚书刘大夏举荐，升为左副都御史，督理陕西马政。弘治十七年（1504），蒙古军进入花马池（今宁夏盐池），边陲告警，杨一清受命巡抚陕西，仍兼理马政。弘治十八年（1505），总制三边军务，进右都御史。杨一清在镇，充实军伍，部署兵力，修建边墙，但很快被刘瑾排挤离职。刘瑾还诬陷他侵吞军饷，将他逮捕入狱。经李东阳、王鏊力救，始得致仕归京口闲住。

这首诗就是弘治十八年杨一清在任三边总制、领兵过预旺城时所作。在一般人看来，官至三边总制是很显赫的了，所谓"三边总制天下雄"，但这首诗所表现出的情绪却有些颓唐。首句即说历尽冰霜，做官的意趣越来越淡。是真的无心留恋官位，还是远赴戎机、触目塞上荒凉后产生的悲观情绪？当时正值宦官刘瑾当道，杨一清对自己的处境怕是早有预闻，心情好不到哪儿去。坐在高高的预旺城楼上，远眺群山，夕阳西下，不禁黯然神伤。如今，如果从预旺城西眺，群山中还有一座被当地人称为"墩墩山"的墩台。

自永乐初年始，明朝在军事防御上就有烧荒之策。长城外、空旷地、秋冬时，将已经枯黄的草原、灌木丛进行统一的焚烧，这种措施一直贯穿于明朝始终，真是"芳草年年与恨长"！从军事角度说，烧荒有利于消除战争掩护障碍物和破坏游牧人的牧草资源，也向周边传达一种抵御入寇的强烈讯息。但显然，烧荒再加上屯垦区大规模耕垦，会造成边防地区的生态破坏和荒漠化。"野草烧余"并不一定导致"胡马瘦"，"塞屯开尽"也不见得"汉兵肥"。

"沙场估客穿城过，草屋人家罢市归。"保留了当年预旺的一些民俗事象，读起来很是亲切。预旺虽地处边塞"沙场"，军事活动频繁，但商贾（估客）如流，在城里来往穿梭，商业活动还是很活跃的。预旺是一处平原，没有开掘"靠山窑"的条件，人们通常居住在"箍窑"或平房中，这种简陋的平房大约就是土木结构的"黄泥小屋"吧？通常是三面墙体夯筑，前墙用"胡墼"砌起来，椽子搭建屋顶，上面覆盖草席，然后用黄土加"麦麸"（俗写为"麦衣"）和成的泥抹一下。对降雨量小的地区来说，屋顶防水无需挂瓦，这一层黄泥已经够用了，但也需要隔几年再抹上一层。清代曾任平远县令的陈日新在他所撰《平远县志》中也曾描述："县治以北多平房，仅涂泥于房顶，遇雨泽而不渗漏，本土性之坚腻也。"

"不谓荒凉今得此，当年肃敏是先几。"这两句之后，作者有一个小注："余肃敏首建城守之议，越二十年予始成之。"把预旺置"守御千户所"的过程基本说清楚了。预旺置守御千户所，史志多有误记，或曰成化十二年（1476），或曰弘治十四年（1501）。实际情况是：成化十二年（1476），陕西巡抚余子俊奏请在此设立平虏守御千户所，朝廷虽批准，但"既有成命，因循不举者垂二十年"。（《武宗毅皇帝实录》卷2）弘治十五年（1502），三边总制秦纮再次申请设立平虏所，并基本完成了城建，但直到秦纮被召还，建所之事也未得实行。弘治十八年（1505），杨一清才真正实现委官、建衙、驻军、屯种之实。但余肃敏首倡在预旺城置守御千户所，见微知著、洞知先机的预见之明是值得称道的。

嘉靖己丑夏五月兵过预望城

［明］王琼

原州直北荒凉地，灵武台西预望城。

路入葫芦细腰峡，苑开草莽苦泉营。

转输人困频增戍，寇掠胡轻散漫兵。

我独征师三万骑，扬威塞上虏尘清。

诗题取自嘉靖《固原州志》，万历《固原州志》中诗名简省为《过预望城》。

作者王琼（1459—1532），字德华，号晋溪，别署双溪老人，山西太原（今山西省太原市刘家堡）人。《明史》有传（卷198）。

王琼于嘉靖七年（1528），因礼部尚书桂萼力荐，起为兵部尚书兼右都御史，提督陕西三边军务。《明史》本传称"其督三边也，人以比杨一清云"。按诗题，这首诗作于嘉靖八年（1529）夏五月，时王琼领兵经过预旺城。

首联两句点明预旺所处的地理位置：原州北、灵武台西。预旺地处原州的正北方向，所以说"直北"；"灵武台"，地不在宁夏灵武，而在今甘肃环县东北，《读史方舆纪要》卷五十七环县："在县东北三里"。

"葫芦细腰峡"，即细腰葫芦峡。从固原"防秋"北上花马池，清水河右岸的折死沟是必经之地。其中李旺至预旺的这一段峡谷通常被称为"细腰葫芦峡"。也可能此处的"葫芦细腰峡"指的是"细腰葫芦峡城"，按照嘉靖《固原州志》所说，地在今同心县李旺堡东。"苑开草莽苦泉营"："苑"指马苑，明代固原地区是养马基地，马苑遍布，嘉靖《固原州志》记有"广宁、开城、黑水、清平"四苑，苑下设马营，如开城苑下辖八营马房。"苦泉"或"苦泉营"，如作地名解，不当在此处。《元和郡县图志》卷2道："同州朝邑县苦泉，在县西北三十里许原下，其水咸苦，羊饮之肥而美。今于泉侧置羊牧，故谚云'苦泉羊，洛水浆'。"因而，此处的"苦泉营"可不作专名解。"泉"，古汉语中指"地下水"，如《左传·隐公元年》："若阙地及泉，其谁曰不然？"苦泉，即地下水咸苦，嘉靖《固原州志》也记载："本城井水苦咸，人病于饮。"如此，本句"苑""营"呼应，是"苑"开草莽、"营"建苦水之地的意思，都是对马苑、马营立地条件的描述。这些地名和"草莽""苦泉"等生态景观，营造出一种开阔荒凉的意象。

"转输"，转送运输。古时，固原是通往河西走廊重要通道之一。甘肃、新疆等处的军饷常经此处输送。"频增戍"，嘉靖《固原州志》作"顿增戍"，此据万历《固原州志》改。由于战事频繁导致戍卒增加，运送粮饷的任务也随之加重。"散漫兵"，指明朝的军队。"散漫"，此处意为零散四处，即兵力不集中。北虏之所以肆无忌惮地南下劫掠，是因为他们轻视零散分布的明朝军队。嘉靖《固原州志》就指出，朝廷虽然在固原设三边总制，"增兵添戍"，但"势分力弱，虏每大举深入，卒不能御"。

"我独"二句：明嘉靖时，蒙古鞑靼部俺答汗常侵入边塞，散掠内地。嘉靖己丑即嘉靖八年（1529），蒙古套部以数万骑寇掠宁夏，王琼即率诸道精兵三万余，亲赴花马池前线，"寇闻，徙帐远遁"，王琼得"耀兵而还"。此诗即记述此事。这次的经历，可能对王琼判断边警是一种经验借鉴，据《明史》本传，嘉靖十年（1531）秋，花马池有警，兵部尚书王宪主张发兵，但王琼认为花马池边备严固，寇不能入，大军出动，寇先退，不过徒增耗费而已。但王宪没有采纳这一建议，发兵六千，结果如王琼所料。看来，有时候这种"边警"，不过是虚张声势、消耗对方的一种策略，也类如现代国际斗争中的"猫捉老鼠"游戏。

豫旺城独酌

［明］齐之鸾

千里尚书期，渡河结南辙。

萧关成返闭，黑水得源穴。

土山不送青，飞霾气寒绝。

未开春分花，且作清明雪。

下马豫旺城，台日淑可悦。

芦酒倾边味，感叹肺肝热。

颀然八尺身，苦慕殉名烈。

驱车荒徼云，汗颜古豪杰。

指挥铁如意，欲击唾壶缺。

诗见《入夏录》(《四库全书存目丛书·集部》)。

作者齐之鸾（1483—1534），字瑞卿，号蓉川，南直隶安庆府桐城县（今安徽省安庆市桐城市）太平坊人。《明史》有传（卷208）。据《万历朔方新志》及《嘉靖宁夏新志》载，齐之鸾于嘉靖八年（1529）任陕西宁夏佥事，嘉靖九年（1530）以"佥事督储宁夏河西道""河东沟垒及平虏新墙皆所筹划，由是升副使"。三年期满后任官河南、山东等地。齐之鸾是明代有名的直臣，任官清廉有政声，为百姓所称道。在宁夏主要的工作是兴修水利、筑修边墙、疏浚田间淤塞、督促种粮等。他能诗，又是桐城历史上的第一位翰林，被称为桐城派诗祖，对桐城派的兴起有先导作用。存世著作有《蓉川集》

《入夏录》，其中《入夏录》为齐氏任宁夏佥事时所作。

这首诗，需要结合齐之鸾在宁夏的其他诗作，特别是任官经历及心境等加以理解。

《入夏录》上卷共 145 首诗，其中第三部分为到宁夏镇后所作，共 57 首。时间大概从嘉靖八年九月中旬到嘉靖九年除夜，反映了齐氏到宁夏任职一年时间中的主要活动。齐氏到镇三日即赴沙井道中视察农人种植情况，然后经由峡口过小盐池后到韦州，由韦州进入预旺城。"渡河结南辙"即指渡过黄河以后向南进发的路途。而"千里尚书期"，则指掐指以数归回的心情。齐氏远徙边疆，实非内心所愿，到宁夏以后，因不适应当地酷寒而患上足疾等病症，常有乞求告归之意。《蓉川集》载《历官疏草》之《请告归》《请告归田》等，记载齐氏给嘉靖皇帝的上奏，主要内容是"恳乞天恩悯念衰病愚僻，容令致仕归田"。齐氏离开宁夏后，先后任职河南、山东临清。嘉靖十三年（1534）六月，在河南按察司按察使任上因冒酷暑办公，暑气侵脑病逝，享年只有 51 岁。由此情况看，《请告归》《请告归田》所反映自己"旧患痰气郁火怔冲"，加之到塞北饮食不惯，不耐酷寒，"致成痢滑"，"气血拥败，阴阳虚怯，早衰头白"以及手疾、足疾，"百疾交攻"等都是实情，可惜没有得到应有的关怀。

"萧关成返闭，黑水得源穴"句，是指游历至宁夏南部固原一带。黑水，有"大黑水""小黑水"。据嘉靖及万历两部《固原州志》："大黑水，在州北一百一十里，流入清水河。小黑水，在州北八十里，流入大黑水。"大黑水，即清水河左岸支流之中河，又名苦水、臭水河。据《中国河湖大典》（黄河卷，2014 年，中国水利水电出版社），大黑水"发源于宁夏回族自治区中卫市海原县红羊乡红堡村月亮山东坡，流经宁夏回族自治区海原县、固原市原州区，于原州区七营镇小河村储家湾公路桥以下汇入清水河"。小黑水，即中河右岸支流臭水河，"发源于宁夏回族自治区西吉县偏城镇柳林村，流经偏城、沙沟，与杨明河会流后至中卫市海原县李俊乡入寺口子水库，以下始称中河"。"萧关"，故址在今宁夏固原原州区东南；而北宋崇宁四年为防御西夏而筑的萧关，故址在今固原市原州区北须弥山。结合诗中提及"黑水"的方位，这里所说"萧关"应指宋萧关。

"土山不送青，飞霾气寒绝。未开春分花，且作清明雪"几句，准确描绘塞上的春寒料峭。陈日新在光绪《平远县志》中描述："平远地极高寒，受春气最迟，受秋气独早。……自冬徂春，冰坚地裂，终日大风扬沙。"塞北的春天总是来得迟一些，春已至，花未开，荒山秃岭，绿意全无，还洋洋洒洒飞起雪花。车驾至预旺，登上城楼高台，初春虽依旧凄冷，但难得的是正午的阳光暖意融融。乞归无望，自己又百病缠身，此时置一壶老酒，插入芦管，吸饮独酌，喝的是酒，品尝的是独处塞北边疆的苦味，不禁意兴阑珊，百感交集。读此诗，真有杜甫"亲朋无一字，老病有孤舟。戎马关山北，凭轩涕泗流"的孤苦之感。

但齐之鸾毕竟是一个饱读诗书、具有浓厚士大夫情怀的文人，追求"修身、齐家、治国、平天下"的最高人生理想，懂得以古来圣贤为楷模，以建功立业而自慰。此时酒后微醺，在预旺荒原驱车巡游，一直到云边。自己也是堂堂八尺男儿，对照古来建功塞上的先贤豪杰，真是有些汗颜。手执铁如意，且歌且咏，也只能劝慰自己勉力而为了。确实，齐氏为官清廉正直，在宁夏任官三年也政绩卓著，是得到官民一致认可的。

预旺城次晋溪翁韵

［明］唐 龙

疎茅砦结千人戍，苦水沙环三里城。

雪暗犬羊归旧穴，云明骠骑出新营。

高深沟垒重门险，呼吸风霆六月兵。

青草塞前农耜举，黄榆道上凯音清。

诗见嘉靖《固原州志》。《渔石集》卷四《七言律诗》中题作《预望城》。

作者唐龙（1477—1546），字虞佐，号渔石，金华府兰溪县（今浙江省金华市兰溪市）人。《明史》有传（卷202）。嘉靖十一年（1532）九月，被任命为兵部尚书，兼都察院右都御史，总制陕西三边军务。从题目看，这首诗是次王琼《嘉靖己丑夏五月兵过预望城》韵而作。王琼，号晋溪，已见上文。

"疎"，音 shū，古同"疏"、"疎"。"砦"，音 zhài，同

"寨"。首联两句，是对作为守御千户所的预旺城的描写。同时期嘉靖《固原州志》记载：

> 平虏守御千户所，……地无井泉，惟蓄潦水供饮，不堪多驻兵马。……城周二里三分，高阔各二丈。关周三里二分，高阔各二丈。
>
> 官军一千二百四十五员名：马队五百三十一员名，步队七百一十四员名。

与志书的记载一一吻合，这两句用"苦水""沙（土地）""疎茅砦结""三里""千人"将预旺的自然状况、城堡的简陋、规制以及驻军的人数都作了描述。

二、三两联，主要是自夸明军军容之盛、沟垒之峻。"犬羊"，是对外敌的蔑称，如陈琳《为袁绍檄豫州》有"犬羊残丑，消沦山谷"句。此句以衬托明军之骁勇。"高深沟垒"既指堡城的堑壕，但更主要的是反映当时边墙"深沟高垒"的情况。"创深沟高垒及北长城"是王琼守边时最重要的作为，他自己有《宁夏阅边》诗，其中有"深沟划断通胡路，不用穷兵瀚海头"句。唐龙此处提及"高深沟垒"，是对王琼的认可。当然，唐龙此诗步王琼诗韵而作，一般理解，难免会蹈歌功颂德之窠臼。但实际上，明代一直将深沟高垒作为守边之策，从余子俊、秦纮、杨一清到王琼，一任接着一任干，其具体施工方法如《明史·余子俊传》所说："依山形，随地势，或铲削，或垒筑，或挑堑，绵引相接，以成边墙。"

"黄榆道上凯音清"，指的是明军在边塞凯歌高奏。黄榆，这里借指"边塞"。除此之外，尾联也反映出预旺的屯田情况。据嘉靖《固原州志》记载，当时预旺"屯田三百顷，该征子粒一千八百石，马草二千七百束"。三百顷，换算为三万亩，差不多是今预旺平原土地面积的三分之一。不过，这是官屯土地的亩数。从上文引述《宪宗纯皇帝实录》所云"其闲地则为屯田，且耕且守，五年后方令纳粮"来看，预旺在开所军屯之前，已经存在民田，否则宪宗皇帝就不会说出"闲地则为屯田"的话了，研究该地开发历史，当予以留意。

提兵防秋宿平虏所
［明］石茂华

城名豫旺自何时，莅率戎行暂住斯。

莫计旋期歌暮止，肯缘塞意动凄其。

边烽直接渠搜野，戍道遥通瀚海涯。

颉利已收南牧马，穷荒日日猎狐麋。

诗见万历《固原州志》。

作者石茂华（1522—1583），字君采，号毅庵，青州益都（今山东青州）人。万斯同撰《明史》中有传。曾两次出任三边总督。第二次上任数月后，因积劳呕血，卒于军中。

从首联来看，这首诗作于作者率兵北上，在预旺宿营时。

首句追问预旺城的历史。嘉靖《固原州志》载，进士杨经曰："平虏古有是城，莫考所创。相传为豫王城，考之《元史》，顺帝冬十二月丙寅朔，豫王阿剌忒纳失里，徙居北海，寻还六盘山。北海，疑即今平虏城地，故俗呼为豫王城云。"从这一记述来看，预旺城为豫王阿剌忒纳失里所建，明代已经相传。作者防秋北上，小城暂驻，举目塞北秋风萧瑟，不禁有凄凉悲伤之感。

"边烽直接渠搜野，戍道遥通瀚海涯"，展现出一幅凄凉壮阔的场景。渠搜，古西戎国名，此处代指蒙古地方。瀚海，西夏时期称黄河以东的宁夏北部、中部地区的灵盐台地，即"河东沙区"，明代以后泛指沙漠戈壁及边疆地区。

"颉利已收南牧马，穷荒日日猎狐麜"，颉利，本为唐代东突厥可汗名，这里代指蒙古人。借用唐代的历史典故，抒发希望战事早日结束的心情。

防秋过预旺城

［明］黄嘉善

边程催客骑，晓起揽征衣。

野径随山转，红尘傍马飞。

天连云树远，霜冷幕庭微。

极目南归雁，双劳忆故扉。

诗见《光绪平远县志》。

作者黄嘉善（1549—1624），字惟尚，号梓山，山东即墨人。万历二十九年（1601）六月任宁夏巡抚兼都察院右佥都御史，在宁夏巡抚十年。万历三十八年（1610）升都察院右都御使兼兵部右侍郎，三边总督。黄嘉善是明代重臣，但《明史》竟无传，只是乾隆年间编撰的《即墨县志》对其生平作了较完整的介绍。上文已言及，另一位明代重臣石茂华也只是在万斯同《明史》稿本中有传，钦定《明史》中予以剔除，这是很有意味的事，应专文探究。

这首诗文字平白，但韵味深长，隽永清新。路途遥远，作者在这个霜冷的清晨，早早就起身赶路。"野径随山转，红尘傍马飞"两句，对仗工稳，将路途的特征描摹得绘声绘色，山道弯弯，小路曲曲折折，马蹄急急，扬起阵阵尘土，好像尘土是在"傍"着马一同飞奔。"傍"字用得极为传神，没有这种经历的人不能理解其妙。远望只见山峦纵横，云树相接，而身后的预旺城已渐渐隐没在晨霜薄雾中。天已转冷，北雁南归，远成边关的将士顿生思乡之情。这首诗以景托情，寓情于景，表现力极强的动词把一幅幅秋景和军行逶迤的图画连缀起来，真可谓"移步换景"。所营造的意象，使人浮想联翩，如刘彻"秋风起兮白云飞，草木黄落兮雁南归"；甚至如毛泽东同志"西风烈，长空雁叫霜晨月。霜晨月，马蹄声碎，喇叭声咽。"

以上共搜集明代咏预旺的诗歌共六首。从写作时间来看，除杨一清《豫旺城》作于弘治十八年（1505）外，其他五首诗都作于嘉靖至万历时期。从作者职务来看，除齐之鸾任宁夏佥事外，其他五人均任三边总督。从写作背景来看，都是率军防秋及阅边时，经过或驻扎预旺城时所作。

明清更替，从顺治年间至雍正二年（1724），宁夏范围内卫所逐渐改设郡县，明代"寓兵于民"的卫所制度及军民一体政策正式结束。预旺城不再作为边防要塞，也失去了军事战略通道的地位。这里逐渐变为僻壤，关注度降低，鲜见诗词诵赋。历史上某些地方与某些人物的机缘，大体如此。

又，清代储大文有《拟明人边关竹枝词》，其中也提及预旺：

> 左投急备偏头寨，右顾须驱全陕兵。
> 此日鱼何飞挽道，边烽高照橐驼城。

> 烟波渺渺柳毵毵，避暑宫前春色酣。
> 好是湖山清绝处，征人齐唱望江南。

> 预望城边秋叶疏，高台南去复何如？
> 青沙冈接青沙岘，半是熙丰营垒余。

> 云鸦县外草萧萧，南控河堤道路遥。
> 纵说营平榆硖碛，且教五郡祀嫖姚。

> 祁连千里薄穹苍，高阙依然似朔方。

莫说偏都容万骑，黄城直接海西疆。

此诗见于储大文《存砚楼文集》卷二，潘超、丘良壬、孙忠铨主编《中华竹枝词全编》（北京出版社，2007年，第7册）有收录。作者储大文（1655—1743），字六雅，号画山，江苏宜兴人。康熙辛丑（1721）进士，官编修，以八股文闻名，精研舆地形势。

又及，陈日新撰《光绪平远县志》收明代杨守礼《入平虏城》：

> 黄风吹远塞，螟色入荒城。
>
> 门掩钟初度，人喧鸡乱鸣。
>
> 胡笳如在耳，军饷倍关情。
>
> 惆怅浑无寐，隔帘山月明。

作者杨守礼（1484—1555），字秉节，号南涧，山西平阳府蒲州（今山西省永济市蒲州镇）人。嘉靖十八年（1539）以右副都御史巡抚宁夏，后因防御鞑靼侵扰有功，升为右都御史，嘉靖十九年（1540）冬总督陕西三边军务。此诗在《嘉靖宁夏新志》中作《晚入平虏城诗》。《嘉靖宁夏新志》成书早于《光绪平远县志》，故这里的"平虏城"，应指治在今石嘴山市平罗县城关的"平虏城"，与预旺城无关，陈日新应属误录。

善门的博弈

　　民国《固原县志》收录了该县警佐石作梁的一篇记叙文《己巳饥馑记》，是讲民国十八年固原饥馑状况的。其时为公历 1929 年，农历岁次己巳，故名。按照石氏的记述，这一年的旱灾实在是亘古未有，直到农历五月份，滴雨未降，河干风燥，树叶卷而地苗死。起初，小康人家还有油渣可食，一般人家只好吃树皮、草根。但即便是大户人家，油渣也是有限的，至于普通人家，旱魃肆虐，禾苗不生，哪来的草根？加上地方驻军不时向百姓搜索米面、土匪蜂起，天灾加人祸，人民饥苦之状，惨不忍述。

　　虽然石氏说这种惨状"不忍所言"，但作为一篇记述灾难的文章，如果不描述若干细节，人们还是不能了解这一灾难的程度的。所以，石氏在文中还是记叙了人吃人、人吃土、少女换粮、妇人为求食甘做妻妾、饥民山中被野兽所吃、饿殍道路等种种惨状，这确实都是一些不忍卒读的故事。这篇文章中，我特别记住了石氏所讲的三个故事：

第一个故事，是他自己家的。他家里当时还有一石多的小米，他的前妻陈氏，是一个很具传统贤德的人，想着这老石是单传，家里现在还有这点小米，何不拿出来接济饥民，算是行善施惠，天可怜见，为石家多赐男丁，人丁兴旺。于是，就把小米炒熟，每天给上门乞讨的人一把熟米。但不到半个月，小米就告罄，人越聚越多，特别是，陈氏只施舍老幼，不施舍少壮，这几乎引起一场大祸。石作梁感叹：真是善门难开呀！这都是自己虑事不全、处事不当。

第二个故事，讲西山有个富人姓王，他家里窖藏几十石荞麦，当时正是饥荒，但这姓王的就是不出售，还盼着再涨价。到了冬天开启窖口，不知怎么突然起火——用现代科学解释，这可能是粮食自身和微生物进行呼吸而产生热量积聚的结果，开启窖口取粮的人被烧伤，粮食变为灰烬，这姓王的也后悔成疾，一命呜呼，最终人财两空。我对这个故事还有点补充：这姓王的不一定是留着粮食"待价而沽"，大概率是秘而不宣。大灾之年，饥民遍野，兵匪横行，如果他想"待价而沽"，那极具风险。

第三个故事，讲大营川的李姓巨户，家里藏有一窖小麦，大约有一百多石。这姓李的秘而不宣，即便是对家里的有些人也是守口如瓶，唯恐泄密。有的人也是猜测到他家有粮的，拿着钱想"让"一点儿出来，但这姓李的不提粮食则罢，一提粮食就厉色疾声，坚决不承认。不久，有一股土匪途经此地，就将姓李的抓了，姓李的扛不住拷打，只好招认。本来，土匪只是路过，这回有了粮食，干脆赖着不走了，还想攻打固原城。幸亏固原城防严密，土匪才撤走，但走的时候为了将未吃完的粮食运走，又掠走附近百姓的牲畜。姓李的不仅粮食没有保住，还让土匪对固原城产生觊觎之心，又害得乡亲们损失了牲畜。石作梁提及此事，十分愤怒，大骂这姓李的不知心肝何生，又感叹：谁说苍天无报！对这个故事我也再作一点申述：这姓李的家多存粮，消息一定是早就走漏了，从有人拿着钱来"让"粮即可知。

石作梁讲的这三个故事，总体上是张扬扶贫济困、救死扶伤传统美德的。但读完这些故事，又感觉到存在着明显的悖论：大灾之下，究竟这"善门"开还是不开？他的妻子陈氏，自然是要开"善门"的，但结果怎么样呢？差点儿酿出大祸。而之所以没有酿出大祸，显然与他这个掌握着枪杆子的"警佐"有关。后两个人显然是不开"善门"的，结果又怎么样呢？一个遭遇天灾（窖藏粮食起火），一个遭遇人祸（被土匪所抢），下场都不好。我拿着这几个故事与学哲学的朋友讨论，他沉思半晌说：生存需求是人类最基本、最原始的需求，求生的欲望会主导一切。性命攸关之际，就不讨论伦理道德问题了吧！还是讨论性命的好。并建议用博弈论的基本原理对此进行一些思考。

我把它设想为一种博弈论中的"非零和博弈"。博弈的一方是有粮人，另一方是饥民。

有粮人有两种选择：开善门与不开善门。在这里，是否开善门成为家里是否有粮的信息披露系统。饥民（包括土匪，实际上，土匪大多是由成群的饥民发展而来的）因为饥饿，抢劫的行为一定会发生，这完全取决于是否有粮可抢，也有两种选择：抢劫与不抢劫。如此，博弈的结果是不开善门，西山王姓富人的选择为最优策略。在这种选择中，人必须泯灭自己的良心。至于这种选择也会遭到"天谴"，只是小概率事件，没有必然性。这侧面印证了约绪·德卡斯特罗在《饥饿地理》中所说的：

　　没有别的灾难能像饥饿那样地伤害和破坏人类的品格。

第三辑

怀念那条无名的山间小路

每个人是不是都有这样一种经历：在他一生中，曾长时间走过那样一条路。这条路，充满着爱与憎、苦难与欢乐、怀念与忘却，五味杂陈、百感交集，使他一生都刻骨铭心，并且愈年长愈怀念。

这条路，不是"发展道路"或"人生的道路虽然漫长，但紧要处常常只有几步"那种抽象意义上的路，而是一条有形的、具体的、实实在在的路。

我就有这样一条路，是一条无名的山间小路。

路并不长，直线测距不过 12 公里。如今，通过电子版的高清地图可以搜到。

但真实的道路却是这样的：以宁夏南部山区预旺镇治的某个节点为起点，步行一小段，离开这块黄土高原上的微型平原，一直向西南的黄土丘陵蜿蜒延伸，在沟壑之间攀援，在峁梁之间旋环，忽上忽下、左突右转，到达一个叫做龚家湾的小村落，实际的长度却在 20 公里左右。远离大道，这里才算是初步进入山区的腹地。

是那种只可通行架子车的乡间道路，但却是连接小镇及省道、县道的唯一出口。

人们需要这条道路。大集体时期，每当秋雨之后，黄土变得松软，各村开始组织修路，以便村村相连。铁锹铲、洋镐挖、小车推，勉强对付，谈不上平整，更无路基排水。山区十年九旱，通常这条路坑坑洼洼、尘土飞扬。但最闹心的是，如遇暴雨冲刷，随时断绝通行，即使本地无雨，上游来水在一条被称为"折死沟"的间歇河里奔腾咆哮，不仅交通完全阻断，如若强渡，还会有生命之虞。

折死沟发源于甘肃省环县毛井乡刘家庙村。沟系纵横，呈树状分布。折死沟及其支流，正好环绕预旺塬大半周，形成平原与东、南、西部的天然壕堑。当地方言中，就直接将预旺鼓楼正东部的那一段称为"城沟"，听起来好像是"护城河"，其实也完全可以那样理解。沟谷切割太深，素常所见，有涓细的苦咸水流淌；偶遇洪水，却迅猛异常；含沙量巨大。我后来看过一些资料：苦咸水的平均矿化度 7.7 克／升，最高 49.4 克／升；最大洪峰流量 1890 立方米／秒（1933 年），沟口实测最大洪峰流量 1170 立方米／秒（1964 年 9 月）；平均含沙量 632 公斤／立方米，最大 1580 公斤／立方米。最大含沙量与最高矿化度为宁夏河流之最。

似乎专业的数字不能让人有切实的感受。举例来说吧，那种较小规格的瓶装矿泉水（348 毫升）中，可含有高达 17 克的盐；一立方不经压实的黄土重量不过 1.2 吨，但折死沟的一立方水却含沙量 0.6 吨，最高达到 1.58 吨。对于这样的苦咸水，大人时常提醒决不能喝，会蜇断肠子。我曾尝试用水洗手，皮肤很快就会皲裂粗糙起来。

见识过折死沟发洪水的景象：不是那种磅礴的水流，全然是黄色的泥浆的奔腾。如巨龙野马，排山倒海；如雷声阵阵，轰然作响。听父亲讲，他年轻时有次到预旺赶集，回家时遇着了这样的一次洪水，自以为洪峰已过，又仗着年轻，涉险过河，结果被洪水冲走。漂流了好一段距离，看见一簇茇茇草，趁着水的涨力，一把抓住，由此上岸。父亲讲述这个历险故事时候那种惊魂未定的神情和那一簇救命的茇茇草，像一个画面，一直定格在我的脑海中。

这样的路，决定了人们出行的方式，界定了人们交往的范围。某年，我与同僚去做一个关于扶贫移民方面的调研，在疾行的越野车上，一位同仁讲了一个笑话：

山里有一个老汉，活了 80 多岁，一辈子就是种地、放羊。80 多年的活动范围不超过方圆十公里，新中国成立不久的那年去了一趟公社，见到了公社办公的一长溜平房和开会的礼堂。礼堂竟然比平房高出那么多，宽出那么大。回来逢人便说：怪不得共产党能成事，房子能盖那么大！

一车的人先是大笑，随后便陷入沉默：讲笑话的和听笑话的，都是山里人。这实在没什么可笑，反而拨动了每个人敏感的痛觉。如果不是逃离故乡，谁能确保自己一生的活动轨迹不是在这条小路的尽头？我在离家求学之前，所知、所到的几个地方，无非就是：王家湾、扁包川、包头水、白崖子、黄花岔，都在十公里的范围之内。如果将更多、更小的地名收集解读，"崖、沟、岔、梁、湾、川、台、掌"可能就是人一生游走的方域，冠以"张王李赵"的各种姓氏，是地名最常见的命名方式。

我走这条路，是12～16岁在预旺中学读书期间。每周往返一次，初、高中共四年，八个学期。每学期按20周计算，仅中学四年，我在这条小路上步行超过一万里。

长路漫漫，徒步使人畏怯。更何况，这条路还有其他的凶险。

比如，山里有狼。

我父亲说，他年轻的时候，有一次骑着骡子去赶集，本来约好和邻村的人一起走，结果，那天他走得有些早，半道上就遇见了狼。他描述与狼对峙的几十分钟，人不动，狼也不动；人稍移步，狼也作移动状。我确实感受到这个狼，与蒲松龄小说所描写的那个会假寐、诱敌、包抄的狼十分相似。也就是在1970年代，邻近的扁包川村社员还真捕获过一窝狼崽。

至于山道上那些鬼怪传说，更是令人毛骨悚然。

从家到预旺中学，有一个必经之地：墩的嶙岘。这个地名的来源实在粗朴：墩，指"墩墩山"；"嵝岘"，方言指"豁口"。墩的嵝岘，意思就是墩墩山边的豁口。录为文字，显得冗长，可是在当地方言的读法中，轻重音的安排恰到好处，一滑而过，丝毫不觉得拗口。墩墩山，是这一带最高的一处山丘，山顶建有烽火台，大约是明代的遗物。山势连绵，嵝岘夹在两山的半腰中，是一段并不算长的峡谷，有陡峭的山壁。

从小听到的故事是：

　　扁包川的一个人，晚饭后和村人相约第二天去预旺赶集。村人住在沟对面，所以大声喊叫才能听见。这个话被鬼听到了。第二天，扁包川的这人起得很早，但没见着同伴，以为他已上路，于是急急追赶。到墩的嵝岘时，扁包川的这人远远见有人在等他，以为是同伴，正要埋怨为何不等他时，"同伴"说话了：你得背上我走。他一端详，这家伙面目狰狞，哪是同伴，分明是"派累"（"迫日亚妮"的简称，意为"巨神"，来源于波斯语parynāi），只好佯装不知，把"派累"背在身上。"派累"说：让我摸摸你的手。这人递过一把手钳，"派累"捏了捏，说"好硬！"这人说：我也捏捏你的手，待"派累"递过手，他用手钳狠狠夹了一下，"派累"缩手回去，说"好厉害。""派累"又问："我叫五马六道，你呢？"这人回答："我是五马七道。""派累"说："唔，你多我一道"。如此几番，"派累"感觉此人煞威很硬，无法收服，想逃走，可这人就是不放。中间"派累"变幻出各种怪状，又是吐出长长的舌头，又是垂下长长的辫子，但都没有吓倒他。到鸡叫时，"派累"变成一只青山羊。这人将它背到集市上卖掉了，赚了一笔钱。

买家接手这只"羊"以后，扁包川的这个人嘱咐他说"这只羊你要看好呀！"买主大大咧咧地说："羊卖给我了，你就不用管了。"话虽然这么说，但买主还是很小心地把羊锁到一个屋子里。结果再开门一看，羊就不见踪影了。

集散以后，扁包川的这个人往回返，到了墩的嶙岘，又见"派累"在等他。扁包川的这个人就主动打招呼说："让我把你再背上吧！""派累"慌忙说："不了不了，今天差点让人宰掉了。"

我初次听到这个故事，是在晚饭后的打麦场上。一个人主讲，另有一两个人煞有介事地补充。比如，讲到"扁包川的一个人"时，就有人补充姓甚名谁，或者还要说一句"就谁谁的上辈"——这个"谁谁"，一定是该村力大无比的人；讲到"这人将它背到集市上卖掉了"，就有人补充卖给谁了，买家是哪个庄子的人。最后，还要得出几点重要启示，如：天黑以后，不能轻易喊别人的名字，商量事情不能大喊大叫，"扁包川的这个人"，应该到别人家里说事情，不应该隔着一条沟，大喊大叫地约伴儿。最后，十分重要的一点是：墩的嶙岘，那是个

"硬地方"，千万要当心。围坐的小孩子们，个个听得毛骨悚然，不自觉地往一块儿挤。

读书以后，才知道这个故事与东晋史学家、文学家干宝（？—336）所做《搜神记》之《宋定伯捉鬼》如出一辙。白话翻译如下：

　　南阳有个人叫宋定伯。他年轻的时候，夜间行路遇见了鬼。宋定伯问："你是谁？"鬼回答："我是鬼。"鬼问宋定伯："那，你又是谁？"宋定伯骗它说："我也是鬼。"鬼问："你要到哪里去啊？"宋定伯回答说："我要到宛县的市场。"鬼说："我也要去宛县的市场。"于是，就一起往前走。走了几里，鬼说："这么个走法儿太累呀，要不咱们互相背着走吧。"宋定伯说："那太好了。"鬼就先背着宋定伯走了几里路。鬼说："你太重了，恐怕不是鬼吧？"宋定伯说："我是新鬼，所以身重一些。"轮到宋定伯背鬼的时候，感觉鬼很轻。如此反复，轮换着背。宋定伯又问："我是新鬼，不知道鬼都怕什么？"鬼回答说："鬼就是不喜欢被人唾。"一人一鬼一起一直走。路上遇见河流，宋定伯让鬼先渡河，自己听了听，一点儿声音都没有。等到宋定伯渡河的时候，弄得声音很大。鬼就问："你渡河怎么把水弄出那么大的声音？"宋定伯说："我是新鬼嘛，没练习过泅渡，别奇怪啊。"快到市场了，宋定伯就把鬼背在肩上，用手紧抓住它。鬼磨牙切齿，哀告呼叫，要下来。宋定伯没有理睬它，直接背到宛县市场中放下，鬼一着地就变幻成一只羊。宋定伯便把它卖了，担心鬼再变幻，又唾了一口。宋定伯得了一千五百文钱，就离开了。当时，有个叫石崇的人说："宋定伯卖鬼，得了一千五百文钱。"

两个故事可以作民间比较文学特别是文化传播方面的研究。《搜神记》里的鬼故事，除了其基本构架，其他方面旧瓶装新醋，如人物、语言、地域风土，被回族民间彻底地"化"了一下：地域近在咫尺，对白是村言土语，主人公的籍贯就在邻村，鬼怪变成宗教传说中的"派累"。活灵活现，不由得你不信。

我有一次切身的体验。

上大学，我首次出远门，思家的情绪无以排解，特别是刚开学几周，简直度日如年。好不容易熬到寒假，急急往回赶。到预旺大姐家，她留我吃饭。饭后已是下午四点多，回家心切，坚持要走。冬天白昼日短，结果走到墩的崾岘，天已放黑，人在谷底行走，两边悬崖处不断落下小土坷垃，像是鬼魂在活动，只觉毛骨悚然，毛发尽竖，头皮一阵一阵发紧。这还不算，快接近家的地方，有一个我们自小称为"石桌子湾"的弯道，突然碰见一只狐狸从不远处纵身跑过，吓得我出了一身冷汗。夜路孤行，至今想起来后怕。

初中两年，我是和五哥一起走这段山路的，间或有同村的其他同学。但上高中后，五哥回乡务农，同村只有一个同学偶或可以作伴，时间不长他也退学了，这样，就变成我一个人。

我艰难地熬过了孤行的两年，对这条路只留下无奈和厌烦。

厌烦这条路的漫长。从学校到家，从家到学校，每周一次，真是"周而复始"，而且不能偷懒，因为回家才能背来下一周的干粮。更何况，学校住宿条件那么差，特别是冬天没有取暖设施，宿舍如冰窖——我父亲有次赶集来到学校送干粮给我，在宿舍炕头小坐片刻，回家谈起来，他形容那种冷渗到骨头里。周末，我最惦记的还是家里的热炕。于是，就有一种体会：从学校到家，感觉很快；从家到校，总感觉很慢。

山路坎坎坷坷。如若天气晴好，无非长途跋涉之累；天不作美，阴雨雪天，就作难了。最害怕遇上雷雨、冰雹，担心被洪水卷走，担心冰雹袭击。这种时候，免不得避雨，在路边的庄子上找到羊圈棚舍、小学校的屋檐，都是不容易的。偶遇体贴的乡亲，见大雨来临，主动招手让我到家里，好客的主人还会给一碗水喝。既让我免了开口求人的怯懦，又让我收获一次感动。

步入工作岗位，我一直不能忘却这条山路的艰难，一有机会就游说改变它。但多年来，只是简单的路面拓宽，不能从根本上解决问题。一直到 2020 年，"王预公路"（王团—预旺）建成投入使用。等级二/三级，长度 67.022 公里，是"亚洲开发银行贷款宁夏六盘山扶贫农村公路发展项目"。

如今，这条山路因有"王预公路"这样的大道名称，地理上有了鲜明的标记，也不复有行路难之叹。劈山开道，遇水搭桥，小道成通衢，更加顺直而宽阔。从同心县预旺镇或者王团镇，均不过半小时车程，就可以回到老家。

但不知怎么，我却对那条曾使我无奈而厌烦的山路怀念起来。

怀念一路的风景。特别是夏秋时节，一路所见各种不知名的花草，野草的草香不时飘散过来，沁入心脾。我特别爱拔一种名为"香茅"的草，攥成一把，拿在手中，一路闻那种奇异而浓烈的香气。路太熟悉了，我能清晰地记住路边哪个地方长着一簇茂密的芨芨草，植株粗壮、直立而坚韧，开着毫毛丰富的花，哪个地方"枝儿条"最多，哪个地方布满着索索草，哪个地方盛开着"阿菊蒿"黄色的小花。如果是雨天，脚底沾满黄泥，我会轻易地在某个洼地找到汁液丰富的水蓬，使劲地蹭鞋底，蹭得干干净净，鞋底会变得绿油油，而且泛着亮色。我发现，花草也喜欢聚集，各有自己的领地、自己的家园，如同人，有自己的故乡。

小路蜿蜒曲折，山峁遮挡着视线，看不到尽头，经常收获意外。往往一转弯，惊起一群觅食的"呱拉鸡"，惊叫着从你面前飞过，吓你一跳，但随后你能观赏到羽毛的彩色缤纷。野兔更是常常邂逅，它被人惊起以后，喜欢往山上跑，后腿长而前腿短，跑姿是跳跃式的。自小知道的一首儿歌这样描述狗撵兔子的情景：兔子上山时候得意地叫："狗孙子，狗孙子，你看爷爷给你撩蹦子!"下山时候哀求说:"狗爷爷,狗爷爷,饶咧!"回想起来,就连夜行时碰见的那只狐狸,都让我倍觉亲切。

如有同学相伴,行路也平添许多"路趣"。山多歧路,我们会"脱离常规",沿着放羊人才会光顾的羊肠小道,将蜿蜒取直,另辟一条回家的捷径。我们会驻足观察蚂蚁搬家,有恶作剧的伙伴还会制造"人工暴雨",看着蚂蚁队形大乱,想象一定是猝不及防的狼狈。偶遇灰色的蛇,在悬崖的雀巢里吞食小麻雀,大麻雀叽叽喳喳地对灰蛇围攻叫骂,场面惊悚。一路嘻嘻闹闹,不知不觉,几十里的山路就已经在身后。如果遇见邻村的大人也在这条路上赶路,我们会超过去,攀上沟岸,然后坐在那里看他们笨重吃力的样子。有次,在折死沟的沟底,邂逅公社的张书记带着随员下乡,书记仰望着小路陡峭崎岖,连声感叹:"这么陡啊!"书记的感叹加上他畏难的表情,使我觉得自己陡然老练和强大。我突然想起初中语文课本刚刚学过的伟人的话,"世上无难事,只要肯登攀",朗声告诉他,这么"政治性"强的话,出自一个孩童之口,引得他大大惊讶赞许了一番。

这么说起来,原来我对这条山路的怀念,是一种乡愁,还有对童年的记忆。

上大学期间,周末我偶尔会到市中心去逛一逛。从学校到市中心,大约五公里,通常,我是步行去的。时常有同学赞叹"你太能走了呀!"五公里对于我,实在是不在话下。我想，这都是拜那条山路所赐，不由得把小时候对它的厌烦变成了感激。

某年，我出国，从首都机场飞法兰克福，在经俄罗斯西部一带，遇上较强气流，飞机开始颠簸起来。我是有些恐高症的，心里变得焦躁不安。我闭上眼睛，突然开始不由自主地模拟这条山路，忽上忽下，找到节奏起伏。很奇怪，一会儿我竟然入睡了。

心心念念着这条山路，自己不自觉地将它变成一种絮叨。2010年，孩子在上大学之前，我带他回老家。车行预旺，我对他又说起了这条山路。一时兴起，我带着他还有侄子，一起步行。没想到，回到老家以后，只觉腰酸腿痛。我突然有一种哲学的况味：小时候山道储存给我的脚力，连本带息，已经缴还；路上的风景，已经不能接纳一个车载机乘的游人。

这条山路，完整的轨迹已经没有了，再做一次实地的回顾，也少了那样的味道。它原初的那种状态，时常会出现在我的梦中。

附录：

宋定伯捉鬼

南阳宋定伯，年少时，夜行逢鬼。问之，鬼言："我是鬼。"鬼问："汝复谁？"定伯诳之，言："我亦鬼。"鬼问："欲至何所？"答曰："欲至宛市。"鬼言："我亦欲至宛市。"遂行。

　　数里，鬼言："步行太亟，可共递相担，何如?"定伯曰："大善。"鬼便先担定伯数里。鬼言："卿太重，将非鬼也?"定伯言："我新鬼，故身重耳。"定伯因复担鬼，鬼略无重。如是再三。定伯复言："我新鬼，不知有何所畏忌?"鬼答言："惟不喜人唾。"于是共行。道遇水，定伯令鬼先渡，听之，了然无声音。定伯自渡，漕漼作声。鬼复言："何以作声?"定伯曰："新死，不习渡水故耳，勿怪吾也。"

　　行欲至宛市，定伯便担鬼著肩上，急持之。鬼大呼，声咋咋然，索下，不复听之。径至宛市中下著地，化为一羊，便卖之恐其变化，唾之。得钱千五百，乃去。于时石崇言："定伯卖鬼，得钱千五百文。"

寻草的释义和我的寻草生涯

1

寻草。

多年以后，才知道方言里这个词的准确写法。

寻，音为 xun，意为找，读古音、用古意。比如杜甫《蜀相》诗："丞相祠堂何处寻？锦官城外柏森森。"辛弃疾《青玉案·元夕》词："众里寻他千百度，蓦然回首，那人却在，灯火阑珊处。"

在"寻草"的语境中，"寻"与"找"是同义词，经常替换使用。或者说，"寻"是文言的遗留，"找"是白话的运用。

如果在山里行走，恰遇一个背着芨芨草编织的背篼、手持镰刀的人，搭讪一句：

做啥去呢？

他会回答你：

　　寻草去呢。

或者：

　　找草去呢。

　　寻草，是一种行为。作为描述这一行为的专用词语，它生动地描画了干渴枯焦的黄土地上畜草资源的匮乏，以及寻找畜草的艰难，其深刻、准确和形象、生动，让我叹赏，对它的创造者充满了敬意。

　　草，不是割来的，而是找来的。背着背篼，爬山过坎，一路在沟沟壑壑中寻觅，找来牲畜的饲草，这才是"寻草"的本义。

2

　　世居黄土地，寻草是一项基础的劳动技能，是劳作技术的启蒙和学前教育。

　　什么是适宜的畜草，早该烂熟于心。比如，水蓬、菊蒿、臭蒿是不适宜的，鲜嫩的刺蓬聊可充无为有，冰草、枝儿条、香茅、狗尾巴草、苦籽蔓、索索草则完全是适宜的。冰草是驴、骡的专享，苦籽蔓是牛、羊的最爱。

枝儿条多在地埂，香茅、狗尾巴草、苦籽蔓多在熟地。狗尾巴草，模样像极了谷子，简直是谷子的孪生兄弟，方言中读为"谷友"，词汇学的追溯应该是"谷莠"，但我还是觉得顾名思义的解释最好——"谷友"，谷子的朋友，多亲切、多形象、多有寓意！冰草则不择地势土壤，荒山熟地，随处安身，但以生长在沟底、因润湿而水分充足者为佳，其发达、细长的根茎，名曰"冰根"，耐水、经泡，是草编、草绳上好的材料。最难得一见的是芦子草（芦苇），只生长在渗漏出苦咸水、逢雨便成沼泽的深谷湿地中。即使鲜嫩的芦子草，也只可作为饲草的配伍而非主料。针状的叶片，边缘有着硬挺而锋利的刃，如不留心，会划伤手指。奇特的是，叶片上常有两或三个"牙印"。从小听到的故事中，存在着不同文化的叙事方式，大体是说某"圣"或"神"不留心被芦子草割伤，一怒之下，咬了一口，留下了印痕——我后来由衷赞叹农业文明的博大精深，赞叹劳动人民的智慧，他们勤苦而不失机智，用这种文学的样式提示人们该注意的安全事项，代代传授、教化着寻草的技术。

如若运气不错，寻觅到要找的草，"众里寻它千百度，蓦然回首，那草却在，出乎意料处"，心情大好，此地此时此刻，对草充满了感激，心下感念它今天就在那里静静等着找它的主人，找到它真是冥冥之中的襄助。那么多寻草的人，怎么就没有发现呢？昨天也到过这个地方，怎么也没发现呢？原来，你就只是在等着我，等着我今天的到来。

下意识地用拇指的指腹拭一下镰刀。锋刃剐草的"嚯嚯"声就像是天籁之音。一会儿工夫，草就装进背篓。

要下得了"腰身"，半蹲状亦可。要诀在于：镰刀与地面平行，刀刃紧贴在地皮上，深浅适当，像割韭菜那样。地面上如果露出草茬，那一定是寻草的技术犹未发蒙，是对草的大不敬，也不利于草的再生。剐过的地面，虚土覆盖着草根，显得熨帖、松软，再遇上雨水，草又会蓬蓬勃勃，冀望收获第二茬。非蓄根类的如狗尾巴草，则可以拔，根茎也是充作饲草。

寻草，不仅是技术，也是劳作的教养。草，不仅要"寻"，而且要"敬"。我后来读到如"敬惜物命，物尽其用"以及"不惜字纸，几乎与不敬神佛、不孝父母同科罪"之类的话，觉得"敬惜"二字差可描摹我们对待草的态度和心情。

不管文字学家如何解释，就喜欢金文中"寻"字的这一种写法：两手掬捧着什么东西。态度虔恭，就像对待一件圣物。这个人，一定是碰见了冰草、香茅、枝儿条、狗尾巴草……，或者正在欣赏着装满了畜草的背篓，心满意足，成就感、获得感与装满的背篓一样瓷实。

3

我猜测，寻草的行为源远流长，是黄土地一种古老的生产方式，创造这个词汇具有深厚的社会生活基础。但是，"寻草"变得如此重要，却与人民公社、大集体相始终，与大面积垦荒、"以粮为纲"相伴随。大集体、"以粮为纲"与黄土地的贫瘠相结合，使得"寻草"在公私领域里都变得怪异地重要起来。

寻草，是"以劳取酬"的一种方式。

1962年《农村人民公社工作条例》（修正草案）指出：

> 集体所有的耕畜，根据各地方的不同情况，可以有多种多样的适当的饲养办法，可以实行个人包养、养用合一；也可以合槽喂养。究竟实行哪种办法，由生产队的社员讨论决定。生产队应该保证耕畜饲草饲料的供应。

生产队"保证耕畜饲草饲料的供应"的手段之一，是分派社员寻草而兑现以"工分"。

生产队耕畜的饲草饲料，似乎和社员的口粮一样，总是处于短缺状态。除了冬季，一年三季都在寻草。春荒时候，干草已经告罄，解决饲草的唯一办法是挖草根。敏感的读者一定会想到"生态""环境"这样的字眼，但这全是吃饱饭以后的顾忌。寻草难，挖草根难上加难。生产队，作为一种"组织"，会适时地发挥组织权威，惩罚性地让那些"问题"社员去寻草，改造自新。而在盛草的夏天，相对于农活，寻草变得容易，人力资源的调配刚好颠倒过来。

寻草的艰难，因大规模垦荒而至于极致。年降雨量只在300毫米左右的黄土地，四季干涸，山头、陡坡上只有各种耐旱的荆棘。然而，甚至25度以上的陡坡都被开垦为农地，这大大压缩了草的生存空间。为自家的牲畜寻草，绝不可擅入集体农地，哪怕在地埂，也有"瓜田李下"之嫌。

寻草大多要向沟壑进发。雨水长期切割的沟壑，窄狭幽深。走在沟底，即使盛夏烈日，也感到渗入骨髓的寒凉。抬头只可见一线天，人就有一种被压迫的感觉，如若感到阴森，身上发紧，"妖魔鬼怪"的传说会突然在脑子里蹦出来。偶然有一次，寻草回家，头痛发烧，或者有莫名的不适感，铁定地认为这是一个"硬地方"，有鬼怪作祟。

沟坡上的陷坑，我们称之为"断头"。这种"断头"，多是受雨水冲刷塌陷而成。因为遮阳，所以会有杂草生长。上部显得宽敞，但下部窄狭幽深，还可能与干河贯通。扔一个土坷垃下去，会听到嗡嗡的声音，仿佛是魔鬼的语言，使人心惊。

——我的朋友、地理学教授宋乃平先生说：黄土高原窄冲沟往往被称为壕，许多壕有现实的事故和可怕的传说。闻听之后，我感到释然：原来这并不简单是孩童的胆怯或者是"迷信"的恐怖。

但据我的观察，寻草的极其重要，大半是因农民个人生产生活的需求。想一想这些实际的问题吧！自留地的耕作需要耕畜；日常生活中如驮运、磨面碾米、代步需要畜力，蓄养家畜补贴生活是必需，牲畜粪便作为燃料和农家肥也是必需。于是乎，寻草——喂牲畜——解决燃料、畜力、农用肥料、补贴生活家用的链条形成了，处在这条链条最低端的寻草，其重要意义就诞生了。

4

因为寻草处于供应链低端的性质，人民公社、生产队就诞生了一个炙手可热、趋之若鹜的职业：饲养员、牧羊人。

其"趋之若鹜"会到什么程度呢？一如城里的职业"听诊器、方向盘、营业员"。

原因在于，饲养员、牧羊人"近水楼台"，差不多完全可以忽略最低端的寻草，而可以在高端的畜力、燃料、农用肥料、补贴生活家用方面，全链条获益。

答案还是在《农村人民公社工作条例》（修正草案）中：

生产队应该采用民主推选的办法，严格选择饲养员。对于有经验的、爱护牲畜的饲养员，应该长期固定，不要轻易调动。对于保护、喂养、使用耕畜和防治耕畜疫病成绩良好的单位和个人，都应该给以奖励。如果因为管理、饲养或者使用不善造成耕畜死亡，应该由群众研究，弄清责任，给有关人员以适当的处分。

文件还对"奖励繁殖幼畜""牲畜出售或者调换""出售牲

畜的收入""培养兽医，特别是培养民间兽医""防治牲畜的各种疫病"都作出提示。"个人包养""养用合一""合槽喂养"，严密的逻辑推演，工稳的遣词造句，感人的慈母心肠。如今一经回味，便觉忍俊不禁，在违背常识方面，我们有时候可能比目不识丁的农民走得更远。并不自觉闪过一念：这些文稿的创制者，如果和我一样哪怕是去寻上一个月的草，是否还会有制度设计的那种冲动？这样的闪念不能算是刻薄，连恶作剧也算不上，倒像是恻隐之心。

饲养员是公认的一种相对轻松的体力劳动。而且，耕畜的私自使用、畜粪用做自家的燃料以及自留地的农家肥，甚至用公家的草料喂养自家的牲畜，是顺手拈来的。至于收拾牲畜吃剩的草梗，充作自家烧炕的"烧头"，则为理所应当，是一个勤劳的饲养员的本分。

羊只放牧也是一种轻体力劳动。幼畜的生产存在着变数，具有许多不确定性，疫病、幼畜流产造成的死亡都是正常现象，这为捣鼓账目、补贴家用留下了可操作的空间。至于喝社会主义羊奶，薅社会主义羊毛，用社会主义羊粪更不在话下。

——以上，都要建立在饲养员、牧羊人大公无私的品德操守上。饲养员、牧羊人也无非土里刨食的农人，同样经历着冻馁。如今不让他"靠山吃山"，需要付出多大的监管成本？

文件规定"生产队应该采用民主推选的办法，严格选择饲养员"，但每一个大公无私的制度设计，优亲厚友的人性私念似乎都会毫无悬念地将其洞穿。文件还提出，"对于有经验的、爱护牲畜的饲养员，应该长期固定，不要轻易调动"，则又固化了这种岗位。

最终，一个只是相对轻松的劳动岗位，竟古怪地变成"肥缺"。

5

现在，讲讲我的寻草故事。故事的背景是 20 世纪 70 年代黄土沟壑的大集体时期。在大集体时代，我的有限的农活履历主要就是寻草的生涯。

放下书包，就自然而然地拿起镰刀、背上背篼去寻草，甚至在放学回家的路上，偶遇畜草，拔下来，结草为绳，打成一捆，背回家，往往会受到家长的赞许。在每一个学期的暑假，寻草是我的专业。因为寻草，我用双脚丈量了居家一带每一寸的黄土地。寻草的实践，使我成为一个老练的寻草人。启蒙时练就的寻草"童子功"，使我自信；我的熟练的技术和纯粹的教养，使我鄙视乱砍乱割饲草的家伙——那年，我下乡调研到西海固某地，看到一个年轻人在收割种植的高粱草，收割过的地上，露出足有 2 寸高的草茬，我认为，作为一个农人，这种行为从技术和教养两个方面都令人不齿：不仅寻草的技术不过关，更重要的是对草大不敬。我立马进行了示范，他的和我年龄相仿的父亲，不失时机地对他进行了现场教学，我觉得很过瘾。

寻草生涯中有难忘的故事，下面截取几个片段：

◎某年。给生产队寻草。队长说100斤草可以记一个"全工"（一个成年劳动力一天的工分），我弟兄俩大喜过望，寻了200多斤草，但记工分的却变卦了，只给"半工"。原因很直白，其他的小孩只寻了可怜的几十斤草——他对形势、政策的拿捏真是炉火纯青，特别是他公然违背领导决策的勇气、决断以及坦然，至今让我觉得真"硬气"。

◎某年。一场小雨过后，在一个深沟，发现崖壁上一簇绿油油的冰草，大喜。我攀爬过去，慢慢地接近。结果脚下打滑，在离地三米多高、一个凹进去的崖壁处摔下沟底，仰面朝天，头昏眼花。幸而着身在一个松软的土堆上，无大碍。父亲焦急地在沟沿边上张望，五哥慌忙跑下沟底"救人"。父亲得到五哥"人好着呢"的回复后，转忧为嗔，给了我最常用的"颁奖词"："咋那么囊啊！""囊"，是"弱"的意思——自小多病羸弱，掉落沟底，又尴尬地增加了"囊"的佐证。

◎某年。在沟壑中整整转悠半天，背篼却没有装满，天快黑了才回到家。父亲正在等着铡草，一见我们弟兄俩姗姗来迟且背着半背篼草，脸上愠怒。但我们的背篼是压得很瓷实的，并不像有些小孩那样，喜欢把草竖起来，虚夸地装满一背篼，以博得大人的夸奖。草掏出来以后并不少，父亲转怒为喜，对我弟兄俩不搞形式主义感到满意，连说两次"够了"的话——他总是这样，表情微露喜色就是对我们最高的奖赏！何况今天尚有语言鼓励，岂不令人雀跃。

◎某年。实在找不到草。偷偷在本村的庄稼地寻草，但运气太差，让生产队队长逮了个正着，他使用他那有限但句句深中肯綮的语言，上纲上线地批斗了我一番——父亲闻听，愤怒而沉默。

◎某年。还是找不到草。领着妹妹到了邻村的庄稼地，除了蓬蓬勃勃的狗尾巴草，还发现很多正可鲜食的"奶瓜瓜"，真出乎意料，喜从天降。但谁知突然窜出两个看护粮食的半大男孩，都比我大好几岁呢！恐惧的我，迅速作出决断：万不可丢盔弃甲，收拾镰刀，让妹妹赶紧"携甲"撤退。寻草的镰刀一旦被缴，回家以后，后果将更严重。自己摆出一副豁出去的架势，坐等与他们短兵相接。巧舌如簧，辩才无碍；化敌为友，凯旋而还。妹妹见我没吃一顿打，反而有点不太相信了。

◎ 1980 年夏。大学的暑假结束，两个妹妹寻草又没有作伴的了。早晨离家返校，她俩去寻草，陪着我走过好一段山路。"今"我往矣，杨柳依依。空气中弥漫着别离的感伤。分手之后一段距离了，我在山头，她们在山脚。听到小妹突然哭起来。哭会传染吗？大妹也哭起来。我意识到，哭声的意义复杂，既有对我这个哥哥的不舍，还有，没有我"坐镇"，她们寻草的孤单和艰难。毕竟，她们还小，一个 15 岁，一个 11 岁。唉！

……

一般来说，我所经历的那种在沟沟壑壑中寻寻觅觅的寻草方式，和大集体及"以粮为纲"的垦荒时代一同终结了。联产承包责任制到来了，土地的耕作者获得了更多的耕作自由。从此，可以种草，也可以在自家的耕地里寻草。更重大的变化却是"退耕还林还草"，人们终于给又爱又恨的草腾挪出了生长的空间。

夏秋时节，野草蓬蓬勃勃。这是寻草的好时代，但鲜见寻草的人。

然而，寻草却变成了自己的一种潜意识：每每在大地上行走，甚至是在苏格兰北部高地和澳大利亚的人工草甸式草原上漫步，我都会留心辨认有没有我所熟悉的那些草。特别是，如果看见冰草、枝儿条、香茅、狗尾巴草、苦籽蔓这些最适宜的畜草，自己会迅速地产生执念甚至冲动：这样繁盛的草，装满一背笈岂不是太容易的吗？

捞浪茅

浪茅：读如"浪木"。洪水上漂浮的柴草、畜粪等杂物。如：捞～。

戕子：俗写为"衣子"。戕，音"衣"，谷物等粮食作物的壳屑。《正字通》："麦壳破碎者"，如麦～|糜～|荞～。

茅戕：柴草的碎屑。俗写为"茅衣"。

——预旺方言考察手记

正是暴雨多发的盛夏时节。

几个百无聊赖的成年男人聚在土炕上打扑克。这当儿，有个人走进门来。

打扑克中的一人抬眼看看，嬉笑着对来人说：

谎溜儿，你干啥来啦？

原来，来人是村上以扯谎出名的"谎溜儿"。

谎溜儿答非所问。说：你们打你们的牌撒！

问话的却不依不饶，今天打定主意要让他尴尬一下的："都说你扯谎扯得美得很嘛！你今儿个扯个谎，如果我们信了，那我们就真个服了。"

谎溜儿毫无愠怒，只是宽容地笑，又蹙起眉头说：咳！今儿个忙着呢，哪有工夫扯谎。沟里水下来了，我捞浪茅去呢，来借个叉子。说完，转身忙忙地走了。

打扑克的几个人互相看看。交换过眼神，便不约而同地放下手中的扑克：走呀，捞浪茅去。

——哪来的浪茅！不知不觉上了谎溜儿的当。

——以上，是我听过的一个笑话。

初次听到这个笑话的时候，我大笑，并想象和赞叹"谎溜儿"高明的扯谎艺术：随机权变的行为方式和寓假于真的语言艺术，不动声色、谎话真说，将谎言紧紧包裹在真实的外衣下。同时，每每回味，除了不能自已的失笑，还会暗暗叹一口气：唉，浪茅！

后来，我曾在不同场合讲过这个笑话。但据我的观察：有的大笑，是发自肺腑的捧腹大笑；有的干笑，算是应付和"捧场"；有的完全不解：浪茅是什么东西呀？如何听说有"浪茅"就会如此敏感地放下玩得正酣的游戏？

当然，这毫不奇怪。假如"浪茅"不曾进入过你的生活，你怎么会理解它的重要意义呢？

浪茅，是填炕（烧炕）的燃料之一。或者说，只是填炕的补充燃料之一。

农历六七月天气，难得遇上暴雨。洪水卷着泥沙，夹带着山中的草屑、羊粪，一同呼啸而下。进入拦洪的水坝，洪水滞留，泥沙沉淀，柴草上浮，浮起的这些东西被统称为"浪茅"。有风吹过，将浪茅驱赶在水边。勤快的人会先下手为强，用叉子捞上来，晾晒在水边，然后用背篼背回去。这是过冬的积蓄。

茅毻，是填炕的另一种燃料。

茅毻的来源与浪茅大体无差，但收集方法有异。秋尽冬来，蒿草干枯，多半是那种曾长满了索索草的坡地，枯黄的草屑落在地面，间有零零星星的羊粪，用芨芨草做成的长扫帚，将干枯的草屑和羊粪"掠"成一堆。"掠"，是"轻轻擦过或拂过"的意思，是"凉风掠面，燕子掠过水面，用手掠一下头发，嘴角上掠过一丝微笑"这类语境中的"掠"。这个词准确地描绘出"掠茅毻"的动作要领：扫帚轻轻拂过地面，只将茅草的碎屑拣选出来，而非过度用力，裹进太多的浮土——这很考验手上的力道和轻重拿捏功夫。

掠茅毻，是老人和小孩的专业。曾经多少个寒冷的冬天，母亲和我们一起去掠茅毻。背着背篼，挈着扫帚，到山脚下、沟壑边，宛如锯齿、因无开垦价值而幸存的方寸荒地，母亲掠茅毻，我们在沟涧寻找"风吹茎断遍野走"的蒿草和飞蓬，一起收集起来背回家。

深秋之际，如果你在山里寻访，罕见地发现有的庄户人家，将浪茅、橛子、牛羊畜粪积攒起来，在院内堆成一堆，唔，这是个会过日子的人家。填炕的"烧头"足够，这家人大概会有一个好热炕。

不必说冬天，从深秋直至仲春，甚至如遇连绵阴雨的初秋，一样冷得瑟瑟发抖。夜幕尚未降临，填炕的工作便急不可耐地开始。掬来一捧柴火，塞进炕洞，最好有一张废纸作引火。柴火有些潮湿，被点燃后冒起浓烟，屋内外都充溢着刺鼻的味道，但不久之后，就响起那种美妙的、哔哔剥剥的燃烧声。窑洞里阴湿的气氛逐渐消散，变得温润。随后，煨上耐火的羊粪，热炕会一个晚上持续保持热度。

热炕，是文化的故乡，是安徒生和司马迁。

寒夜如此漫长。一日两餐，不及下午六点，晚饭早早结束。一家人围坐在炕上，扯开棉被，把双脚塞进去取暖。炕边的小椅凳上也坐了人。一家之长斜靠在墙壁的靠枕上，突然就信口讲起文化历史，没有预设的主题，没有谨严的逻辑，逸闻奇事、历史传说、礼仪规制。或者，小孩央求大人说一个"古今"（民间故事）——文学或史学的训练在热炕上完成了。寒夜已经深沉，这个时候有人说饿，女主人会一边抱怨"净说闲话、不早早睡觉"，一边扒开炕洞，在炕灰中烧洋芋。洋芋在烧熟，文学在继续……

行笔至此，我想我已经简略地描述了人民公社时期某个地区农民常见的冬居生活图景了。说它常见，是因为在"西海固"，这是曾经的极为普遍的一种情况。

西海固，不是一个标准的行政区划，如若附会，可以追溯到 20 世纪 50 年代初曾经设立过的"西海固回族自治区"，但进入公众视野，并声名远播，却是因为极度贫困。正是在这样的意义上，西海固成为宁夏南部山区包括西吉、海原、固原、泾源、隆德、彭阳六县，以及同心县东部和南部在地理上的代称。这个地区，具有共同的风土民俗和生活传统。比如，一孔窑洞，加上热炕，就是毫无二致的冬居生活样式。

什么是"贫困"？人们喜欢引经据典。亚当·斯密的定义是"没有一件亚麻衬衫"。而对于西海固，我的定义是：没有热炕。这才是衡量深度贫困的标尺。相对于没有热炕，一切"家徒四壁"之类的形容词都黯然失色。

我的父亲曾教导我说：穷是可以闻出来的。穷是一种什么样的味道呢？比如，一年四季，室内只单纯地散发着一种腌酸菜的霉味，而无半点油腥之气；还比如，在隆冬的窑洞，闻不到混合着羊粪、柴草燃烧的暖烘烘的热气，则多半这样的人家已经跌入赤贫的下限。

可以提供若干佐证的材料。我发现，对于没有热炕的贫困，或许习惯了这种生活的人已变得麻木，很少诉诸笔端。反而是那些外来的观察者们，因为对比的强烈，深受刺激，留下一段段震撼人心的文字。

曾任中华人民共和国公安部副部长的施义之同志，1971—1974 年在固原地区进行过社会调查。现选取他的材料的一段：

　　当地地处黄土高原六盘山区，自然条件极差，常年干旱，缺水少雨。山是光秃秃的，没有树，没有草，生态失衡，粮食亩产量很低。群众生活非常困难，吃的主要是土豆和返销的玉米、薯干等，白面很少。群众很少吃到盐，更没有油。我们工作组的同志与群众同吃同住，一天两餐，吃的是白水煮土豆、荞麦面饼，没有盐没有油，大家反映吃不饱。这里缺柴，烧的是牛粪和有限的麦秆、秫秸秆，不够烧就用铁丝耙草，连草根都耙出来烧掉。这样年复一年恶性循环，黄土上的草越长越少。

　　缺水，有的村庄只有一个能积少量水的水窖，大家都吃用这个水窖里的水。真是缺粮、缺柴、缺水、缺盐。

　　我在刚进入固原地区的路上，看到一个老汉带了一个十二三岁的女孩，女孩身上只披了张羊皮而没有穿裤子，我非常惊讶。到了村里，我看了一下，每家屋内只有土炕、土墩，炕上有一条破席和破旧不堪的棉被，有的只有破棉花套。一些极贫户到了冬天，一家大小就围在炕上，有的一家只有一套衣服，谁出去谁穿，回来又蹲在炕上。十二三岁的女孩子没有衣服穿，光了屁股，男孩子更不用说了。这样的景象实在不少，部队来的年轻卫生员看了都落了泪。

　　材料所述，还是有热炕的生活。与此相对照的，是另一份材料。这是"三西"地区农业建设领导小组组长林乎加同志的亲身经历：

> 1983年1月，林乎加同志到西吉县调研。在他眼前呈现出这样一幅画面：清冷的阳光下，村里土屋的墙根下蜷缩着几个老汉和小孩。老汉们穿着破旧的棉袄，小孩穿着单裤，有的甚至连单裤也没穿，正挤在墙根下躲避着呼啸的西北风，晒着那本没有多少热度的阳光。林乎加问："这么冷的天，看你们穿得那么单薄，怎么不坐在屋里热炕上？"一老汉回答："有热炕谁还愿在外面，没柴烧炕，屋里比屋外更冷。"林乎加走进一家，炕果然是凉的；再走进一家，炕还是凉的……当地干部告诉他："咱这里十年九旱。今年又逢大旱，庄稼没有长起来，连喂牲口的草都不够，哪有柴草烧炕，又买不起煤，不少人家靠上山铲草皮填炕。山上本来就没长多少草，这么一铲，真像是剃过的和尚头了。"

所谓"执一可例其余"。这些客观呈现的细节，加上我的直白的叙述，大概可以认知热炕对于西海固农村的重要意义了。

然而，要彻底洞悉热炕的重要，还需了解西海固的酷寒。

我的家乡平远县的父母官陈日新，1874年莅任首任知县，任职六年，留下了一部空前绝后的《平远县志》。这位来自遥远溽热的湖北蕲水县（今浠水县）的知县，大概强烈地感受到了南北风土的迥异，摒弃一般方志中的空文赘述，以罕见的平实，写下自己对当地气候、风雨霜雪冰雹的切身感受：

> 平远地极高寒，受春气最迟，受秋气独早。当盛夏亦如东南各省，四月清和时，无所谓酷热。而毛居士井居万山中，隆冬尤为凛冽，故谚云"天下冷莫过于毛居士井"。然山谷间，当骤雨方霁，虽盛夏时，犹冻僵驼、马，匪独人也。其沍阴之凝结，有如此者。
>
> 县境近上郡，常苦旱，稼穑多不畅茂。往往于五、七月降黑霜，尤伤稼。冰雹间亦为灾。自冬徂春，冰坚地裂，终日大风扬沙。

我之赞叹这种文字的平实，在于其准确地描述了与预旺相类的地区寒冷的酷烈和漫长，字字真切，和我所经历的那种生活毫厘不爽。他说"虽盛夏时，犹冻僵驼、马"，使我突然想起，不仅人需要热炕，就是幼畜也需要热炕。冬天刚刚出生的幼畜，如果没有热炕的过渡，则成活率会大大下降。他记录的那句"天下冷莫过于毛居士井"，也使我感到亲切：这是自小听过的俗语，不期登上大雅之堂，能够在县志中相遇。但美中不足的是，民间俗语的原文是："天下十三省，冷不过毛居士井。"陈知县还是很乖巧的，他有意回避了"天下十三省"这句相承于前朝（明代）的说法。

如今，西海固地区已经欣喜地发生了巨变。时移世易，回顾浪茅、茅羬以及与之相关的热炕，显得不合时宜。但自己一直执拗而后怕的问题是：为何在那样一个特定的时代，烧炕的浪茅、茅羬、羬子、羊粪，至于短缺到那种程度？这样的问题虽然琐细，却一直耿耿于怀。

一种名曰"人地关系研究"的描述中，写满了"千山万壑、赤地童山、旱渴荒凉、生产要素奇缺"这类怨艾的文字，"1972年，联合国粮农组织官员说这里不适宜人类生存"，更是其立论的坚硬证据，仿佛烧炕燃料的奇缺都是自然环境的原因。人只能固守于一隅，因而也只能在这一隅中无尽地向自然索取一切生活资料。在历经几十年开放洗礼和学术昌明的今天，还有如此偏激的立论。人，不知道有多狭隘才能理解这种狭隘的"靠山吃山经济学"！

近来喜读旧志。陈日新《平远县志》"赋始"一节说：

> 平远地多跷瘠，居民鲜事稼穑，率以畜牧自雄，故汉唐而后，则壤成赋，自国朝顺治三年始。

——看来，预旺地区自古适合于一种以畜牧为主的形态，并无大规模垦荒之事，老百姓甚至可能"以畜牧自雄"。后来，农耕文化不仅成为一种生产方式，而且成为一种正确的"意识形态"，似乎"变刍牧而桑麻"才是教化的表现。这与蒙元时期某些反农耕而变畜牧、"悉空其人以为牧地"貌似背道而驰，实则殊途同归。对于年降雨量只在 300 毫米左右的地区，这是灾难的开端。

而民国《固原县志》又载石作梁文云：

> 吾甘在民十以前，内地人士咸称"世外桃源"。家给人宁，安居乐业，可谓小康之世也。迄至丙寅，冯军入甘，乃溃退之败余也。于是以甘为根据地，并分兵援秦为并有，因扩其势。其间拔丁也，官派民拉，驱民走险；筹饷也，催无虚日，逼人欲死。苛政频施，民有所怨，兵站林立，车马拉尽，遂失小康，成为兵荒。变啸歌为呻吟，去乐业为失业。

——是说在民国十年（1921）以前，固原地区尚有"世外桃源"之称，而丙寅年（民国十五年，1926 年）冯玉祥西军挺进之后，苛政兵荒，万户萧疏。石氏之文，激愤之情难以自抑，因为愤慨，所以对冯军入甘之前的"吾甘"有"世外桃源"之誉，或有夸大之处。但谁能否认"人祸"对这一地区的伤害呢？

最近的例子却是改革开放。不过短短几年时间，我曾经生活的村庄，人口依旧稠密，土地依然促狭，环境依然恶劣，寒冷依然漫长，但柴草、畜粪不经意间充足起来，捞浪茅、掠茅麸的行为几乎绝迹。耐烧的煤炭陆续进入庭院，人们迅速地解决了热炕的问题。这还没有等到"村村通电"——一个更伟大的电力时代的到来。

这些并不算遥远的例证，都不应该被忘却，都应该进行回顾和总结。但实际的情况却是：人，不仅容易忘却，也很难反躬自省。

大概只有一个民俗学的现象，还在温情地记忆着窑洞中的热炕。客人上门，好客的主人一定会将热炕作为最重要的待客礼，热情相让：

来来来，快上炕，炕上坐！

一口水窖的容量

1

久未谋面的校友交流到本地担任领导职务。他是练达之人，大约是为了打破大家的拘谨，就先开口聊起了对本地的第一观感。

他说，他早年到过西海固。那还是 20 世纪 80 年代末，他在某省做县委书记，因为某项合作项目，与宁夏南部山区某县对接。

他说，县上的同志真是太热情了。当时住的宾馆，是叫"招待所"的，没有自来水。一大早，县委主要领导就过来了，亲自端了一瓢水伺候他洗漱，他感到很难为情，消受不起。当地的领导一边细水长流地倒，他一边洗，奇特的是下面放了一个脸盆，把洗漱过的水接着。说是这水还可以留着扫地的时候洒一洒的。"不要糟掉了！"——他学着当地的方言说，并感叹这是他对西海固第一也是最深刻的印象。

这真是一个话题。大家谨慎地措辞，各自讲讲缺水的见闻：

山里的一个人，从远处挑了一担水。走得累了，停下来歇息。一群麻雀扑上来喝水，怎么也赶不走。这人只好怔怔地坐着，等着麻雀喝饱了飞走。以后逢人便说：麻雀，那也是一条命么，以后不要打了。更夸张的事还有：一只麻雀扑进来喝窑洞炕头上的一碗水，人逮住麻雀扔出去，那麻雀竟然还飞回来继续抢水喝。这真是一只搏命的麻雀！

知道牛会"嚎"吗？好几天没有饮水的牛，发出的那种"嚎"，听起来的那种瘆人真不知怎么形容。

分家而过的婆媳，也许原来就关系一般化。有一天，儿媳偷了婆婆家的一桶水，婆媳为此打了一架，邻人并不认为这打架的事由过于琐碎。好事者进一步分析：分家单过的时候，可能忘记将窑锁的钥匙切割清楚，因而留下肇启是非的隐患。

水窑都已干涸，生产队组织拉水，毛驴套上架子车，盛水的水桶是废弃的柴油桶。水拉到村里开始分配，大人站在架子车上倒水，村民提着水罐排着队，鱼贯接水。油桶是没有水嘴的，难免洋洋洒洒。有个六七岁的小孩，眼疾手快，从队伍中飞奔过来，把水罐放在水桶下面，接着那点洒出来的水。

缺水，从骨子里培养一个人自幼及长的惜水意识，口语中称之为"疼水"。

是的，是"疼水"。

白话诗人伊沙写了一首诗，有这么几句：

你来自六年不下一滴

雨的同心

兄弟，我记得你在会

上发言说：

当地的婆姨担水时

看见水桶里的水滴

掉落在地

竟会情不自禁地

发出唉哟一声

心痛的叹息

　　诗中的"你"，是我的朋友和老乡、诗人马占祥。故事就是他讲的。"心痛的叹息"，就是"疼水"的心痛和叹息。读者会不会觉得"心痛"呢？我还要告诉你，这其中还缺乏细节。那个担水的婆姨，一定是在无盖的水桶上压着一把骆驼蓬草，防止在摇晃的行进中掀起"桶中风波"，水被洒出来。但即使万全的措施、万分的小心，水还是洒出了几滴。

　　这样的故事太多，足可讲够"一千零一夜"。

　　与"疼水"相左的故事是"不疼水"：大旱之年，水窖干涸，某个人好不容易找到了两桶水。挑水回家的路上，天上突然下起了暴雨。这个被两桶水压得肩膀生疼的人，怀着欣喜，带着不耐烦，就将两桶水倒掉了。待到回家，却发现自己的庄子上一滴雨也没下。原来，暴雨是会隔"圪垯"的——不是说过吗？一个人在暴雨中跌了个"马趴扑"，起得身来，却发现屁股被淋湿了，头却是干的——这故事听起来更像一个寓言，是对不疼水的讽喻。有点儿像"捷克式的幽默"，让你听得又想笑又想哭。

理解西海固的干旱与缺水，才能理解西海固。懂得了这里的缺水，你就知道为什么说任何比喻都是蹩脚的，比如"水贵如油"。水，正是在这样的境遇中，获得了本初的、生命之源的深刻含义，不可以用价值、价格来衡量。

2

流行在口语中对本土地理和风物的描述是"苦焦地方"。我怀疑"苦焦"应该是"枯焦"，和古代汉语的"焦枯"意思相同。"焦枯"这个词来源颇古，这就是记录在《尚书》以及《山海经》等典籍中，关于后羿射日时的背景描述："十日并出，草木焦枯。"灾荒史的研究者也指出，这是"大旱灾的生动写照"。从气候史、旱灾史之类的研究中，可以确知西海固地区的干旱是常态。一项研究说明，明初至新中国成立（1368—1949）的581年间，西海固的干旱灾害平均4.41年一次，而且，以1700年为界呈现加剧态势，干旱灾害的发生频率后期是前期的2.62倍。

对于大部分地区来说，解决人畜饮水的唯一工程措施就是打窖。

在广大的中国北方地区，窖的样式依据土质条件等，有圆柱形、瓶形、烧杯形、坛形等多种。在西海固地区，常见的是坛形，但老百姓并不称"坛形"，而是"近取诸物"，用最常见的植物"蔓菁"作比，称"蔓菁窖"，这很形象。

标准的窖，数据是三个"一丈八"：开口只容一身回转，是直径约 2 尺的圆，一边下挖一边扩张，下挖一丈八以后到达腹部，腹部直径为一丈八，此处被称为"缸口"；"缸口"以下深度一丈八，逐渐收缩至底部，这是储水的部分。这种水窖只能半窖储水，从实际情况看，储水量一般二三十立方米。这尚有赖于土质的条件，特别是有赖于窖工施工技术的高超。一个好的窖工，绝对是稀缺的人才资源。

窖址的选择颇为讲究。地面要"硬实"，即土体要完整结实、黏结性好；最好是在打麦场，这是现成的积水场。

打窖，既是一个苦活儿，又是一个技术活儿。一个标准窖的土方量超过 200 方，最深处达到地下 12 米，全靠一锹一锹、一筐一筐掏出来。只有好的窖工，才能掌好"窖桶子"，仅靠眼力和手工，挖成一个坡度比降合理、线条流畅、壁面光滑的窖。

"缸口"以下储水的部分作防渗处理。在窖壁挖出密密麻麻的锥形小孔，称为"麻眼"，然后用胶泥棒填充，称为"糊窖"。麻眼类如蜂巢，填充胶泥棒以后，能发挥出优秀的几何学性能。

最艰难的就是"糊窖"。选择红胶泥土，制作胶泥。红胶泥土颗粒干涸而坚硬，没有粉碎机之类的机械设备，只能手工反复捶打、石碌碾压、过筛，直到成为粉末。然后和水成泥，发酵和反复蹑踏、捧打，充分发挥出黏性。伺弄泥团的虔诚和用心，对光滑、黏性的追求，都远远超过面团的制作。这个过程所付出的劳动用时绝不亚于打一口"窖桶子"，劳动强度会更大。将红胶泥做成锥形的泥棒，一一填充到"麻眼"中。

最后的工序是"紧窖"，用木榔头反复敲打，务必夯实、光滑。为防止窖壁皲裂，后期的保养也将是一个漫长的过程，往往需要数十天。洒水、检验、抹光，枯燥的重复性劳动，考验着人的细致和耐心。为了保养，人们单凭一根绳索，在十多米的窖中上上下下，这不仅需要体力，还需要技术，特别是在上攀过程中一种被称为"绞绳"的技术：灵活使用脚腕，脚背绕绳索一圈，变成引体向上的蹬踏助力。

——以上的叙述真像是打窖的说明书。之所以不惮枯燥，就是怕读者不能体会打一口窖所付出的人力、物力、财力，这实在是一项艰难而巨大的水利工程。大集体时代，一个人缘广泛的农民，不计帮工的工钱，光是供给饮食，至少要付出自己一年的劳动所得。对一个家庭来说，置办一口水窖，往往要花掉数年的积蓄。21世纪初，北方地区曾有过一项扶危济困的"母亲水窖"工程，一封"劝募书"曾动情地呼吁社会各界捐款，帮助西部的母亲"留住雨水，帮助她们播下丰收的种子，播下美好的希望"。捐助金额为1000元，按照工程1:1资金配比，水窖投入达到 2000 元，高于当期（2000 年）宁夏农民人均纯收入的 1724 元。

因此之故，"水窖"被写入《中国的农村扶贫开发》白皮书（2001）、《中国性别平等与妇女发展》白皮书（2005）以及《2010—2013 年全国农村饮水安全工程规划》、《全国小型农田水利建设规划》、《全国雨水集蓄利用（灌溉）规划》中。

3

"掘地为窖，冬储层冰，夏收暴涨。"清末平远县令陈日新的这句话，高度概括了水窖的集水方式。

凛冽的冬日，人们企盼着一场大雪。雪后，又企盼着一场大风。大风将雪刮到背阳处，形成雪棱，经过几昼夜的消融和冰冻，成为含水量丰富的冰雪块。一背篼一背篼背回来，投入窖中，这是应付春旱乃至春夏连旱的底气。谁能保证这一年中，一定会下一场暴雨呢？极少有人会吹嘴说："我的那口窖大，能吃个年对年哩！"这样的人，多半是未等到降雨季，就早早地到处借水吃。招人嫌、讨人厌，因为只有水才是有借无还的东西，"借"就是"讨"，不过是换了个便于开口求人的说法而已。

等待夏日的暴雨。仰望天色，在预计的降雨时间里，将作为积水场的打麦场收拾得干干净净。这是真正的"未雨绸缪"。如果暴雨如期而至，形成径流，人就定定地守在窖边，等待第一波浑浊的水流出场外，然后放水入窖，并尽可能地在窖口作简单的柴草畜粪过滤并及时堵塞入水口。这是一个成年男子或一家之主的责任，水不可以漫过"缸口"，否则这口水窖大概率会报废。

泥土必然和水一同流入水窖，柴草、羊粪也不可避免。刚刚蓄的水，水是浑浊的、带着土腥气的，等水澄清，经常会有柴草羊粪飘起来。有一年，一个名满天下的老者，访问到了西海固，其间热情的主人捧上一碗水请他喝，他真诚地说："你们的水太金贵啊，我不敢喝。"但我估计一定是这样的水，颜色、味道让他觉得不对。

一项水质的分析报告说，窖水的总氮、总磷、挥发性酚、氯化物、金属离子、化学需氧量、大肠杆菌及水温、Ph 值、浊度、残渣等，基本符合国家饮用水标准；而紧靠公路边修建的水窖，化学需氧量、总磷、硒、汞、大肠杆菌的含量均超出饮用水标准，其中大肠杆菌的量超出指标数 10 倍，必须进行水质净化处理。

但"科学"是无力的。使用水窖的人，关于窖水净化的认知和操作都是哲学的。这种境遇中的"科学"一定指向着"无"，而哲学才是"有"。

——短暂的暴雨总使集雨的场不敷收满一窖水，这时，须得当机立断，引路边、山间浸染过柴草、畜粪的径流入窖，"水流百步是洁净的"。

——窖水浑浊，可倒入一桶苦咸水，这能够使之尽快澄清。

——偶或有鸡、鸭等小型动物跌入窖中，把跌入物打捞出来，然后扔进去一锹干净的黄土，将窖口封闭，捂上七天。经过这样处理的窖水，也是洁净的。

这种独特的洁净观不只表达着节水、惜水的内涵，而是提升着水的"贵重"。

4

窖，是最值钱的不动产，也反映出这家人精打细算、会过日子的好门风。婚姻的民俗中，养女儿的一方在决定是否应允一门亲事时，往往要实地考察一下男方的情况，称之为"验家道"。"家道"的主要参数，就是看对方家里是否有两口窖。两口窖，不仅是饮水的保障，也是轮换清淤的必须。如果这家有三口窖，那绝对是家道殷实，几乎类似于"钟鸣鼎食之家"了。

在山里行走，你能看到，家家户户院落敞开，扉门不闭，但水窖总是锁起来的。赤地烈日，口渴难耐，如果讨一碗水喝而遭到婉拒，一定先不要对居民的厚道淳朴大打折扣，而是想象一下主人的无奈。如果得偿所愿，一定记得奉上真诚的谢意。这是我作为窖的主人，也作为旅行者，曾经的体验。

一口水窖，装得下一个贫困之家的全部世界。

窖与人的生活关系是那样的密切。一口洁净的水窖，不独起着水的作用。窖是天然的冷库，常见的景象是，窖的半空中悬挂着肉类、面点、水果等各类食物，以达到保鲜的效果。再次食用的这些食物，会沾染着“窖气”。

离别这样的生活已经很久，但我还会时不时地思索一口窖的贵重。在无井无泉的干旱带，窖的历史肯定与人的生存一样悠久，一样漫长，如影随形数千年或是更长时间。它究竟将什么样的内涵植入人心？从某种意义上，我将窖比之于土地。一个早就转移到城里、生活稳定的农民，却不愿意放弃家里的那几亩薄田，那是他心理上最后的生活保障线。而一口窖，却是一家人最低的生命保障线。这些都不是经济主义的视角。

垂危的老人，在即将离世时，突然提出来要喝一口窖水。“甜的吆！”喝下窖水后的那声喟叹，百感交集，仿佛是从另一个世界发出的喃喃的自语，快慰的神情，瞬间击碎了我一切所谓的“科学知识”。在干旱的世界里，窖水到底存在着什么样的生命密码？老人最后的神情，代表着只要窖水尚存、家人将生存无虞的安全感，还是隐含着人与自然的某种玄奥？

还记得老人讲的那个故事吗？祖父推着一辆独轮车，作贩盐的小生意。推着几百斤盐，在硝河（今名硝口，在西吉县）和固原、同心诸地往返，中途往往住不了店。店家说，吆脚的（赶脚的，脚户）能要，推“推车子”的不要。店家能供应脚户和牲畜的饮水，而嫌弃一个推“推车子”的，因为他喝得太多了。“唉，血都挣干了么，太能喝了么，哪来的水呢！”

这是一百多年前的历史旧事，代代口耳相传……

如今时过境迁。伴随着人畜饮水工程的实施，水窖差不多已经退出历史舞台，这是一个十分漫长的时代的结束。但遍访干旱带，人们还是愿意将水窖作为人畜饮水的补充或"灾备系统"，经济的考量和情感的依恋相互交织。不知你是否相信：像我这样一个曾经掏过土、踹过胶泥、蓄过水、背过冰雪，长期食用过窖水的人，在都市川流不息的人群中，从他们用水的习惯里，大体能判断出他或她是否有过"疼水"的经历，并进而对他或她生存的环境是否"枯焦"作出想象。

仰望一处废墟

1

上学、返家，一路总有一种风景是相同的：麻雀在崖壁的缝隙间，或者在老鼠废弃的洞穴里做窝，可惜对安全措施未加考虑，有时候运气也不够好，灰蛇轻而易举袭击了它的家；老鼠、蜥蜴不期而遇，惊慌失措，迅疾向地穴中逃窜，一定是熟门熟路，否则逃窜的速度不会这么快；蚂蚁在不知疲倦地掏土，时不时来个急刹车，努力地抬头仰望，好像懊悔忘了什么事，又好像进行短暂的思考，但迅速作出判断，投入工作，不离不弃地跟着团队，精心制造着自己的宫殿。……羊把式总是手不离一把剃铲，除了便宜地铲起一铲土挡羊，还随时可能拾掇出一处"窑钵子"——真是形象的说法，比喻像"钵"一样狭小的窑洞——以遮挡突然而来的雷雨冰雹。他们在忙，我也在忙，忙着走路，回到我的温暖的窑洞之家。

想一想，动物的窝也是家，但人却叫"洞"、叫"穴"，我的家，也像是"穴"，却称为"窑"，感念上苍使人为人，高级动物、高级智慧，会发明这些高级的词，使人和动物有区别。不过，再想一想也很难说，在它们看来，人高级吗？说不定它们把我的家也叫"洞"或"穴"，把它们的家才叫"窑"。可惜我们互相听不懂，不能交流，不然这么重要的问题，真要好好地问一问。

我们使用的窑分布在三处。第一处是家，总共三孔窑洞，是崖窑，或者叫靠山窑，沿着山体从北向南，北边的一孔窑洞是"大窑"，相当于卧室或者主卧，也是待客的地方；中间的窑洞很小，也没有炕，堆放杂物，有时候还拴个驴在里面；南边的是"伙窑"，厨房兼卧室。第二处，是牛羊圈，圈里有窑，有两孔，不过，我们都笼统地叫"羊窑"。还有第三处，还是交代一下吧，这很重要。是窑洋芋的，叫"洋芋窑窑子"，和一般的窑不一样，是斜着向下挖到一定深度才拓展出储藏间的，这样保存的洋芋才不容易生芽。把"窑"重叠一下，就表示非常非常小。人的家，牛羊的家，洋芋的家，无论大小，都叫"窑"。

问过父亲，我们住家的窑是什么时候挖的。父亲没有回答，脸上的表情有点儿异样，有点儿讳莫如深。背过父亲，母亲像是揭老底："你大（爸爸）嘛，一辈子哪里挖过窑！都是别人住过的，我们搬过来拾掇一下。"别人是谁？经不住软磨硬缠，就说了这处窑洞的故事。

——是在民国九年（1920）农历十一月初七。地动了，山走了，土把窑洞的门壅了。这家人姓穆，是个小伙子，不知怎么回事，就他一个人。眼看窑洞门口的土壅得太厚，就想着从窑肩的烟囱里向上挖，或许能出来。过了 40 天，亲戚赶来，挖开窑洞，这小伙子手里拿着镢头，佝偻着身子，人已经没了，一缸腌咸菜也吃完了。估计是地动那会儿，人还好着呢，刨了几十天的土，但没有成功，这都是后人猜测的嘛。这人有一匹骡子，就拴在中间的那个窑里，刨出来的时候还活着，牵出来走了几步跌倒了，也死了。后来人总是说：当时要是不马上牵到太阳强光下，兴许能活。

母亲又赠送另一处窑洞的故事。我家门前一条沟，沟对面住着一家人，名字不知道，外号马老九。一大家子，人口多呢，据说光阴还不错。地震发生前，家里两个年轻人，品行端庄的娃娃，却不知怎么做起贼来，跑到邻近的庄子黄花岔偷叉子，躲过这一劫，其他的都打毁了，埋在里面了。唉，这真是机密猜不透。后来，两个年轻人就走了，到了南边的固原落户——听过这个故事 40 多年以后，当我已变成一个别人动辄口中称"老"的人，又到这处窑洞，看到当年滑动的山体又发生新的坍塌，裸露出累累白骨。

窑洞的黑黢黢本来就使人害怕，知道了自家窑洞的历史，又平增一份恐怖。何况，大人说的"古今"中，妖魔鬼怪往往住在人们遗弃的窑洞"孤窑"里，甚至有人活灵活现地说，鬼怪在窑洞里打扑克，"和人一样的，只是不说话"。这样的"孤窑"随处可见，这样的"古今"也能装一箩筐。以后路过"孤窑"，一般都是绕着走，非得经过时一定蹑手蹑脚，生怕从洞口突然蹦出怪物来。

这就是我家的窑洞。关于它的规制、功能连同它的历史，还有我对它的情感，就是这样。

2

窑洞的分布极广。在我国黄土高原，东起太行山，西至乌鞘岭，秦岭以北直抵古长城，横跨甘肃、陕西、宁夏、山西、河南，面积广达53万平方公里，这里地处黄河中游，是黄土层发育最成熟的地区，因而成为窑洞建造最广泛的地区。

借此划定一个大致的区域，是想了解一下那些不以窑洞为居的人，对窑洞的真实感受——这样的人，最好没有被"学科、学术"所驯化。他们的感受将是真实的，不以猎奇的材料填充和佐证他们先入为主的学术分析构架。

有几个南方人到过我所熟悉的西海固地区，如明代的杨一清和清代的陈日新，特别是他们都提到过窑洞。

明代政治家杨一清（1454—1530），生于云南、长于湖南、老于江南，晚年自号"三南居士"，算是一个地地道道的南方人。弘治十五年（1502），以都察院左副都御史身份督理陕西马政。在实地勘察情况以后，发现马政衰落的原因之一是马政工作人员及牧马军士没有营房，他在奏折中写道：

苑官多僦（jiù，租赁）屋而居，或宿窑洞。……土人以窑洞为家，乃其素习。各该卫所解来队军，因无栖止，随到随逃，废弛之故，亦多由此。

照杨一清看，只有当地人住窑洞才习以为常，外地人实在是无法居住，所以才导致"随到随逃"。

杨一清的奏折里，用的是"窑洞"这个词。他的前辈如另一位明代重臣项忠（1421—1502），在奏折中往往将固原地方的窑洞称为"穴"或"巢"。比较起来，我就更喜欢这个主张为政要"安静""宽平"的杨一清了。

陈日新，字焕斋，湖北蕲水县（今浠水县）人，曾任晚清平远县（今同心县）县令。下面这些他关于窑洞的记忆，是我从他的诗文中还原出来的，雅而好古的读者可以读他编纂的《平远县志》，特别是收录在其中的《创修平远县署记》文和《闲庭自咏》诗。

清同治十三年（1874），广袤的平远县下马关滩，秋雨淅淅沥沥。这么干旱的地方，任何时候的雨都是珍贵的。但这对旅途中新任的平远县知县陈日新来说，却不是什么好事。

到得县城，已是傍晚。虽然对战乱兵燹的平远有足够的心理准备，知县还是震惊。一座空城，遍地瓦砾。死一般的寂静，耳边只闻马蹄的足踏声。

没有人在这里迎接。知县的衣服已经被淋得湿透，趁着晚霞微弱的余晖，四处踅摸，终于找到一孔坍塌的窑洞。窑洞里有厚厚的羊粪，看样子早就被废弃了，现在成了圈羊的羊窖。

这些都已无从讲究了。躲风避雨，能安身便好！先度过今晚再说。

人吃马喂。简单收拾一下，天色已经放黑。知县和衣而卧，正准备休息，却听得驾马发出只有受惊才会有的"呲呲"声。趁着微光向窑洞外望去，知县不禁大吃一惊：一只狼竟然蹲在马车上！

眼睁睁等着天明。

——这是新任平远县知县陈日新赴任的第一天！

第二天一早，知县到野外寻觅些蒿草作燃料，做顿早餐。

草草吃毕，出门巡察。看到的情况更惨。所谓的县城，不过是一个瓦碴滩滩。竟然只有十七户人家，四散在荒滩的窑洞中。知县看到百姓如此贫困，觉得自己拿着俸禄，真的很惭愧，默默地念出两句诗："琐兮尾兮，流离之子。""琐尾"，是《诗经》中的话，是"颠沛流离，处境艰难"的意思。宋代的朱熹这样注释："流离琐尾，若此其可怜也。"

陈知县在诗文中，经常用"破窑""陶穴"来指称窑洞。"破窑"通俗，"陶穴"风雅。"陶穴"一词也来源于《诗经》，陈知县对《诗经》背得很熟。他是一个不错的官，有同情心，觉得老百姓可怜，而住在窑洞中的老百姓又让他觉得实在太可怜。

3

戏文中的"窑洞"以"寒窑""破窑"著称，并集中于三个故事：吕蒙正与刘氏的破窑，薛仁贵与柳氏或薛平贵与王宝钏的寒窑。这些故事，情节尽管有不同的铺陈，但无非演绎贫寒之士苦难的坚忍和发迹变泰的皆大欢喜。

窑洞是贫寒的符号。创作者深谙"反衬"的艺术手法，在表现贫寒时，笔下的主人公必得住过窑洞。因为窑洞，贫寒的深度才能被感知。比如，有研究者注意到，薛仁贵与柳氏的故事，在较早的元明杂剧《贤达妇龙门隐秀》中，并无"破窑"这一意象，直到清代无名氏的小说《说唐后传》中才出现。一个贫寒的形象，假如没有住过窑洞，他的贫寒程度既不容易想象，也要大打折扣。

人们乐见于这样的一种情境：出身窑洞，一朝时来运转，鱼跃龙门，仰天大笑出门去，这不知寄托多少贫寒之士的幻想。有吕蒙正的"破窑"，因而就有假托的《破窑赋》："余者，居洛阳之时，朝投僧寺，夜宿破窑，布衣不能遮其体，馔粥不能充其饥。上人嫌，下人憎，皆言余之贱也！余曰：非贱也，乃时也，运也，命也。"与其说是对昔年光景的悲叹，不如说是自夸——出身于社会最底层而最终出将入相，如此才算"得位之正"！继之也有了吕蒙正故里洛阳市偃师区佃庄镇相公庄的"寒窑"——不光在河南，在安徽寿县也有一处。"安徽风光丛书"的一篇文章曾介绍，"在孙家花园西侧的老君山上，有吕蒙正在八公山中苦读所筑的石屋，被当地称作'吕蒙正寒窑'"。料想江淮平原并没有黄土高原的窑洞，所以才变成石屋。

但影响最广泛的人物形象是王宝钏。她出身名门，貌美如花，端庄、坚忍、刚烈、深明大义，符合男权视野中完美女性的一切人格要素，其中最重要的是能够野菜度日，寒窑苦守。

作为文学形象的王宝钏，后来被不断演绎，直至弄假成真。据说 1934 年杨虎城将军的母亲孙一莲曾捐资修建寒窑，并祝愿"所有爱国军人的妻子都仿效王三姐！"如今更是堂而皇之地建起"寒窑遗址公园"。经不住好友撺掇，我也曾到西安曲江新区的这一处景观去游览。遗址公园定位是"爱情主题文化公园"，精明的经营者说要打造成"东方罗密欧与朱丽叶的故乡"。楼堂殿宇，花红柳绿，隔水相望的大雁塔反而显得寒酸。模拟王宝钏生活起居的寒窑"茹苦洞"，刻意地在表现贫寒的意象上下了功夫：洞内幽暗无光，一个小土炕，炕下仅有两人转身之地，炕前洞壁上只有一个一尺见方的小窗户，窗框是几根歪斜的树枝。现实中并不见这样逼窄的窑洞，这样的窑洞只适合于表演。只是不知在这里举办婚礼的新婚燕尔，尤其作为新娘会作何感想，是否已经做好了准备，受一回王宝钏那样的窑洞之苦。

4

各类现代学术中关于窑洞的研究，真是别有洞天。

历史学家说窑洞起源于人类最早期的"穴居"。人类之所以会挖窑居住，是向动物学习的结果，叫"仿兽穴居"。十六国时期（304～439）的张宗和及其弟子，是文献记载最早居住在窑洞中的人们。考古学家指着一处新石器时代的民居遗址，说这是"黄土高原窑洞之祖"，周壁上烟火的熏黑，是先祖已经使用"壁灯"的佐证。想起小时候在窑洞的墙壁上挖一个台阶，放着一盏煤油灯，恍惚间，不知道我是回到了新石器时代，还是新石器时代的祖先受到了现代人的激励，从窑洞中复活。

建筑学家祭起"可持续发展"的大纛，更是不吝赞美，说窑洞"依山靠崖，妙居沟壑，深潜土塬，凿土挖洞，取之自然，融于自然"，是"天人合一"环境观的典范；施工简便，便于自建，造价低廉，有利于再生与良性循环，最符合生态建筑原则；开发地下空间资源，提高土地利用率，是节地的最佳建筑类型；冬暖夏凉，保温、隔热、蓄能、调节洞室小气候，是节能建筑的典范——将迎来灿烂的明天。作为窑洞的主人，我感到自己常年在黄土丘壑的奔波都是为了"妙居"山中。他们看不见也听不到即使在20世纪90年代，在贫瘠的黄土高坡彭阳县，暴雨引起山体滑坡，20余户住在窑洞的居民滑入山底，造成23人遇难；更不记得海原大地震约30万人绝大多数是死于窑洞的崩塌。

民俗学、人类学对窑洞进行着"田野调查"。他们反复地赏玩贫穷，就像赏玩畸形的小脚，对着裹脚布咏诗作赋；他们将因为贫困而艰难度日的凑合，描述为"智慧"和"遗产"，特别是脑子里装着原始人类生存的问题，以求得如获至宝的佐证材料。

平地抠饼。没有"人"的学术大约如此。他们会将人看作一只猴，希望窑洞的主人在这里表演；或者人正如那个中非男子奥塔·本加，被关在布朗克斯动物园中公开展览。

而有道义的学术已经写在了大地上。在中国政府的减贫实践中，在广大的黄河中游黄土丘壑地区，一直将告别窑洞、实现人居安全作为完成脱贫攻坚目标的核心指标。如我的朋友张强说：每一孔窑洞都有一页脱贫史。

再次走过整村搬迁的村庄，千沟万壑的黄土地，随时可见坍塌的窑洞废墟，小动物们使它复苏，正便宜地用来作窝。也许出于对贫困的后怕，或者说惊魂未定，莫名地担忧窑洞再次苏醒，还会有人像我的父亲一样，"拾掇"一下，在此安家。

窑洞，是贫瘠的黄土地，是贫穷的中国，是贫困的百姓。它没有规制，每一处都写满着生存的困顿和捉襟见肘；它的历史也许和居住在黄土地的人一样漫长，也许瞬间坍毁而与黄土融为一体，遁于无形；它是"活着的废墟"，也许长期沉眠，也许突然复苏。它可以被仰望和怀念，但无需粉饰和赞颂。

村子：1963—1979

1

如标题所示，村子当时是叫"生产队"或"小队"的，归"大队"管。而今，又都改为"自然村"和"村"了。

我终于要写一写那个时候我在村子里的生活。确实，想把它写成文字，是因为离开。如果不是离开，也许这一生都不会写，恐怕连念头也不会产生。

那年，我去了西安的大学上学。记不清是什么课，但肯定不是写作课也不是教写作课的老师，他说他看了新生的一篇作文，作者描述了校园的美景特别是绿色以后说，假如这雨下到我的老家，假如这绿绿的草和树长在我的老家……老师盛赞作文把校园写得很美，尤其是联想很特别，体现了对家乡的深情。现在能够确信，那文章其实还很幼稚，老师的夸赞，部分的原因可能是希望我们对大学产生认同，而更可能的原因是老师与作者也许有着同样的风土背景，引起了他的共鸣。人往往会这样，产生一种认同或者"亲"的感觉，不过是自己心里的种子在他者那里开出了花、结出了果。我当时听了以后，不仅觉得好还很受触动。入学那会儿正是秋雨充沛，这作者一定和我一样，打小就生活在那样一个沟壑纵横、干旱少雨的地方。他触景生情，并能够如此"格物致知"，对家乡萦萦于怀，这让我惭愧。

少年哪知愁滋味。更何况，那时我还完全沉浸在逃离的喜悦中。

回想起来，那时候一切的努力，都是为了逃离。高考结束，收麦子的时候，"收"是含糊的说法，实际就是用手拔。大集体那会儿对急难险重的事喜欢搞大会战，拔麦子就是其中之一。不谙农事的人，自然分不清夏收与秋收有什么不同，实际上差别大了。夏天是龙王行云布雨的时节，夏收是"龙口夺食"，耽误不得的，不容许像秋收那样可以来点儿慢条斯理。

社员上工，到一块麦地里，"全工"拔四垄，"半工"两垄。"全工""半工"是指根据劳动量能挣全部还是一半"工分"的劳力，简单理解为大人小孩就可以了。从地的这头到那头，算是一趟。队长喊"下趟"，社员就随机找好位置，认准属于自己的几垄，埋头往前拔。这是大集体时代的"责任承包制"或者"计件工作制"，只有这个时候，日常劳作中的那种懒洋洋、无精打采突然消失了，让人体会到原来还有一种东西叫"积极性"。下趟不久，无需任何人号召，争强好胜的比赛就开始了，叫"追趟"。生产队的地块大，往往一个上午拔上一趟，也就收工了。那些拔得快的人，早早在地头那边休息了，然后看着拔得慢的人，好不惬意和自得。即便是再拔一趟，工间休息的时间也够长。这种生产习俗体现在当地的方言中：人们形容一桩艰难的事情做完了，就说："我的一趟麦子拔出头了！"我有个发小，他母亲去世后，过了几年，父亲也去世了，送完葬，他说："我的一趟麦子拔出头了！"意思是双亲都不在了，履行了养老送终的责任。但琢磨起来，好像是说终于了结了一件很麻烦的事，有明显的如释重负感，有违于孝道，所以总被人当笑话提起。

我们这儿的小麦总是选择最热的中伏天才黄。稀稀拉拉的，麦秆又硬又细。面朝黄土背朝天，半蹲在滚烫的地面上，一把一把地把麦子从硬地上拔出来。暴晒和劳作的艰苦都是其次，忍受不了的是麦屑和着尘土与汗水粘在身上，像蚊虫叮咬，奇痒无比，这真是一项顶苦顶苦的活儿。何况我还要显摆十六岁的自己已经是大人，硬着头皮拔了四垄。拔麦子需要一双粗糙而经得住磨砺的手，而我这个念书人的细皮嫩肉根本无法抵挡，手指很快就捋出血来。我忍着疼，尽量掩饰龇牙咧嘴的神情，眼望着被前面的人拉得很远，羞愧愤懑交加。这当儿，队长过来了，他笑着说："小伙子，书念罢了？这活儿不好干呢。"也许队长的话只是一种搭讪，可正巧当时我是那样的心境，又是一点就着火的年龄。在我看来，他的过来，是为了专门盯着我的，他说话的语气还有表情都藏着不怀好意和讥讽。于是，就回了他一句："是不好干，可是我也没打算干！"

我说的每个字都是从牙缝里挤出来的，尤其是那个"是"和"可是"，带着一种恶气至少是没好气。可惜，我看不到自己的表情，那一定也是气急而败坏的。

我就是想逃离。或者说，为了逃离我才拼命读书，因为再也没有什么别的门路能让我逃离了。要不是为了逃离，我也该像我的那些发小一样，早早辍学，早早入了农活儿这一行，成为一个老练的农人，也不会有当时那样的尴尬。

幸运的是我离开了，那时候的想法既轻浮又直截了当：我的这趟麦子也算是拔出头了。

2

我对村子的熟稔来自一双脚。

沟沟壑壑都在双脚丈量的范围内。自蹒跚学步，农村的话叫"按上腿"起，黄土就是我最好的玩具，沟壑就是我随意去的地方。站在沟沿上吼上一声，"崖娃娃"会把声音接续着传下去，沟壑越深声音传得越远，这时候我就觉得自己是一个"闻人"了。我也一定是一个讯息"达人"：哪里的野兔在奔跑，哪里的蚂蚁在搬家，哪里的草蛇在吞吸麻雀，这些重大新闻一准儿都知道。是的，我熟悉这里的一切。

一个人，在还没有成为一个"全劳力"的时候，他的劳作主要是给家里的牲畜"找"饲草。背着背篓，拿上镰刀，去给牲畜找草。草是"找"来的。那样干旱的地方，那样稀疏的野草，生产队那会儿又大兴开荒，凡是站得住人的地方都开成农地了，野草只生长在沟沟岔岔，只有"找"这个词才用得妥当而且入木三分，其他任何的词都是奢侈的，目不识丁的农民真是天生的语言学家，总会那样精准地遣词用语。我在找草，草躲在它自以为隐秘的地方和我捉迷藏。找到了，我觉得自己就像一个老道的猎人，任凭再狡猾的猎物也躲不过猎人的眼睛。我快意而肆意地骂上几句，只有草听得见，继而又觉得草受了很大的委屈，似乎在怨怼我这个不知感恩的人：不就等着你吗？为什么别人没找了去？我转而充满了感激，默默地给它道歉。很小心地贴着地皮剐下来，恭敬地把它填到背篼里，然后继续我的寻找。

还有"找水"。为收集雨水，夏天暴雨季去窖口值守，冬天积雪时到山的背阴处背雪块，烂泥地里不打滑，坎坎洼洼不摔倒，这才是硬强的山里人呢。后来在大学的公共浴池里或任何地方泡澡，任凭温热的水淹没全身，我往往会想起在村子的日子，没有哪一天可以如此惬意地泡在水里洗净身上的垢痂。二三十立方米的一窖水，是一家人一年的用量。几个人一次洗漱只能用一汤瓶水，而且边洗边接着，把用过的水给牲畜拌料，给鸡拌食。"节约"到如此地步，恐怕是"节约型社会"的极致了吧？

吆上头口，跑上数十里路，到河沟里饮水。这么干旱的地方竟然有一汪泉水，虽然是"渗渗泉"，虽然远了些，但已经知感得很了。有时候还要排队，轮到了，要再淘挖一下，一则清除前面人畜践踏的污染，二则让泉水更旺一些。水有些苦有些咸，淘泉以后，手会糙裂，不知牲畜怎样下咽。人们都自夸说，这地方的羊肉好吃，原因是"吃碱草、喝咸水"。受过难才是好，这总让人有莫名的不忿。但无论受难不受难，最终还不都是摆上餐桌的命——这都是无谓的想法。要紧的是，离开时不能忘记驮上两木桶苦咸水，带回家洗锅刷碗。一步一步地移动，路过几个崾岘，把黑魆魆的山沟峁梁一一甩在身后，远望窑洞的烟囱里冒着炊烟，丝毫不觉得疲乏，只有到家的欢悦。

放羊是丈量黄土地的另一种方式。但我不能自夸是牧羊人，只能说说作为一个"羊稍子"的经验。一个孩童，只是一个"半工子"，是不能担当放牧的主体责任的，他只能是一个"羊稍子"，是担当主体责任者能力的延伸。然而"羊稍子"的工作却是这项劳动技能的启蒙，因而，跟对一个师傅、一个真正的放羊的"把式"将是很重要的。差劲的羊把式那就真是辱没了"把式"这个称呼，经常见他对羊进行各种体罚，但那羊儿好像成心和他作对，在满山里撒欢，归拢不到一处，见了农地个个像是偷吃的贼。一个好的羊把式，从没见过他呵斥，更没见过他实施暴力，但他似乎有一种魔力，羊儿是驯服的，好像懂得他的心思，漫山遍野会按照他规划的路线行走，在地埂边绝不觊觎庄稼。我曾很虔诚地请教过这样的羊把式，他笑而不答，后来含糊地说这是因为在青草刚刚冒出面、羊儿"抢青"的时候，他就给羊形成了规矩。我看过一个电视节目，情节是一个记者采访山里的放羊娃。记者问：你为什么放羊？答：为了娶媳妇。问：娶媳妇干啥？答：生孩子。问：生孩子干啥？答：放羊。对答如此简单，我怀疑是记者有意裁剪出一个简单的循环往复的人生规划，是为了博取观众笑声的。但我始终笑不出来，我受不了节目所营造的那种挖苦、讽刺、揶揄的气氛，痛恨那样的浅薄。他人的生存状况，不是用来给别人提供优越感的。一个读书人，没有读出一些悲天悯人的情怀，却读出了鄙薄。我愤愤地想：那么，请你来给他一个人生规划，给他一个你认为适合于他的生活方式。我们总是在笑话别人步步走的都是臭棋，但却提供不了高招。这孩子如果能做一个好的羊把式，实际也是一个不错的选择。后来我读书总觉得比别人能更深一层地理解为什么古代把做官的人叫"牧"，比如"人牧""州牧""郡牧"，做一个好"牧"绝不是简单的事，不是什么样的人都可以做的。其实所有农活儿的启蒙都很重要，会做庄稼的人总是出在某个家庭里，这一定是他的父辈给他开了窍，所以总能把光阴过到人前头。

3

我现在似乎明白，一种叫做"坚忍"或者"忍耐"的东西，是黄土地生存的秘密或者说节奏。

比如，黄土地在忍耐。烈日暴晒下的土地把温和的黄色换成焦褐色，沙尘暴吹过来，天地都是灰色的，这是忍耐的方式。植物佝偻着身体，人们都说这是在"歇晌"，也是忍耐的方式。绵羊扎成一团，一只羊使劲把头挤进另一只羊的肚腹下乘凉，这是羊的忍耐方式，但将是危险的，会导致得一种"热病"，有经验的羊把式必须使它们分开。暴雨下，沟沟壑壑在坍塌，泥流舞动如链，陡坡耕地熟土全无，犁铧整齐的印迹像血肉全无的排骨，土地像骷髅，引来丑陋的黑壳虫，老人们说那是龙王的虱子。我眼见到这里的山川一年比一年衰老，皱纹越来越多，也越来越深。这里的人也容易老，四十出头的年龄，男人经常自称"老汉"，女人自称"老婆子"，走路使劲弯下身子，像个老的样子。这些都是忍耐的方式。

黄土地上的一切产出都需要长久的忍耐。春天很晚才回来，秋天却要早早离去。蒿草岁荣岁枯，"荣"得很晚，"枯"得很早。庄稼一年一茬，能不能有收获要靠风调雨顺的运气。羊儿每年冬天产一次羊羔，要小心伺候着。癞瓜子（蟾蜍）的鸣叫要耐到一场暴雨。意外的惊喜当然有，比如，"十年九旱"中不旱的那一年，植被略有恢复，有一只母山羊稀罕地在夏天又产下了一个"热羔"；比如，暴晒的时候，天空突然飘过来一朵遮阳的云。但黄土地上没有那么多的惊喜，更多的是沮丧，甚至连沮丧也不该有，只有与沮丧和解的忍耐。

但我觉得最能忍耐的还是人，耐得寒冷，耐得饥饿，耐得疾病。

冬日里，人们蜷缩在窑洞中，拉一床破旧的棉被盖上，在温热的土炕上取暖，这是会过日子的人家才有的。偶有亲戚上门做客，让到热炕上，懂礼貌的客人道别时不会忘记夸奖一声"好热炕"，这代表着从整体上对这家人会过日子的由衷的赞誉。确实，贫穷是可以用热炕来定义的。我曾在一篇散文里写过我父亲对我的教诲："穷是可以闻出来的。""在隆冬的窑洞，闻不到混合着羊粪、柴草燃烧的暖烘烘的热气，则多半这样的人家已经跌入赤贫的下限。"我曾在隆冬的雪天受母亲之命给邻居送一碗烩菜，我的发小正赤脚在雪地里耍得欢，我看着他由里到外都是冷，透心的冷，揶揄"你穿着火炼丹吗？"他却讥笑我是热炕上焐的"秋鸡娃儿"，不无自豪。我默不作声，不再和他斗嘴。我知道这是穷人的自尊，是对一年四季没穿过一双鞋的掩饰。他明白我手里捧着的一定是带着油花花的烩菜，忙不迭地为我开门，把我让进窑洞，嘴里吸溜吸溜地，宁肯表现出吸的是寒气而不是涎水。他家窑洞的冰冷夹杂着腌菜的霉味扑鼻而来。

我第一次吃到大米饭，没想到这世上还有这么光滑的食物，这才意识到平常吃的黄米饭让口舌忍耐过多少粗粝。然而，有那么几年连续大旱，本地出产的小麦、糜子似乎绝迹，公社救济给红高粱米和红薯片，本地的人们不大会伺弄这些食物，自嘲"吃的蜀黍面，屙的打狼蛋"。我后来查资料才知道，红高粱米适宜酿酒，味涩，含有单宁，容易引起便秘。当然，这可以归结为少油无菜，但村子不会产生关于营养学的知识。"开门七件事，柴米油盐酱醋茶"，村子的生活是不完全的生活，至少没有"酱"——如果此处的"酱"可以理解和只是理解为"酱油"的话，另外还少有"油"和"茶"。村子上有个"光阴狠"的人，有一年把自留地出产的那点儿十分有限的胡麻都卖了，换成娃娃的新衣服，结果这一年他们全家没有吃过一滴油，后来他私下里给人讲自己的教训：一年不吃油，眼睛会"麻"，意思大略是视觉模糊。但这都是可以忍耐的，忍耐不了的是饥饿。我对饥饿的体会是恶心和口吐酸水，后来我第一次乘坐轮船的感觉就是这样，天旋地转，翻江倒海的是自己的五脏六腑而不是大海。看到呕吐的人，我的第一判断是：饿。也不知过了多长时间，我才意识到自己这种经验主义的认知是错误的，或者说正确的成分极少。

　　村子没有疾病的复杂名称。只听说过"凉了"，主要指感冒；经验丰富的老人会提到"胸喉"，大约指"肺炎"；"肚子疼"的含意很广，包括一切肠胃病；"噎食病"，似乎专指胃癌。疾病可分两类："好的病"和"不好的病"，但应付的办法只有一个：抗。我经历过才领会这样的分类，比如，村子里的一个人去看他生病的岳父，回来说：哎呀呀，我以为是个不好的病，是个好的病嘛！很是埋怨他这岳父一惊一乍，好没忍耐性。"好的病"是能好起来的病，是扛得过去的，不值一提，忍着就是了。"不好的病"是轻易不能好起来的病，有的能扛过去，有的扛不过去，大概也可以分两类：一类是"邪病"，另一类只好归结于生命的"大限"。村子里通行一种关于治病的神秘主义的学问。对于"邪病"，采取一种祛除邪气的神秘方式予以解决；而对于关乎"大限"的病，举行一种祈祷的仪式，躺在炕上的病人欣慰地领受着这种仪式带来的安慰，相信这能够遮蔽灾难，好好地忍着，只要大限不到就会好起来的。

4

人们不会想不到逃离，逃离村子，逃离这样的生活。有成功的案例，但绝大多数是失败的。饶是那么困顿的村子，却一样也没落下社会对它的磨砺淘洗。我只说说有关逃离的几个人吧。

煤油灯在窑洞的最深处摇曳。光晕下坐着父亲和舅舅，俩人攀谈。灯盏灭了，但攀谈没有停止，直到天将破晓。舅舅刚刚从一个叫做"口外"的地方回来，他在露面之前，先摸黑来亲戚家沟通信息。他学会了维吾尔语，他谈的最多的是在那个地方如何轻易吃饱，尤其是羊杂、牛杂，便宜得"简直不值钱"。他成功地逃离了，可是放心不下还在这里的家小，又回来了。

家里老来一个"皮匠"，直白的称呼是"做皮子的"，姓李，祖传的好手艺，尤其拿手的是二毛皮，从鞣革到裁剪、缝制，全是好活儿。我父亲总是很虔诚地向他学手艺，差不多他的那些技术都被我父亲学到了。这是可以验证的：我上中学的时候曾经穿过一件我父亲亲手做的二毛皮衣，特别御寒，样式也好。有天一个比我大几岁的同学要借穿，几十年以后他才告诉我，他用这件衣服去相亲，并且取得了成功。这个李皮匠成分不好，挣公分、分福利都沾不了光。可总得生活，天黑下来走村串户缝皮袄，偷偷摸摸地挣点小外快。但后来听说某天晚上被人打死了，原因很可疑。

那时候有个词叫"四类分子"，全称是"地主分子、富农分子、反革命分子和坏分子"，"投机倒把"是归在"坏分子"里的。我有好长时间把"投机"当做"偷鸡"，以为是小偷，实际是私自搞小买卖的人。有三个"投机倒把"的人被逮住了，举行群众大会批斗。例行的程序都是这样：大会开始，发言的人照着稿子念一段，过来踢几脚，嘴里骂骂咧咧，最后照例要驾"土飞机"，把人的胳膊往后一掰，嘎巴嘎巴地响。我走在路上，与排着队去会场的三个"分子"撞个满怀。我停住脚，想随着他们。领头的"分子"也停住脚，说：你先走。小孩子怎么能走在大人前头？我迟疑。另一个"分子"说：娃娃你走撒，你走了我们就过去了。我说，你们先走。他说：哎，我们咋能在你的前头走，我们不是人前头的人。

我一直在想：他们那样地卑微，想逃离那样的生活，可是都没能逃离村子，如果再走远一点儿呢？我这样想着，又忽觉从高而远的地方投来他们讥笑的目光：看把你给能成的啊！别以为你碰上了一个好时候就觉得自己能得了不得了的。

在我书写的这个时间的末端，人们终于可以公开地逃离，逃离还受到鼓励，说法也变了，叫"走出去"。逃离村子的各种谋生，叫"种铁杆庄稼"。又过了十多年，有了"整村搬迁"。实际，村子并没有搬走，搬走的只是人。

5

　　那年那样兴奋地离开村子，没有预料到的是，也正是从那个时候起，心里的村子才落下种子，它顽强地发芽，不断地生长。村子里的一条路、山脚下的一个拐弯、一簇芨芨草……，都往往在某个时候突然在脑海里清晰起来。这使我意识到，所谓离开，只是形式上的。

　　我经常会想村子的前世。比如，村子有名有姓，至少有姓，姓"龚"，邻近的庄子也有姓，姓"王"。可是，这两个村子里没有一家人姓"龚"或姓"王"。我总想把这件事追溯得很远很远，猜测那一定是某个年代或者更长远一点的某个世纪，龚姓王姓的人在这里曾经生活过。直到有一天，一个姓龚的人来到这里祭奠先人，攀谈之下，虽然时间也有些远，但也远不到哪儿去。这使我多少有些沮丧，原来村子的更换主人不过是约莫百年的事。村子还可以再往前追溯吗？比如老人们经常说：咱这地方原来是"达子"住过的，并且指指点点满山已经塌陷掩埋的窑洞为证。我又来了索考的兴趣：明朝建立之初，有过那么一段时间，确实在这块土地上曾经生存过史书上叫"土达"的人，后来很快消失了。这些事似乎能形成一个时间的链条：一直有人在村子里生活，只是，村子的主人换得很快。没有祖祖辈辈一直都生活在这里的人，没有什么百年的大家望族，也没有什么文献记录，这里的村民是没有历史的，就像黄土地上的蒿草，岁枯岁荣。若干年以后，村子还会换一拨人吗？我不知道。

　　老人们喜欢回忆，上朝手里（意思是"上一个或上上一个朝代"），村子里草木茂盛，变成今天这样的模样，都是人口太多特别是开荒造成的。确实有些依据。比如，嘉靖《固原州志》里说："固原、环县北至宁夏、灵州、花马池，大约六百余里。中间多山溪草莽，居民鲜少。"另外还有"土旷人稀""草莽之区"之类的字眼儿。这里也在方志所描述的范围内。特别是方志里还提到："青羊泉山，山顶有泉，故名。在平虏所西四十里。""平虏所"即"平虏守御千户所"，是村子所归属的乡镇在明代的名字，青羊泉山正好在村子的北边，但现在只有地名没有泉水。也许老人们说的是对的，"山溪草莽，居民鲜少"的理解逻辑可以颠倒过来：因为居民少所以才水草茂盛。

　　几年前，我又回过一次村子。没有看见人，十分寂静，空气里只夹杂着泥土和花草的味道。窑洞大部分已经塌陷，但还没有被完全掩埋，半张着黑魆魆的洞口，小动物们很便宜地作了它们的家。我很自然地想起这窑洞里曾住过的人，他们都是我熟悉的，陆陆续续都搬走了，选择一块新的土地继续生活，在很远的地方。那时候的老人大多已经不在了，显见的是坟茔比过去增添了许多，就在不远的地方。看着窑洞的洞口，自己突然有些骇怕。要是再有几次暴雨，崖面再经过几次坍塌，窑洞会被彻底掩埋，就像它的主人一样。以后人们走到这里，看不到洞口，就不会轻易想到这里曾经住过人，也就不会有骇怕的感觉了。会有人来吗？至少在这几十年中还会有人来，他们来纪念自己的先人。也许只有这样的人才会感到骇怕，他们会想到那些熟悉的、曾在这片土地上活过的人，有的还是他们最亲的人，想起他们的一颦一笑，如今都归于尘土。再然后呢？也许来的人越来越少，直到最后还有极个别的、可能是极孝顺的人能来到这里，但走在这片土地上，心里不会产生任何波澜，没有什么感触，就像那个龚姓的人一样，只是遵着前辈的话，代替前辈来完成一个念想。

我漫无目的地在找过草、放过羊的地方转悠。那时候山与山都连着路，虽然是小路，也不算繁忙，但春耕夏耘秋收冬藏都离不了，每年还要拾掇一番，人们吃力地拉着架子车上上下下。现在，只留下一些痕迹。确实，路只要没有人走，就不会再有路。当年的深沟变化却不是很大，因为那个时候流水已经切割到红土，而红土有更强的耐性。变化大的是山脚下又多出几条深的沟壑，特别是当年一处浅浅的窄窄的小壕沟，我经常从这里走过，跨个大步或者纵身一跳就能过去。那时候它的边沿上还长着两簇茂密的茂茂草，它仿佛和我有着约定，夏天从学校返回的路上看见它，我就会放慢脚步，摸一摸它毛茸茸的枝条，因为从此翻过一道山梁就到家了。如今竟变得这样的深和阔，站在沟岸边竟有害怕滑落的恐惧。长着茂茂草的地方当然是没有了，连它处在空中的哪个位置我也拿不准，但茂茂草的种子显然又漂移到了沟坡，沟坡上的茂茂草更多、更茂密。

芨芨草，真是天选的耐旱植物，无论怎样的干旱，它都能踔厉奋发，长出它的高度。我突然有些走神，泥土和种子也许让雨水冲到了很远的地方，比如到了华北平原，或者已经入海，但它的"后人"却留下了。我很想到沟底去摸一摸它的"后人"，这新的芨芨草，但是没有路，走不下去。

我选择一处高的地方坐下，想静静地，平复一下繁杂的思绪。凭这么贫瘠的地方，却养活过那么多的人，多亏了它的忍耐；它这样的忍耐，又把忍耐的品质传给了我。也许，这就是它养人育人的一种方式。1963 年至 1979 年，从出生到逃离，在村子里完整地度过一个少年时光，我想不透我与这土地到底是怎样的一种缘分。如今，人们都离开了，不知道是嫌弃还是另一种方式的回馈。一定是一种回馈吧！就让它这样静静地养着，最好一个人也不要来打扰。抬眼向四处张望，花草荆棘都明显地多了，山野有了生气，好像年轻了许多。这就像一个人，不管脸上的皱纹有多深，如果还有一头秀发，总是显得年轻。我不由得有些欣喜。也许再过些年头，庄子会更好，我也会再来看，但我不知道是否还会再写一篇后记。

走下的光阴

> 光阴：①生计、生活。如：～好不好？|家里的～怎
> 么样？|办～（指为生计而努力）。②时间、日子。如：人
> 一辈子～快得很。
>
> ——预旺方言考察手记

打　工

大约十多年前的一个夏天，我回家省亲，正碰上家里人打窖。

打窖的第一步是掏土。选择一个硬实的地方向下开挖，挖成一个受力均匀、两头小中间大的枣核状"窖桶子"。这既是一个技术活儿，又是一个苦力活儿，很需要人手。农村的习惯，谁家挖窑、打窖、盖房，过红白事，村里人都一定来帮忙。从早晨开始，乡亲们就陆陆续续地来了。

这个时候，慢慢吞吞走来一个人，我猛不丁一看，有些吃

惊：这不是西西吗？这一家人不是早离开庄子了吗？

我脑子里迅速地闪过他哥哥利利还有他父亲的形象。

利利和我是发小，但这些年来我们却再也没有见过面。

先是我上学，越走越远，然后工作，回村的日子越来越少。很奇怪，即使回村也很少遇见他。后来听说，他给别人作了"招女婿"，就是倒插门。闻听之后，心中难受了一下。仅仅是"一下"，就觉得释然。

我的释然是有道理的。他和我一般大，都属兔。小的时候，我们老在一起玩，动手动脚的，但后来我就不敢了。稍微推搡一下，他就会跌倒。这个情景被我家里大人看到，申斥了我一顿。大意是，他吃不饱饭，"那就是链着一个命嘛！你没轻没重的"。我琢磨，这个"链"就是我们装粮食的那个口袋或褡裢中的那个"链"，这些物件是用细毛线把羊毛的织片"链在一起"的。人的一条命，就像那个链结织片的细毛线一样，随时会断掉的。

某个夏天，豌豆黄了的时候，生产队的大人们拔豌豆，小孩子在地里寻草。为一墩子草，我俩争抢起来。咦，这家伙有一股子劲，硬邦着呐！嬉闹之间，我发现他口袋里装满了豌豆。这才弄明白，他是偷偷吃了生豌豆才硬邦的。弄清楚原因，我就有些气急败坏地取笑：

人吃豌豆没劲，给驴说驴不信！

利利就不说话，脸涨得通红。我就拿出馍馍哄他，慢慢地好了，又抹眼泪。

他家里穷，也没有上学，但没有上学，却不是因为穷，是他爸爸没让他上学。我上学离开村子的时候，有时候能碰见他。他好像有意地躲着我，偶尔碰个满怀，他躲不开，脸上就露出怯生生的笑，好像我是一个大人，他还是一个小孩。等我上大学以后，就没有再见过他了。再后来，听说他娶不到媳妇，老大不小了，就做招女婿去了，就像我前面说过的。做招女婿，农村里是个不体面的事。但我想，只要那家人对他不错，日子能过也就好。

他父亲这个人我也是知道的。说个大话，我和他做过"同事"，是放羊的同事。有那么几年，他父亲给生产队放羊，就是"羊把式"。生产队的羊群比较大，所以经常给每个羊把式搭配一个小孩，叫"羊稍子"。"羊稍子"，是帮着大人追羊的，就像是羊把式把鞭稍子伸长一样。有个暑假，生产队就把我和他组合在了一起。

刚开始搭羊稍子的几天，我和他合作还是比较愉快的。把羊赶到大山里，他找个舒服的地方坐下来，就和我说话。他说他原来是工人，是拿工资的。他开过铁牛55。铁牛55有两个档，一个管前进，一个管后退。有一次，他开着铁牛55在固原街道上压死了一头猪，结果被猪的主人挡住了。这个时候，一个大干部——那是我干哥嘛，当时是县长，留着大背头，过来对着那个猪的主人厉声呵斥："车有车道，猪有猪道，开上走！"他一边打着手势，一边学着大干部的"口声"，很有权威的样子。固原是个远地方，我没有去过。他讲的故事，我也听得特别过瘾。总之，对他很是崇拜。一会儿羊走远了，他让我去追羊，我就赶紧去追羊。

晚上回到家，我给家里大人学说，大人们都露出鄙夷的神情。原来，这是他编的谎话。我的兄长还悄悄地给我揭了他的老底：他一辈子就去过几次咱们预旺，哪里去过固原那么远的地方？铁牛55几个档，谁知道呢！他那是比照着生产队的手扶拖拉机说的。

从此以后，我对他就有看法了。每天都是老样子，把羊赶到山里以后，他找个舒服的地方一坐，又开始说他当工人、开铁牛55还有压死猪的事。我把兄长告诉我的话变成我自己的话，和他讨论一些细节问题，他翻着眼睛答不上来。我还是给他留面子的，让他说一个新的，哪怕说个古今（故事）也行，他说他没有。不说古今，还让我追羊，这让我很不高兴。以后，我就发现了，他这个人就是比别人懒。每天都是选择一个舒服的地方，死坐在那儿，羊走远的时候，让我去追羊。追就追呗，关键是他还编好多哄人的话，什么他腿疼啦，脚疼啦，头疼啦，肚子疼啦，每天都有疼的地方。他说疼的时候，用手按着那个地方，连声地呻唤，做出一副痛苦万状的样子。身体每个部位都疼过一遍，无处可疼以后，他就学着电影上的那些，用土堆成一个报话机，插上一根芨芨草，说是天线，他要打电话。他撅着屁股，趴在土堆上喊："喂喂喂，下马关！"

我知道他是从刚刚电影队放过的电影《英雄儿女》中学来的，学的是英雄王成。王成那么攒劲的人，哪像他穿着一双烂鞋，走路一磨一磨的。我就气不打一处来，在他的屁股上掀一把，他趔趄在地上，我就去追羊。隔了几天，他见到我父亲，倒是没有告状，还说了几句好话：你的这个娃娃，啊啊啊，老说大人说的话，不好哄呢！我父亲对他的"好话"似乎未置可否，背过他的面，对我说：这回你可是跟了一个好人么！

这次见到西西，我就问他哥哥还有他父亲的情况，他却吞吞吐吐，遮遮掩掩的。我见问不出什么，就转而问他的情况。

他说他在打工。

我怀疑：现在夏天，不正是打工的时候吗？你怎么在家里呆着的。

他说，刚刚回来。从内蒙临河回来的。

我说：啊，临河我去过的，并随口说了几个地方。

他眼睛里露出惊喜，连忙说：就是就是，还描述了我说过的一个地方。那个地方有个什么楼，路是怎么走的。他这么说，大概是为了打消我的怀疑。他说的什么楼啊路啊，我也是不知道的，但为了表示他说的对，我就嗯嗯地应着。

我又问：那怎么不干了呢？

他说，工头把我哄了，把我们一卡车拉过去，等了几天，才说要收押金呢。我没有钱交押金，就没有活儿干，回来了。

这种事我相信。经常有这样的包工头，先把人忽悠过去，如果活儿少了，就设计很多门槛，打发走一拨人。打发走的，大多是那种没有什么技能、干粗活儿的，比如和水泥的人。

那你是怎么回来的呢？我问。

他说，走回来的。

我迅速地算了一下：内蒙临河到宁夏同心县，高速公路500多公里，再到预旺老家，大约600公里。问他：这么长的路，是怎么走回来的。

认不得字么，我就想了一个办法：一直沿着高速公路走。咱们这地方，不是在南边吗？白天，我就看着太阳，晚上我就看着星星，大方向错不了么。

他顿了顿，问我：你知道北斗星吗？我说我不太知道。

他就显得有些得意：那是定方向的么。有一个地方，路太乱了，我走着走着，觉得不对，看着星星，才把方向掉过来了。

我猜可能是立交桥让他晕头转向，但还是投给他一个赞许的眼光。

多少天才走回来？我问。

他算了好一阵子。说：15天，20天？最后，还是告诉我一个"月亮数据"：反正，走的时候是月牙儿么，然后月亮圆了，然后又扁了。

我悄悄在心里估摸一下：大概20天吧。

走路累不累？

他满不在乎地回答：那倒没个啥。又停了停说：就是吃不好。

"吃不好"是个什么概念？我思忖着。

他继续说，刚开始走的时候，我就估摸着路上要吃呢么，就从一起去的人那里要了些馍馍。走了两天就吃完了。没吃的，我就从路上的栏杆翻下去，一路上有庄稼地呢。地里有玉米，还能碰上西瓜。有时候偷偷到人家的庄院里，摘一些黄瓜、西红柿什么的。可是，有一天，我走了半天，前面是一眼望不到头的荒地，不见一个有人的庄子。吓得我不敢走了，又往回走，回到有人的庄子上。这次，我摘了好多玉米，又捡了几个空瓶子，装上些水。那不知是个啥地方，我走了两天，才又看见有人的庄子。以后，我就有经验了，展眼一望，前面看不到绿颜色的田地，望不到有人的庄子，我就不走了，先把吃的准备好了才敢继续走。

我猜，京藏高速内蒙临河至宁夏石嘴山段，有的地方是在戈壁中穿行，当然没有人烟。他这样来回折返，我估摸行程600 公里可能还不止呢。

以后呢？我继续问。

他显得轻松起来，好像从走路的行程中结束的样子：

也有好人呢。我走到中宁县，那天高速公路上追过来一个警车。从警车上跳下来几个人，我吓坏了，以为他们要拉我回临河呢。结果，看了我的身份证，问了我一阵子，那个老一点的警察就说：送回去吧。他们把我送到同心县，下了高速，我就走回来了。

他回忆起坐警车的时候，脸上显出由衷的幸福。

这天下午，我和西西聊了好一会儿。他显得不好意思了，说是大家都在干活，他要去干活儿了。我拉住他，悄悄问：你打工一天别人给你多少钱？他回答：30块。我说，我也给你30块，你一个人知道就行了。他也没有推辞。末了，我安顿他：攒点钱，学着认几个字呗！你还不到30岁，来得及的。现在政府还组织了好多培训，你再学上一门手艺。有了手艺，工头不会轻易把你使回来的，还能多挣点钱。他回答我：道理我都知道呢。可是，学认字太难了么。

学认字比走路还难。我听了以后，默然。

就在记述这个故事的时候，我刚刚收到全国社科规划办委托我审阅的一个国家社科课题，是研究贫困问题的，其中提到一个词——"贫困的代际遗传"。我恨恨地，只想把"代际遗传"这几个字抠掉。

走迁户

这是一个关于移民搬迁的故事。

宁夏南部山区，通常被称为"西海固"地区。这个地方，沟壑纵横，干旱少雨。为了解决当地群众的生产生活问题，也为了解决当地人口过载造成的生态恶化等问题，政府采取了一项措施：移民搬迁，把西海固的农业人口搬迁到宁夏北部引黄灌区以及其他近水近路的地方。

实际上，在移民搬迁成为政府的一项决策之前，老百姓早就投亲靠友、走各种门路、利用各种机会，开始向外搬迁了。后来，有人就创造了一个词："自主搬迁"。

距银川市很近的一个地方，有个国营农场。改革开放以后，国营农场的经营机制也搞活了，土地承包给了农场职工。很多农场职工因为年龄大等多种原因，就把地租给山区的农民。

不过几年时间，拉拉扯扯，七大姑八大姨，人越来越多，国营农场就成了山区农民的世界。

这引起农场的注意。领导过来一看，这成啥了嘛！坚决清理，统统撵回。

可是，地种了这么多年，房子也盖了，人多势众，问题就不那么好办。这边清理，那边农民就聚集在自治区人民政府上访。

政府一看，撵回去肯定不是办法。最后英明决策：干脆把这个国营农场划出来，办一个移民区，让不合法的事情合法化。统一规划，统一组织搬迁。原先是非法移民，现在合法了。

听说还要组织搬迁，消息传回山里，一些早就想搬迁的人高兴了。先前害怕被撵回来，就没敢去。现在好了，一定得抓住这次机会。

可是，想搬迁的人太多，政府就定条件、分指标。这里边的事情复杂，就不说了。

有个马老汉，七十多岁了，家里七口人，也想搬迁，也递了申请，但没有分到指标。眼见有指标的人轰轰烈烈地准备搬迁，日子都定了，于是，就一层一层地找，也想要个指标。

找到村上，村上说就那么几个指标，都是有"下数的"，啥下数？村上干部不敢明说，都知道这个马老汉是个"二成人"，万一说漏了，找麻烦。就很隐晦地说：都想搬迁呢嘛，搬谁不搬谁，最后还是上面定的嘛，上面有话呢。完了又出主意：你找上面去，上面肯定有办法，一半个指标嘛，那还不是上面一句话？村干部一句一个"上面"，马老汉还是听懂了。于是，就一个上面、一个上面地找。

先找到乡上面。乡上的领导很热情，对马老汉说了一些鼓励的话：唉，就是要搬出去呢嘛。可是，你看，都是找我要指标的嘛，我哪来的指标嘛，指标都是县上控制的嘛，县上要是给个指标，哪怕就一个都给你。末了，给马老汉出了个主意：县上是赵县长管着呢，那个人好得很，像你这个情况，他肯定答应。

马老汉听了很感动。县长又不认识，就一连几天在县政府门口候着，还真候着了。

说明来意，县长很痛快，问你是哪个乡的？之后就说：你回去，我给你们乡长说。

马老汉一听有门儿，就回到乡上。

到了乡上，乡长一见面就埋怨：你咋个说的嘛！赵县长把我提娘叫老子地日嚼了一顿。你咋这么个老汉嘛，你咋把我卖了嘛，你给县长说的是我让你找县长。好好的一个事情，说坏了嘛，办砸了嘛。唉，你这个老汉。

马老汉就讪讪地，一脸的没意思。转身就回去了。

一路走，一路想。村上、乡上、县上，一张张领导嬉笑的脸，一会儿觉得都是好人，一会儿又觉得都不是好人。想来想去，想不出个所以然。马老汉就有了主意。

回到家里，一家人都围上来，问事情办得咋样？

马老汉说得很干脆，言简意赅地说：咳，好得很么。真个遇上贵人了，事情办成了。县长那人好得很么，亲自接待了我，一家人就都露出崇拜的神情。

接着，马老汉郑重宣布：咱们这么个，明天就开始准备。又很神秘地说：这个事情不能说，指标紧得很嘛。村上人谁问，就说走南边，到亲戚家托肚子去呀。

一家人就开始准备。也没啥可准备的，不过就是烙上一袋子馍，当做路上的干粮。算好日子，所有的家当收拾起来，装了一架子车，还好家里有个毛驴，套上车。天还没亮，一家娃娃大小七口人，赶着毛驴车出了村，北上，直奔国营农场移民区。

大冬天，400多公里，走了七天七夜。凉水就着馍馍，咬一口全是冰碴子。娃娃一路哭，大人熬得眼睛通红，个个都像个野人，但倒是没出大毛病，都好着呢。

可毛驴没有钉掌，把蹄子走坏了。

到了国营农场，负责搬迁的干部、各个乡上坐着大卡车的搬迁户早就到了。马老汉就去找负责的干部报到。

干部拿出花名册翻了半天，说没有你这一户人。马老汉说，我是县长亲自答应的，你去问县长。干部半信半疑，又不敢造次，就说那我问县长。

过了几天，干部来了。说，马老汉，你哄谁？县长说没你这个人。

马老汉这回一反常态地不好好说话，脖子一梗：县长说没我，那就是没我，那你看咋办。反正我就两条：要不你给我分地，要不你送我们一家大小去坐大堡子（监狱）。你要我回去，我就死在这儿！又比比画画地说：一家大小，来的时候就差点儿死在路上了，反正是个死，死就死了算逑！

干部一听这老汉一句一个"死"，只好来来回回地协调。最后，县政府办传来县长指示：一定要坚持原则，一定要保证不出任何问题。干部嫌指示不具体，还要请示马老汉的事。接电话的人就很不耐烦：原则清清楚楚，你还问啥嘛！你能干就干，不能干算逑，后面接着一顿骂人的粗话。

干部没办法。原则要坚持，又不能死人，两相权衡，还是死人的事比原则大，只好给马老汉分地，同时，给工作组的人下了死命令：谁要再提马老汉这个事，我和谁过不去，也学着县上的人骂了几句粗话。

十多年过去了，马老汉一家已经盖了新房，日子过得也不错，很可以的。有个记者写了一篇好文章，主题是颂扬人民群众艰苦奋斗改变自身状况的精神，文中的重点事例就是马老汉，但马老汉是怎么来的，就作了巧妙的回避。

我因为一个偶然的机会，也是见过马老汉的。他当时已经八十多岁了。鉴于他的故事差不多已经家喻户晓，见面的时候我就没提。我只是搭讪着问他：搬迁过来多长时间啦？日子怎么样啊？

马老汉一丝不苟地回答了我的两个问题：

过来十年啦。

别人是搬迁户，我是走迁户一个。我的光阴是走下的。

走迁户？我怔了怔：这真是一个执拗的人。

吆　牛

山里是个苦焦地方。生产队那会儿，人哄地、地哄人，年年吃着国家的救济。改革开放也就刚刚一两年，肚子倒是吃饱了。但旱地就那么个情况，再怎么伺弄，干旱是改变不了的，粮食收成已经到了上限。针头线脑，柴米油盐酱醋茶，想把光阴过得好一点儿，还得另外想办法。

——何况，家里如果再供养学生，那就不是种几亩薄地能够对付的了。

保老汉现在就遇着这样的问题。家口大、人多，现在还要供养一个大学生。

1979年夏，孩子接到大学录取通知书那会儿，一家大小高兴，庄子上的人也"恭喜恭喜"地祝贺，保老汉着实高兴了好一阵子。东挪西凑了六十块钱，好不容易打发走了，想一想这才一个学期，大学四年八个学期呢！

家里的日子还要往好里过，就守着这几亩薄地，肯定也不是办法。

思来想去，现在政策松动，能够做生意了，这才是出路。生意并不难做，何况新中国成立以前，自己就是养羊养牛的行家，对这一行再熟悉不过。保老汉再想想自己，虽然村里人"老汉老汉"地叫，实际才56岁，觉得自己身体还硬朗，还能好好地干它几年。

打定主意，保老汉就开始准备。先把家里搜腾了一遍，只有5块钱。5块钱咋个做生意，保老汉有办法。

到生产队，开个介绍信。介绍信上写：

> 兹有我生产队　　到贵　　生产队购买耕牛，请接洽。

第一个空白处留着写人名，第二个空白处留着写所到的生产队地名，都留了很大的空间。保老汉打小读过私塾，识文认字，到时候根据情况自己填写。然后，盖上红印章。

背上干粮，还有"水别子"。拿上一根棍子，既挡狗，也是拐棍。

一路向东南甘肃环县走，全是山脉岭梁、丘陵掌区、川道沟台、零碎残塬。走到哪儿，住到哪儿，只借宿，不吃饭，吃自己带的干粮。

第一次走了两天，就不再往前走了。到庄子上，拿着介绍信，一户一户地打问有没有耕牛可以出售。人民公社那些年，社会管得严，很少有骗子，更没有拿着红印章的骗子。现在刚刚包产到户，大集体解散，户户人家都缺耕畜，收购耕牛也是实情，再加上民风淳朴，大家都相信。谈妥了价格，再多加几块钱，又谈赊欠。约定两三个集日、6~9天时间，一准儿到预旺把钱拿到。竟然都谈成了。

吆着牛，一路放牧、一路行走，返回的时间是去的时间一倍还多。正好赶上集日，把牛卖掉了。一算账，每头牛能挣10多块钱，这回一共挣了50多块钱，差不多可以买半条牛了。出门时候5块钱的本钱还在呢，一个子儿都没花，本钱就是自己走路。

有了这次经验，下次走的就更远了。生意有赔有赚，但总体上是赚的。不管生意是赚还是赔，谁的钱也不会拖欠。

从夏天到秋天，一直在环县一带行走，保老汉就把自己走成了一个传说。环县一带的老乡都认他。那些年，商品交易不发达，穷乡僻壤的老百姓更是没多少商品交易意识，看见保老汉过来买牛，价钱公道，人又诚信，就主动提供讯息。

几个月下来，保老汉发现不靠赊欠也能吆牛了。赊欠加现金交易，多到一次可以吆数十头牛。于是，带上自家的儿子一起吆牛。每次和老乡谈价，让儿子谈一个，谈亏谈赢，都由儿子作主。儿子第一次谈价，就赚到了钱，保老汉就说：下次你就知道了嘛！下次谈价，到市场上一转手，反而亏了，儿子志恝不安，保老汉还是那句话：下次你就知道了嘛！几次下来，儿子也渐渐变成内行。

村上的人看着眼红，也要跟着保老汉吆牛。保老汉答应，带着大家一起走。这回走得更远，越过环县，一直走到镇原。

从早晨出发，一路不停地走，除了吃一次干粮，稍微缓一缓，第一站一直走到第二天天大亮，走了十七八个小时。保老汉的儿子后来回忆说：走路还行，就是瞌睡得不行，走着走着就跌个跟头。和村上的人拉开好长距离了，我就想着缓一缓、等一下呗，可父亲说不行，你一缓，他们上来了跟着要缓，就松劲儿了，啥时候才走到呢？办光阴，吃不了苦，咋个办法？

一路走，图的是省几个钱。老话不是说过：省下的就是挣下的。另外，回来的时候，牛一路要吃草，要饮水，要扎站，顺便把这些也看好了。

——我就是当年上大学的那个学生，保老汉是我父亲，那个孩子是我三哥。

我曾怀着愧疚的心情，打问父兄这一路的行走。父亲说，光阴不就是苦下的嘛。你不是也在吃苦？现在开放了，国家政策这么好，世道平安，一路上也没有土匪，还差啥呢？又说：

　　　　我爷，就是你太爷，那时候推着一个推车子，从固原硝河往咱们这山里贩盐呢。推车子你是没见过，不像现在这架子车是胶皮轱辘，推起来吃力得很么，还要装上几百斤盐。走的那个路，都是山里的一脚路么。最苦的还不是吃力，是没水喝。他要住店，店掌柜的不要，说的是：推推车子的不要，他们太能喝了。唉，把血都挣干了么。

父亲又开始说古话了。他说的这个事，距今大概一百多年了。

我写完上面几个故事，突然想起在某个节日里听过的一个讲演：

众人呐！一切的人都要行善。凡不善行的人都会下地狱。地狱的苦难有多大？他们白天跟着太阳走，晚上跟着月亮走。一直要走，一直把一双脚要磨掉。

原来，地狱里最大的苦难是行走。

纪事短章

黄　暗

正午看着是很好的天气，阳光灿烂，正适合打场。但今天不是去打场，而是去场上做一些收尾的细活儿，主要是用筛子筛，用簸箕簸，把粮食拾掇干净，装进口袋。下一步就可以肩背、架子车拉，拿回家中储存。拾掇粮食这种活儿，一般都是家庭主妇去做。吃过午饭，母亲带着我就到场上了。我的主要任务是打下手，比如，粮食装袋的时候帮着把口袋撑开；来来回回当"小跑"，帮母亲递个工具，等等。

下午四五点钟，天色突然有了些变化。先是有微风刮过，风，显得有些怪异，是一股独独的风，伴着尘土，邪喇喇地刮过来，很凉很硬的那种感觉。

母亲抬头望望天色，加快了手中的活儿，并随手拿起一个用芨芨草编织的小背篼，在里面装了一些要带回家的东西让我背上，然后说："你回家吧。"再顾不上多说一句话。

家距离场上并不远，我背起背篼就走。

半道上，抬头望望西北方向的高山，黄色的土雾高耸如一堵墙，海浪一样往下翻滚，越来越近。

"坏了，妈妈还不知道呢！得赶紧回去告诉她。"我一路跑回场上，气喘吁吁地指着山边告诉母亲。

可是，翻滚的"土墙"比我快。场已经完全淹没在黄色的沙尘中。大白天，却像是黄昏的样子，天地笼罩在一片沉重的暗黄之中。

母亲一把把我揽在怀中，用大襟子衣服把我盖住，一边说："哎呀，吓着了。"自己却完全暴露在风沙中。

可是，我确实不是因为害怕才跑回来的。我太小，只有六七岁，还不知道害怕，实在是为了报信儿才回来的。

躲了好一会儿，天色还是那么黄，但风头已经过去，风力小了许多。于是，母亲压好场上的粮食，拉着我的手回家了。

回到家，母亲说："黄暗了。把娃娃吓着了。"又说："看着天气不对了，叫他先回去呢，咳！"脸上充满歉意。"黄暗"，母亲读为"huang nan"。

我问什么是"黄暗"。母亲说："有'黄暗'，还有'黑暗'（母亲读为 hei nan）。'黑暗'的时候，大白天窑里都要点灯。"

长大后，知道了这就是人们常说的"沙尘暴"。一直以为，"黄暗""黑暗"应该是"黄难""黑难"；"难"，灾难。后来也才知道方言里是把"暗"读为"nan"的，类似的字还有很多，如"安全"读为"nan quan"，是一种带有规律性的现象，但总觉得从语感、语义、语法来琢磨，还是"黄难""黑难"更贴切。暗，是一个动词，李白诗的一句"亭午暗阡陌"（《古风其二十四》），如果单取夸张的含义，颇为应景。

叫　魂

　　叫魂，旧时中国信仰民俗。流行于全国大多数地区。各地方式不一。

　　婴孩儿童若惊吓所致，以致魂不附体，此时即须叫魂收惊，使魂魄归来，除病消灾。

　　叫魂是母亲的专利，一般都在晚饭前后。

　　"叫魂"是用一种儿童化的语言，以消除孩子的恐惧心理。

　　　　　　　　　　　　　　　——摘自《百度百科》

又病了……

这次的病来得凶险。母亲看着我，但见呼吸困难，高烧不退，喉咙里发出哮鸣，担忧地说："怕又是胸喉。"

迁延几天，仍然不见好转。找来了邻村的赤脚医生杨大夫。杨大夫打开背挎的医用箱，从箱子里取出仅有的医疗设备——体温表，量了量体温，惊叫："40 ℃！"但还是蛮有把握："先退烧，打两支柴胡就好。先打一支，晚上我过来看情况。不行就再打一支。"接着，从药箱里拿出柴胡注射液，肌肉注射。

晚饭时候，杨大夫过来看看，量体温，又注射一支柴胡。

高烧仍然不退。第二天杨大夫过来又看看，皱了皱眉头，就回去了。家里人再过去请，杨大夫说是没有药，又建议到公社的卫生院去看。

母亲一遍遍用凉水浸透毛巾，放在我的额头上降温，又一遍遍催促父亲想办法。

父亲找来一只吃饭用的旧瓷碗，磕碎，从中挑出一片有刃的瓷片，又让母亲找来一只罐头玻璃瓶作拔火罐的工具。然后，用瓷片在我左胸前割开一个小口，对准切口拔上火罐。一会儿，一团紫黑色的血，流进罐中。

傍晚的时候，三哥牵来一只黑山羊。父亲宰羊，迅速地剥皮，羊皮保持着余温，迅速地裹在我身上。

昏睡了一夜。早晨起来，感觉退烧了。走出窑洞，在大门外晒太阳。

但是，我发现，出嫁的姐姐、在外工作的哥哥都回来了。迟到的他们，是闻讯来送葬的。

……

又头疼了。

头疼欲裂太阳穴不停地跳，每跳一下，疼痛加剧一次，恶心一次。

莫名其妙的疼没有征兆，没有症状，不见发烧，不见跑肚，就是疼。

疼到天旋地转，意识恍惚，呓语不断，不停地呻吟。

朦胧之中，听母亲说："怕是魂丢了。"找来家里的其他人，详细问今天去过哪里、脚底下踩过什么不洁净的东西。传说中的几个地方，比如"暗子湾""烧人沟"，有冤魂出没，阴气重，是"硬"地方，小孩子煞气软，是不能去的。走路不能踩到不洁净的东西，比如，死人的骨头，等等。

问过了一遍，母亲思忖着。黄昏时、晚饭前，她抱着我到大门口，说是要"叫魂"。

我不记得"叫魂"的方法，只记得母亲一遍遍的呼唤声，充满着哀告和祈求：

"蛋娃儿噢，回来……"

父亲似乎对母亲的举措不以为然，但也没说什么，反而很配合。

回到窑洞里，继续躺在炕上。父亲过来看看，而后，煤油灯下，又拿出常常诵念的小本本，一边念，一边在我身上擦拭。我半闭着眼，煤油灯光一闪一闪，在窑洞壁上投下忽明忽暗的影子。窑洞里显得静谧，朦朦胧胧中睡意袭来……

睡到天大亮。清晨，母亲过来摸摸我的头，问："头还疼不？"我晃晃脑袋，感觉轻松。昨天的头疼欲裂，似乎是遥远的事。我还说，晚上擦拭的时候，好像很多影子晃来晃去的。

母亲赶紧把我的话告诉父亲。父亲脸上露出不易察觉的笑，神色有一些胜利者的骄傲，还有一些愤慨。

1978 年的宴席馒头

哥哥结婚的日子是早就定下来的，在农历十月初八，公历 11 月 8 日，星期三。我惦记着吃点好的，惦记着家里的热炕……所以，早早地盘算着如何从学校回家，包括怎样赶完作业、怎样给老师请假、怎样来回折返，都盘算好了。

周三上午的课结束，顾不上吃饭，我背起挎包从学校就往家奔。三十多里山路，跑惯了的，大约三个小时就到家了。

家里真是热闹。流水席正在进行，大门口站着德高望重的亲戚，不停地招呼客人。

来人不停地说着"恭喜、恭喜"，让客的不停地回礼。这种场面我见过，到娶媳妇的人家上礼，叫"恭喜"；到出嫁女儿的人家上礼，叫"添箱"。父亲在大门口客气地送别客人，显得悠闲而知足。客人们说着惯用的客套话："卸担儿啦，卸担儿啦！"父亲照例回应："好、好、好，好么。"

可是，我不是看热闹的。我惦记着吃。饥肠辘辘再加上院子里四处飘散的香味让我有些恍惚，没有更多地停留，几乎只是一瞥，我一头冲进伙窑里。

伙窑里人挤人，是女眷们的天下。姊妹们、嫂子们，还有远道来的亲戚们挤满了一屋子，几乎没有下脚的地方。炕上放置了好几个炕桌，临时充作厨房的倒台。几个大男孩从门口接过屋子里递出来的盘子，在伙窑和院子的帐篷之间忙忙穿梭。

　　母亲正在忙。看见我，眼缝里都是笑，但说出的话却漫不经心："噢，这个回来了。"上锅的姊妹、嫂子一起起哄："妈就扯心她的老（方言：最小）儿子！"

　　还在做着流水席的烩菜，仅有的两个灶眼，一个火烧得很旺，不停地烩菜；另一个只是煨着些柴火，好让肉汤保持着温度。清粉、焯好的青萝卜、泡好的木耳、粉条，用肉汤烩成一大锅，舀一碗，搭上熟肉片，撒上香菜、葱花、青红辣椒丁。五彩缤纷，香气四溢。

　　我不停地咽口水，但只能故作镇静，斜跨在炕头的空处，默默地坐着。必须先尽客人，这是规矩。母亲也好像把我忘记了，只是快快地干活儿。

　　突然就出现了流水席的间歇。客人都是一个庄子一个庄子相约着来的，待客就像迎接一个一个不期而至的洪水的波峰。此时，出现了波谷。厨房里也安静下来。

　　母亲取出一块生肉，快速地切成肉丁，下锅翻炒，然后加上泡好的粉条，一盘小炒很快做好了。她取出一只大碗，盛上雪白的大米饭，把小炒直接扣在米饭上，使个眼色，让我到伙窑的角落处，把碗递给了我。

　　从来没有吃过这样好吃的东西！在1978年之前，确切地说，此时此刻之前，我是没尝过雪白的大米饭的，黄米、小米、高粱面、玉米面，已经粗粝了口舌的感觉。米粒怎么能如此光滑？小炒怎么那么香？于我是史无前例的。1978年的大米饭和小炒，是一个里程碑，变成我永久的回忆。假如写一部个人饮食史，这将是高原上的高峰，永远不能再抵达的顶点。

小炒显然是独一份，是专门给我做的。吃着饭，耳边还传来姊妹们的起哄："妈就偏心她的老儿子。"

第二天，必须返校了。母亲取出我的挎包，装了三个白面馒头，是农村过喜事的那种大馒头，每个足有一斤重。待客的时候，都是把馒头切成片，装在碟子里端上席的。

平常，每周返校的干粮大多是麸面的烙馍，还有杂粮面饼。这次还有两天多就到周末了，带三个大白面馒头，我觉得自己有点儿过分了，从挎包里取出两个要放回去。一遍一遍语无伦次地给母亲解释："今天礼拜四，明天礼拜五，后天礼拜六，两天就回来了。多了，吃不了，一个就够了。"

母亲不容置疑地重复："拿上，你拿上！"我还是不断地推脱、解释。突然母亲就生气了，说话的声音也提高了："拿上！你这个娃娃，一老儿（方言：总是）给家里省着呢嘛，你一个人能省多少？"说着说着，眼泪就出来了，声音变得哽咽……我低下头，接过挎包就走。出了门，走出几十步，妹妹气喘吁吁地追过来，塞给我两块钱，是她在婚庆时候得到的开箱的喜钱，不知出于母亲的授意还是她的自主。

回头望一望，见母亲还在大门口站着。背过一道弯，看不见庄院了，我蹲下来双手擦眼泪，让自己哭出声来。

妹妹后来说，我离开后，母亲哭了，很"难心"（方言：难过、伤心），只是我也没看见。

远行的衣装

大学的录取通知书是生产队赶集的人带回来的。想想都后怕，万一寄丢了呢？

1979 年，方圆几十里出了一个重点大学的大学生，对我们家来说是天大的喜事，家里洋溢着喜庆的气氛。母亲的高兴劲儿还没起来，担忧就开始疯长：西安啥地方？远不远？天气啥样子？大学吃啥？这么碎（方言：小）的个人会不会受别人欺负？

父亲似乎胸有成竹："西安大地方噢，热得很噢。他爷那时候说过，他们到那个地方当麦客，掌柜的把麦客领到地头上，看一看麦子，说：'你们先缓一阵儿，再等上一会儿，让麦子再黄一黄。'啧啧，缓一会儿麦子就黄了，你看热不热！"又拽了几句文："长安虽好，不是久留之地；八百里的秦川，不抵董志塬的边边。"

母亲觉得父亲的这些话没有多少参考价值，而且，越说越远。她操心的是我远行的衣装。

于是，母亲开始筹划。分配给父亲的任务是打毛袜子，就是织毛袜子。父亲开始翻腾着找羊毛，找"拨吊子"（一种两头细、中间粗的简单纺织工具），让我打下手纺线。纺好线以后，父亲开始打毛袜子，这种活儿历来都是父亲的专属。

母亲亲自到集上买其他的。在集上，认识的人就过来道喜，不认识的人也在后面指指点点："唔，人家的儿子考上大学了。"

要准备的东西还真不少，缝床新被子、新褥子、扯一条新床单，做一个新枕头，再做一件新外套、一件棉衣、一件新衬衣、一条新裤子、一双新鞋……。赶完集，就没有回家，住在二姐家。

二姐夫是公社的干部，二姐家正好借住在中学的院内，邻居是学校的校长。大姐家也在镇上，大姐家有缝纫机。母亲是要两个女儿帮忙。过了几天，能想到的都准备停当了，特别是新缝制的裤子，在裤腰的里侧缝制一个隐蔽的小兜——怕遇上小偷，把钱偷了去。

随后，母亲带了个口信来，说是要回来了。我一大早从家里出发，到镇上接母亲。家里也没有什么急事，我在镇上逗留了两天。第三天午饭后，伴着母亲回家，走上熟悉的三十多里的山路。

一路上，我背着母亲为我准备的新衣装。我看着母亲，她还是穿着旧衣裳——老式的大襟子旧衣裳。

母亲说："这几天看见你二姐隔墙子（方言：隔壁）的人了。"

"是我们校长。"

"不是，是一个女子。长得攒劲的。毛辫子长长的。"

"认不得。"

"咋认不得？人家说和你是同学呢。"

我想了想："噢，那是校长的亲戚，我们一个班的。"

母亲说："昨天她看见你了。我不是在门口送你嘛，你走了以后，我还在门口站着呢。她过来了，问我你是我的啥人，我说是我儿子。她说，是你的儿子？连连问了两遍。"母亲模拟着，把"你"字咬得很重。

母亲看着我，有一些自豪，呵呵地笑："你看我能养下这样的儿子吗？"也把"你"字咬得很重……

这同学，以衣帽取人，让我生气。继而又想，也许不过只是单纯表达一种惊讶，口不择言而已吧。

离家的时候，母亲拿出给我做的新衣裳，我却没有穿，还是穿旧衣裳。

母亲说："咋不穿新衣裳？还省着呢吗？"

我说："穿脏了咋办呢？到了学校衣裳脏了，洗了也一下干不了。"

母亲深以为然，赞许我的深谋远虑，又急急忙忙在旧裤子的裤腰里侧缝制一个隐蔽的小兜。

火车上人挤人，一路站着。车行中途，车厢里突然多了一些衣装如我脸上脏脏的小男孩。比较而言，我可能只是脸洗得要干净一些。乘务员来回巡查，眼睛瞄着这些小孩，提醒乘客看好自己的东西。

我远离这些小孩，挪到另一节车厢，找一处尚能下脚的地方站着。这节车厢的乘客有点儿与众不同，穿着都很整齐。

　　旁边一个人眼瞅着我，问："弄上几个没有？"

　　"什么？"我纳闷。

　　"装！"他提高声音："我——是——说，偷了多少了？"

　　原来是这身旧衣裳惹的祸，这个社会上的人都是拿衣帽取人。我也加重声音，一字一字地告诉他："我——是——上——大——学——的！"

　　"拿你的学生证给我看。"

　　"没有学生证。"

　　"哈哈，哈哈，就说嘛。"

　　"给你！"我拿出录取通知书。

　　"××××大学"。他读出声，反复地看通知书，反复地打量我，半信半疑。

　　"挎包里装的啥？"

　　我翻开挎包，拿出厚厚的《辞海·语词分册》，这个年代没有多少人有的大型工具书。

　　他终于相信我是大学生。夸张地呼唤同伴："过来看啊，这个小孩是大学生。"又指示同坐的另两人使劲挤挤，挪出一点儿地方让我坐。

　　他瞅着我，不停地感叹："这么小啊！这么瘦啊！多大了？"

　　"十六岁。"

　　"有多重？"

　　"八十多斤。"

他伸出手摸摸我的衣襟："家里穷啊?"

一袭旧衣，刚才还是流浪汉、小偷的标志，刹那间变成贫寒出人才的佐证。

大学的每个假期里，母亲都重复着为我增添新衣的活儿。慢慢地，我有了从商店买的夹克衫，有了从商店买的裤子。

每次回家，母亲都细细地翻看我从商店买的衣服。她抚摸着我的夹克衫，很惊讶："嘿，男人的衣服还有掐腰的。"将了将我的长裤，是裤腿翻边的那种，说："这怕是容易装土的。"每看过我的衣服，都感叹："啧啧，还是公家的东西做得好。"称赞机制衣服针脚细致、匀称，式样好，合身。从此，手工缝制的衣服逐渐减少了。

那年夏天，我从大学毕业，路过平凉市，用学校发的安家费买了生平的第一双皮鞋，是当时最洋气的那种棕色的"三接头"。舍不得穿，放在背包里，回家拿给母亲看。又从书包里拿出受同学鼓动在西安钟楼一家照相馆拍摄的照片，照片上的我，一头卷发，浓密而杂乱，穿着照相馆的西装，打着照相馆的领带，还有照相馆里雪白的假衣领，套在母亲手工缝制的衬衣上。

母亲细细地端详。问我："这是什么衣服?"我回答："西装。"

母亲说："好看!"又幽幽地说："以后啊，你有工资了，衣裳自己买去吧。"

我不知道该怎样回应母亲的话。

第二天一早，我理掉长得有些长的卷发，剪个寸头，穿上每次回家以后都穿的旧衣裳，都是母亲手工做的。

衣裳又旧了些，但干干净净，洗得发白，叠放得整整齐齐。母亲知道我回家，早准备好了的。

打　信

今天家里的气氛有点儿不一样。

母亲很早就起来了，确切地说，是一夜没睡。把屋子收拾得干干净净，生火，烙干粮。烙好了白面的干粮，整整齐齐地码在锅台上，等着晾凉装进我的挎包里。做好了肉臊子，擀了面，只等一会儿划成长面。又拿起芨芨草的长扫帚，把院子扫了一遍。昨天下午刚扫过的，早起又扫了一遍。

干完了所有的活儿，母亲好像还是停不下来，转来转去的。

嫂子、妹妹跟着母亲转圈圈，但插不上手，我就想起一个多义的文言词："逡巡"。用在这里很不恰当，但主要是取"恭顺貌""迟疑""犹豫""小心谨慎""徘徊不进"等意思。嫂子、妹妹到伙窑，看见母亲把锅上的活儿都干完了，说："还早着呢嘛。"母亲就说："你们没事（方言：不行）噢，谁养的谁疼呢嘛。"

父亲在院子里转悠，进门来看到我和哥哥正在打包，觉得也没啥说的，又走出屋子，在院子里转，不急不躁。

今天，我要出远门，到西安去上学。

要走了，一家人在大门口送。母亲一会儿盯着我看，似乎是要把我装在她的眼眶里，一会儿又向山上眺望，目光迷离不安。

父亲看看我，说："打信啊！"又看看母亲，像是安慰又像是自言自语，"打信呢嘛。"

当民办老师的哥哥推来自行车，这是一大家子唯一的一辆现代运载工具。大家将行李包裹放在自行车的后座上，七手八脚地捆绑结实。山梁沟岔上坡的时候，我和哥哥推着走，到了平路，哥哥让我坐在前架上，一路骑到镇上，送我上班车。

我坐班车到县城。从县城搭车再到下一个县城。第一次坐渡船，过黄河到火车站；第一次坐火车到兰州，从兰州中转到西安。

三天三夜，饿了，就吃母亲烙的干粮，一路周折，中午到西安火车站。广场上，各大学的校车在接新生。到校，对接我的是高年级的同学，中文系78级的，还是老乡，帮着我办好手续、找到宿舍。一个宿舍住七人，摆四张架子床。我是第一个到宿舍的，老乡直言我"抢占"靠窗户的下铺。一会儿，过来带我去吃饭。吃完饭，又送我到宿舍，还坐了坐。临走时，有点担忧，皱着眉头说："你太小啊，不行啊。"安顿有什么事可以找他。

天空还在下着绵绵细雨。中午到西安就迎上了雨，到现在也没有停歇的意思，空气沉重得让人透不过气来。

床铺当凳子，我趴在宿舍唯一的一张书桌上，拿出稿纸开始写信。先盘算一下：信要写得尽量通俗易懂，读起来好让家里的每个人都听得懂。写一路的流水账，但都是新鲜事——渡船那么大，竟然把班车也渡过去了，我站在渡船上，有的乘客甚至没有下车。黄河真宽，但是，黄河的水却让人失望，不是地理书上说的那么水势磅礴。火车那么长，大转弯的时候，扒在车尾的窗户上看车头，像长虫（方言：蛇）一样；跑那么快，可水杯放在茶几上水都不会洒出来。学校里到处是树，都是绿颜色，西安这个地方雨真多，这样的雨下在老家就好了。西安的人说话和我们老家也差不多，但有些话不一样，特别是把"我"说成"饿"……信的最后，报告自己一切都好，家里不要担心。可是，还是留下两个字：想家。

写完信，装在印有学校字样的信封里，又手填了"79级二班"的具体通信地址，跑到西门口的邮筒投递了进去。

离家以后，父亲就计算着时间，等着我的来信。

过了一周，不见信来。母亲过来问，父亲就嘲笑母亲没有见识："哪有那么快的？"

第二周，也不见信来。父亲说："差不多了，跟集的时候看看去。"

第三周、第四周，信还是没有来。半夜里，父亲吓醒了，从炕上坐起来，自言自语："哎，这个娃，碎糟糟（方言：

小）的，总没丢了吧?"母亲就开始埋怨："那么碎的个娃娃，你也不送给下。"——寒假我回家，母亲说起来，反过来嘲笑父亲："你老汉家，呵呵，也有着急的时候。"

一个月过去，终于等到来信。父亲写回信。信写好，等到一个逢集日，顺便到公社的邮局里再投递。

我接到父亲的回信，也差不多要一个月的时间。

没有回信就不写信，把想家的情绪压抑着，把思念积攒着，等到父亲的回信以后才急急地写。

第一个学期，日子那么漫长，但只是打了几封信就结束了。

准确得知学校放假的时间，不等父亲的回信，就写一封信，告诉哪天我可以到家——这是母亲最关心的，她要在我回家的第一天，做一顿我最想吃的。而往往信到家的时候，我也到家了，或者是我到家了，信还在路上。

好不容易挨到本学期即将结束。得空我去西安市内走了一趟，浏览了大城市的风貌，到大商场里转悠，估算着兜里的钱，盘算给家里带点什么东西。

在西安最繁华的钟鼓楼，找到一家大的药店，坐堂的大夫慈眉善眼、口舌利索。我向他描述父亲的腿疼、母亲经常性的头疼。大夫根据我的描述，推荐一个电磁仪，是用电池的那种；推荐了治疗头疼的药片谷维素。出药店门的时候，大夫又叫住我，说："你说的你妈的那种情况，我看不就是个神经性的头疼嘛，谷维素按照说明书服用，疼得厉害的时候，吃一片去痛片不就解决问题了嘛。你们那儿咋那么落后。"我问什么是去痛片，大夫好像见了外星人，又找不到更加通俗的表达："就是去痛的药片嘛！"我不知道还有把疼痛去掉的这种"神药"，脑子里出现幻象：一个神怪，就像剥茧抽丝一样拿掉了人的痛。我和母亲的头疼都是家里的老大难，于是赶紧买了好几袋去痛片。

放假的时候，学校给退了假期的伙食费，十七块钱。师范大学包学生的伙食，这也正是我选择的理由。加上自己攒下来的钱，只留下回家的路费，倾囊给家里买了三床棉絮，这个地方出棉花，棉絮又白又好。又给妹妹买了一斤水果糖。

早就瞄好了班里的一个同学，他是大城市来的，有一台当时最流行的砖头块收录机。我借了他的收录机还有邓丽君的磁带，想带回家让家里人见识一下。

但这些事情，我在给父亲的信里，只字没提。

背着三床棉絮上火车，体积确实有点儿大，无论如何小心翼翼，都会蹭着乘客，惹得他们很不耐烦，甚至是憎恶。

回到家，母亲给我端上在火炕的余火中烧好的土豆——是我在学期末给家里的信中说的最想吃的东西。土豆个个大小一样，放在木盘子里，显得匀匀称称，火候也刚刚好，表皮亮黄亮黄的。我吃得很香，可是母亲很不满意，我要吃的和她想让我吃的，太不一样，可只能按照我说的做。但念叨了好几遍："这个嘛，有啥吃头嘛。你属你舅舅的吗？洋芋癖吗？"

母亲细细地摩挲着那三床棉絮，夸赞陕西到底是大地方，有好东西，又怜惜地说："你又没有钱嘛，以后别买了。"

家里的人，都围坐在一起，听着收录机里传出的女声。我让每个人说一句话，录音然后放音，匣子里传出他们刚才说的话，每个人都惊讶，觉得不可思议。

第二天，父亲拿出不知从哪儿得到的一本书，说他看得似懂非懂，指出一节要让我讲一讲。我翻看了一下，里面的文辞半文半白，是晚清及民国时期的那种，这倒难不住我。我认真阅读一过，心里默记下来，然后合上书，用地道的老家话概述一遍。父亲大大地夸奖了我一番："真格说得好，就像能看见一样，就像我们这个地方发生的事情。"

寒假结束返校，第一件事还是打一封信给家里。突然想起上学期末的最后一封家信，突然就开窍了：接不到父亲的回信，我也是可以写信的呀。

大喜！于是就多打几封信。可是，新的问题出现了，书信里，我和父亲的问答对不上号，有些混乱。要问的事，父亲回信说过了，但这封信还在路上。没等到他的信来，我在第二封信中又重复了一回。下次父亲的来信中就问："我上次的信你没收到吗？"

于是，又恢复到原先的往而来、来而往，一来一往。但保留学期即将结束时告诉家里几时回来的那封。

1980 年 3 月，大学一年级第二学期，父亲第一封的回信中专门写了一段："你是我的孝子呐。那个治腿的，我老用着呢，腿好多了。俗话说，人老先老腿，可是我这个腿疼得有点儿早。我是你爷爷五十岁养的儿子，人老了养的儿子不行。你妈吃了你买的药，再没有头疼。"

我后来知道，父亲说腿好多了的话，不过是褒奖。母亲给我打了一个"小报告"："用了几次，就再不用了。"但母亲头疼的病却神奇地好了。多少年过去，母亲还偶尔向我念叨一句："吃了你买的那个药，一辈子头再没疼过。"

盘　缠

上大学的日子越来越临近。母亲已经把行装准备停当。可是，父亲却陷入思虑。

他叫去我，拿出一张纸，说："出门要带盘缠的。你算一算，要多少钱？"

我一项一项地列出花销的项目，边列边进行说明：

一、路费：预旺到同心一块八，同心到中宁一块八（估算，路程和预旺到同心差不多），中宁石空火车站到西安火车站七块六（全价十五块二，通知书上说学生半价），单程合计十一块二，往返二十二块四。

二、书本费：二十块（宽裕地估算）。

三、生活用品：洗脸盆、牙刷、牙膏、香皂，五块（估算）。

四、伙食费不需要（师范大学包伙食费）。

以上合计四十七块四。

母亲看我趴在炕上算账，看看父亲，小心翼翼地说："老人们都说哩，穷家富路嘛。"

父亲就说："你不要搅打了（方言："打扰"之意）。"

后来证明，关于"盘缠"的计算还是有些误差，有少算也有多算：火车票半价七块六，但其他附加费既不免费也不是半价，又多了两块钱；书本费真是多估了，十块钱也用不了。

账算完，父亲斟酌再三，决定让我带六十块盘缠。

1979年，当地一个劳动力一年的分红不过十块钱。

六十块钱，天文数字啊！

父亲又算了一笔长远账：四年大学八个学期，念完大学大概需要五百块，于是，气恼地吁了一口气。

暂且打发了第一学期。1980年春，第二学期开学，父亲只凑了三十块钱的盘缠。临近出发，我到二哥家。二哥问："父亲给你多少钱？"得知具体数目以后，他笑了笑，给我四十块钱。并且，二哥的笑有点儿异样，好像是捉迷藏那样的笑。二哥是民办教师，每个月有七八块钱的现金工资。

后来经过几个学期，我发现了一个规律：父亲给三十块钱的时候，二哥就给我四十块钱；父亲给四十块钱的时候，二哥就给我三十块钱。于是就明白了二哥的笑意。

真是天无绝人之路，国家大势发生着变化。政策变得越来越宽松，父亲的心思也活泛起来，他决定做生意。

怀揣着5块钱，从大队里开具一纸介绍信，到临近的甘肃环县贩牲畜。贩卖的办法是：赊销。约好一个日子，环县的主家到预旺来取款，从不爽约。慢慢积累着信誉，慢慢积累着本钱，他也越走越远：甘肃平凉、武威，陕西彬县……。父亲也带着三哥，还有其他亲戚一起做生意。

1980年秋，开学季。上学的盘缠除了父亲与二哥给的，又有了新的内容。同以往一样，出发前的几天，已分家单过的哥哥们要请我吃顿饭。那次，从二哥家出来时，他看看我，神秘地向邻居的三哥家努了努嘴，说："你三哥刚刚贩牛回来。"果然，三哥心领神会，给我增加了十五块钱的盘缠。

是年深秋某天，晚饭刚过，我回到宿舍，看见父亲和舅舅正站在宿舍的门口，喜出望外。原来，他们做生意到陕西彬县一带，距西安已经不远，专程到学校来看我。第二天，我送他们到西安玉祥门汽车站去坐车。临别时，父亲和舅舅分别给我五十块钱、一百块钱的巨款，让我有些发蒙。家里历来的规矩，收到礼物是要交给家长的，瞅准舅舅不注意，我悄悄地要把钱装在父亲的衣兜。父亲怔了怔，坚决地还给我。

1981年暑假，一天下午，我和父亲一起到山上收庄稼。去的地方叫"狼洞湾"，从家里向北一直沿着沟壑走很长的慢坡。家人们早已上工，我不过陪着父亲去"巡游"，做一点儿零碎小活儿。

一路走，一路闲聊，没过多久，父亲却走神了：一边低头走路，一边嘴里不时地发出吆牛的声音。

沟壑空旷而静谧，连一只麻雀也没有飞过。

心生诧异，我偷偷观察父亲的脸色，只见双唇结着一层厚厚的血痂。原来，他贩牛的过程是：从数百里之外，赶着买到的牛，一路走，一路放牧，风餐露宿，只吃母亲给准备的炒面。

父亲一直说腿疼，不知道往返上千里路，还要照应数十头牛的吃草、饮水，他是怎么走回来的。那两年，父亲给我盘缠时渐渐显得宽裕，我却忽略了宽裕背后的细节。

我觉得自己无地自容。心里又暗暗发了一次重誓，狠狠地叮嘱了自己一回。

1983年岁首的寒假，我强忍着思家的脆弱，给家里打了一封信："寒假不回去了，我要作考研究生的准备。"

窗　边

这两三年，一贯刚强的母亲突然变得小病增多。先是父亲去世，母亲变得忧郁。我们急急地把母亲从老家接到银川，请大夫到家里出诊，开了些药片，服用以后还是很见效，慢慢地好起来了。

住过一段时间，母亲总说不习惯，"楼房像鸽子窝"，心慌，要回老家。过了几周时间，我回老家看望，却发现母亲精神不佳。问起来，只是说，"不轻松"，或者说嘴里发苦，或者说乏力、气短。又接到银川，去医院检查，说有老年性肺气肿，医嘱服药静养就是。住过一段时间，又是心慌，要回老家。母亲回去后，我觉着怎么都放不下心来，天天希望老家有电话来，但又怕有电话来。

再次回老家，我提议母亲到银川长住一段时间。老家距银川好几百公里，路途遥远，交通不便，遇上雨天，路滑无法行车，有点儿什么着急事，就麻烦了。再加上农村居住条件差，没有卫生间，没有自来水，冬天取暖差。城里过冬容易，心慌了还可以到城郊哥哥、姐姐家，"他们都是大院子，不是鸽子窝"，我又开玩笑说。母亲见我很坚持，就同意了，但幽幽地说："就算是辞一回路吧。"

"辞路"，意思是年迈之人临终之前上子女亲戚家走上一趟，以示作别。我听了以后，虽感到凄凉不安，但并没有放在心上。

母亲一向身体不错，几年前带她做过体检，大夫面露羡慕，告诉我说，各种指标正常、器官机能真好。这次到了银川，我劝说去医院再检查一下，却遭到母亲坚决的拒绝。

母亲开始轮流在子女各家居住。在我家住的时候，为了饭菜合母亲的口味，我还请来大姐帮忙。妻子提议说："大姐家生活不容易，我们一定要发给工资的。"

在城郊哥哥、姐姐家住时，周六我去看母亲，上午十点到，下午两点想回城里，母亲愠怒："刚来就走！"哥哥在一旁揶揄："这个老太太，来了就不让走了啊。"下次再去，母亲一见我就说："我一个多月没见你了。"哥哥说："哎，不是上周六见的吗？"母亲不相信，掐着指头算，第一次发现自己记性不好，哑然失笑。

最近一段时间，是住在妹妹家。母亲住在女儿家，总是方便的。我也几乎天天中午到妹妹家吃饭，当然，主要是为和母亲说说话。

这个周末，自己的时光已经打发在了球场和朋友的聚会中，没有去看望母亲。周一早晨上班，就接到妹妹的短信。

"哥，中午到家里吃饭?"

"好。"

"吃啥呢?"

"黄米黏饭，炒咸菜、土豆丝。"

下班以后，就坐在了妹妹家的客厅里。

单元楼房面积很小，客厅充作餐厅用，人多一点儿也是可以坐在一起的。母亲坐过来，妹妹嬉笑："妈一天不见你就想了。"又对着母亲假装嗔怪："一天不见你的老儿子就想了，天天在我们家，咋没说想我?"母亲就呵呵地笑。

黄米黏饭端上来了。但菜蔬不光是炒咸菜、土豆丝，还有羊羔肉。

"黄米黏饭有个啥吃头? 天天要吃黄米黏饭。吃肉啊!"母亲在一旁夹肉，并不停地做"思想工作"："怕胖了? 一半顿不要紧。"

为了母亲，就再吃几块。

吃完饭，闲聊了几句。母亲催促："赶紧睡去，工作的人，熬得累的。"又补充说："就在我的房里睡。"

该上班了。我起床，擦一把脸出门。母亲站在门口送，正式的样子就像送别客人。妹妹又在一旁取笑："送下楼去嘛！"
母亲笑笑："高得很啊，走不动啊。"

　　我下楼，转过楼角，去乘车。不经意回头向楼上张望，母亲正扒在窗边，从背后看着我的背影……再去妹妹家，把车停远一点。

　　慢慢地往前走，慢慢地消失在窗边的视线中。

　　我只能回头一次，隔空和母亲凝望的眼光相会，不敢第二次回头。

第四辑

江湖夜雨卅年灯——江之浒师琐忆

江之浒（1935—2020），男，江苏省南通市海门市余东镇人。1956年考入北京大学中文系新闻专业，次年，在北大被划为右派分子，受到留校察看处分。1960年毕业后发配宁夏"苦甲天下"的"西海固"地区劳动改造十年、当高中语文老师十多年。1979年右派冤案获"改正"。

——节录《夜阑，涛声依旧——江之浒回忆录》作者简介

1

我的中学语文老师江之浒先生，2020年5月12日在加拿大去世，我是很悲痛的。给他的夫人、也是我的老师魏挽淑先生及家人发了一封唁电。其文曰：

挽淑老师，江汇、泓、雪诸贤弟：

惊闻之浒恩师仙逝，不胜悲悼！几天以来，神情恍

惚，一直沉浸在回忆中。之浒恩师是改变了我人生命运的恩师，数年前，我曾撰一小文记之，蒙恩师不弃，收录在自传中。恩师蒙冤受屈，在贫困的黄土地上，传道授业解惑，立功立德立言，培育了大批的优秀人才。斯人也斯德也，至今为父老乡亲所传诵。"天不生仲尼，万古如长夜。"之浒恩师正是把文化、把读书的种子播散在黄土地从而照亮了黄土地的人！

恩师仙逝，未能见最后一面，远隔重洋，也不能前往悼念，真真人生憾事！乞挽淑老师珍摄保重，诸贤弟节哀。书不达意，聊寄哀思。海天在望，不尽依迟！

电文中提及"数年前曾撰一小文"之事，是在 2005 年。那年，挽淑老师回乡省亲，途经银川。二位老师在银川的门生数人，借挽淑老师莅临，难得一聚。席间畅谈忆旧，大家都说了好多的话，还拍了一些照片，录了音像。挽淑老师离开银川之际，我写了一篇小文《我的江老师和魏老师》，打印，请她并面呈之浒恩师斧正。那篇小文中说过："与江老师的故事尤其是那些细节，我还会写一些的，并渴望他看到后会还以莞尔的微笑。"

光阴何倏乎！距这篇小文的写作 15 年过去了，惭愧的是我未曾再写过与江老师的故事。尤可惭者，恩师夫妇二人自 1982 年离开同心县以后，我与江老师近四十年再也未曾谋面。我在读陕西师范大学中文系研究生时，1987 年初夏，访学途经南京，想着到他们夫妇工作的淮阴日报社去看望一下，但因与导师、同学同行，未便脱队，便写了一封信给江老师。后来，我听杜建录兄转述，江老师接信后颇为不悦，说"这个杨占武都到家门口了，竟然没有过来"，云云。我听说以后，大为惭然。如今天人永隔，想再见江老师一面是不可能的了，惆怅无尽！这里，记录几段故事，也只能是对自己的一种慰藉。

2

我一入预旺中学，就一下感受到了这里与村上小学的迥然不同。村上的小学，老师只一个，是名副其实的全科老师，语文、算术，包括所有的课程，都是一个人带——而且，老师是本村人，说一口本村的话。这里的老师很多，最重要的是他们来自全国各地，操着不同的方言或带有方言口音的普通话：

语文江老师，江苏南通市海门人，讲口音明显的普通话——我后来慢慢知道，南通话属江淮官话，是具有软糯婉转、吴侬软语的吴语特点的，加之江老师在沪、苏五年以及北京、宁夏的游历，他的口音受过多地方言的影响，所以就很特别。

语文魏老师，是江老师的夫人，宁夏隆德县人，讲陇东口音的普通话。隆德话属中原官话陇东片区，比较而言，和我的预旺话最接近。而且，在外地来的老师中，魏老师的普通话算是最标准的。

数学刘老师，四川绵阳人。我没听他讲过普通话，四川口音很纯粹——多年以后我还是很奇怪，这个北京师范大学毕业的先生，在京几年，竟然毫不动摇、一以贯之地说方言？

物理顾老师，上海人。他讲普通话，但他原有方言口音的顽固程度一如数学刘老师。我有时候不自觉地转动口舌模仿一下，体会他讲普通话的时候，是不是很费力。

化学刘老师，宁夏中宁县人。讲地道的宁夏中宁话，属兰银官话。

政治马老师，宁夏同心县人。讲地道的宁夏同心北部片区话，属兰银官话。

语文周老师，籍贯、口音和马老师一样。

这三位老师所讲的方言，虽然都属于兰银官话宁夏北部片区，但马老师、周老师的同心话与刘老师的中宁话还是有差别的。

……

四海之人、五方之音，他们的方言和我所在的预旺的方言差异很大。预旺话属于中原官话，后来我在陕西师范大学中文系读书、任教，有十年之久，我的感觉，预旺话是最接近关中话的。

从一个小山村，好像一步跨入了一个方言超市，所受到的冲击是可以想象的。后来，我成为一个语言学专业的学生，难道这是宿命？

在预旺中学的诸位先生中，之浒师十分突出。他教过我"农基"（农业基础知识）、语文、英语；他刻蜡板、办板报，油印讲义，样样都是能手。他写板书的时候，喜欢把竖笔拉得很长。

给我们留下很深印象的，还有他带口音的普通话。

这一堂课，是讲《左传·秦晋崤之战》。江老师先大概说一下，秦，陕西；晋，山西。"陕"和"山"，普通话都读为 shan，但他都读为 san，然后提高声音，并重读"陕"和"山"上声、平声的不同调值，以示区别：

san xi、san xi，记住了，能分清？

一教室的同学在下面热烈回应：

chi dao ni，chi dao ni；能分清，能分清。
［知道呢，知道呢；能分清，能分清］

"咦！"江老师似乎大感不解。今天，课堂气氛何故如此反常地活跃？

原来，在预旺方言中，"陕西"读为 shan xi，"山西"读为 san xi，判然有别，学生都不讲普通话，当然分得清。

待得下课，值日生上台擦黑板。他学着江老师的腔调，怪声怪气地问："san xi、san xi，能分清？"这回，下面更是雀跃欢呼："能分清，能分清。"有一个胆大的更是对着擦黑板的同学径直说："你分不清，还说我们分不清！"指东道西，很明显，这里的"你"指的是江老师。

于是，全班的同学大都第一次显示出了比老师更有学问的优越感。

但是，从老师到学生，无一人不佩服江老师的古文根底。几十年过去了，他朗读古文的神情、语调还回响在我耳边，最能够记得住的有两段：

> 十年春，齐师伐我，公将战，曹刿请见……
> 黔无驴，有好事者船载以入。……他日，驴一鸣，虎大骇，远遁。

很奇怪，我每见到这几段话，都能想起江老师，如影随形，如魂附体……

江老师受过中文系的科班训练，对方言很是敏感。他会模拟预旺当地的方言俚语，特别是回族人说的有些话，比如"乌巴力"（波斯语，可怜）。但他模拟的方言词，无疑还是带着口音的。班里有个学兄叫吕继明，他是很用功的。可不知什么缘故，有次上课让江老师逮住了，也许他还有"前科"，只听江老师一字一顿地大吼：

> 吕——继——明，你这个老——油——条！

口音浓重的普通话加上当地的俗语，有一种很特别的味道。

多年过去，当时已在宁夏回族自治区党校任教的吕继明老师，我们几个高中同学小酌，酒酣耳热之际，其中有人突然大吼："吕——继——明，你这个老——油——条！"年近不惑的吕老师仍然尴尬地"呵呵"笑了。

江老师还短暂地给我教过英语。后来，听说英语考试是以很小的比例计入高考总分的，学校也就"抓大放小"，作罢了事。1977年恢复高考，起初的几年，亏得有这样一个实事求是的政策，才不至于让我们这些落后地方的学生吃亏。江老师的英语，也是带着明显口音的，他发"that"，不能很到位地发出［æ］，right中的r，也不能规矩地发成卷舌音。物理顾老师应该也是学过英语的，有次他很有意思地问我：New Zealand为什么不按照规矩翻译为"纽西兰"而是"新西兰"？我们才学习ABC，哪里懂这个？我后来琢磨：顾老师是有意地"秀"了一把他的英语。

我上大学以后，英语大吃苦头，第一堂课的测试，竭尽所能地读了几个英文单词，其中就有that，引起老师和同学一片讪笑。测试结束，我追过去问英语老师之后将如之奈何，老师答复：你先混着，下一年会开日语课，你到时候从头学，总可以吧？我听了以后深受刺激。我自诩是中学时代的"尖子生"，竟然要"混着"？！从此比其他同学更加努力。经过努力，大学第一学期期末我的英语考试成绩 98.5 分，在三个班中名列第一，至今还记得。后来考研究生，英语也没有像对待好多考生一样，将我拒之门外。这也多亏进入大学时受到的那次刺激。

3

我家在宁夏同心县预旺镇西边的一个村子，名为龚家湾。同心县是国定贫困县，我们的村子更是沟壑纵横，十年九旱，环境十分恶劣，"人无隔夜之粮，畜无过夜之草"。这不是夸大其词的描述，实际情况就是这样。挨饿是经常的事，没水喝也是经常的事。在 20 世纪 60 年代中期直至 70 年代中后期，这种情况尤为突出，生计之难，超过通常所说的三年困难时期。老人们回忆，吃"救济粮"就是这个年代的事。恰巧在这样的年代，我在预旺中学就读初、高中。学校生活也极其清苦，学生食堂一般是学生自带的高粱面做成的"搅团"、黄米做成的黏饭，没有蔬菜，也没有油。学校没有早餐，学生也没有吃早餐的习惯，一日两餐最靠得住的还是自带的各种杂粮面烙饼，我们称为"干粮"。只有干粮不容易发霉而可以保存一周的。当然，在夏季，发霉也是常有的事。我每周六放学后，便步行大约四十里路回家，周日返校时背来下周的咸菜、高粱面、黄米和干粮。

上高中时有个周末回家，我和父亲说起了我们的老师。重点说到语文老师江之浒、数学老师刘紫裳，他们二位老师一个北京大学中文系毕业，一个北京师范大学数学系毕业，都是我十分敬仰的老师。我还说，好多学生不爱学习，不尊重老师，有些调皮捣蛋的家伙还欺负老师。江老师威严，他们不敢造次，但在背后故意把"江之浒"读成方言的"蒋只虎"，"江"读为"蒋"，有点儿和"蒋介石"拉扯、联想的意思，阶级斗争的年代，谁都知道这意味着什么；刘老师是四川人，瘦小且面善，他们就明目张胆地跟在刘老师后面学说四川话"那个"。"那个"拖着长长的语调，听起来好像"拉——羔"。

父亲沉默着听完我的描述，然后问："这两个老师有学问没有？"在得到肯定的回答后，他显示出农民式的精明和狡黠来，比画着说："我们念书的人，就是要把他们肚子里的货装在咱们的肚子里。"

我说"狡黠"，是指后来。某周天，我返校的时候，母亲交给我两筐鸡蛋。每筐鸡蛋都用麦草垫着，防止碰破。父亲交代：一筐送给江老师，一筐送给刘老师。在艰难清苦的岁月里，我知道这是母亲舍不得给家里人吃，一个一个积攒下来的。不仅如此，那个打击投机倒把的时代，老师们即使有点儿钱，在预旺公社的集市上买到鸡蛋也是不容易的。这两筐鸡蛋我是如何一直提在手里，走四十里路到学校的，现在都忘记了。

到校以后，我先盘算了一下：刘老师似乎好说话，我先送刘老师，然后再打算怎么送江老师。如此这般，打定主意，依计而行。我先到刘老师家，如我所料，刘老师先是惊讶，接着是认真地推辞，然后流露出感谢的表情，再然后说了一些感谢的话，把鸡蛋收下了。他没有为难我，这让我很愉快，也使我对接下来的行动增强了信心。

回到宿舍，提起另一筐鸡蛋，来到江老师家。没等我结结巴巴、可怜巴巴说完那点儿送他鸡蛋的"理由"，也完全没有顾忌我那尴尬可怜的表情，他简直就近于"声嘶力竭"地"吼"起来，"唵嗯，你小小年纪，唵嗯，就学会这个，唵嗯，不把心思放到学习上，唵嗯，学会这个……"

魏老师在一旁，看到了我实在的可怜相，好像用眼神"约束"了一下他。这下，我感到江老师稍有"力懈"。但怎么说呢？冰雹没有了，暴雨又来了，他又要和我"讨论"多少钱的事。这不是我要接的话茬，趁着气氛转缓，"天气转好"，既然无地自容，就干脆落荒而逃……

为什么我还记得这件小事？基本的原因有两个：我的尴尬和江老师的执拗。我想，知道这个故事，就大约能知道他的为人。如今，江老师已经作古，我很遗憾没能有一次见面，把这桩小事当成一个温馨的笑话，好好地和他玩笑一次：他会把当年"唵嗯"的愤怒变成如今"哈哈"的一乐吗？另外，我还想替我父亲辩白一下：我的父亲是1924年生人，曾读过私塾，年轻的时候还颇发过一点儿小财，做过旧时期的"保长"，算是有些文化、有些见识，用当地的话说"过过大光阴"。我小时候跟着他放羊，他一再地给我说，他的愿望是培养一个孩子去日本留学。我惊讶他的"见识"，更纳闷为什么一定是去日本留学。他说，有一次在预旺城里赶集，听一帮耆老在城墙根下闲谈当地两个有名的富户T和L（原谅我隐去他们的姓名）。T家如日中天，L家正在起步。但耆老们却一致认为：T家不行了，未来的L家将大放异彩。父亲大不解，好奇地探问其故，耆老们斩钉截铁地说：因为T家后人甚至没有读书的，L家却有后生在日本留学。这件事对我父亲的启悟太深，一辈子都萦萦于怀、耿耿于心，他就是带着这般虔诚、巴结的心态对待我的老师的，希望我的老师能给我更多的重视和学业上的照顾。送一筐鸡蛋，不是要我混个分数毕业。我认为，像我们那样贫困地方的农民，没有人比我父亲更明白教育的价值，更重视孩子们的读书。1979年夏，我参加完高考回家，父亲询问我的考试情况，我告诉他，经江老师估算，我是能考上大学的。他兴奋但不放心，直到有天在预旺赶集时碰见江老师。江老师十分肯定地说："如果同心县考上一个大学生，就是你儿子，好吧？"他回家后，喜不自禁。

我的父亲已先于之浒师作古。如今，我盼望着他们能在天堂里见面，再聊一聊。他们之间唯一的共同话题，可能还会是我吧？

4

恢复高考以后，预旺中学决定要开设英语课了。师资在哪里？可能学校经过比照，还是选择语文老师江之浒先生兼任。

我一入中学，从初中到高中，一直担任学习委员。学习委员最要紧的事，是收作业。五花八门的作业，再碰上那种拖拖拉拉、磨磨唧唧的同学，真是不胜其烦。不知何故，每门课都没有课代表，什么语文、数学、政治、英语……，收作业本的一概都是我。

该交英语作业了。作业本是纸张很薄、内页很少的那种。等到作业本收齐，我清点数量，只有两个同学因请假不在学校，没有交作业。于是，抱起来去交给江老师。

到得江老师家，江老师抬眼望一望我手中的作业，突然就阴下脸来："多少本？"我回答：四十三本。两个人不在学校，请假。"你数！"他大为怀疑，确实，四十多本作业，摞起来只有可怜的一沓，显得十分单薄。我只好当着他的面清点一遍，他目不转睛地盯着看，颇似监工。最终，查验通过，他没有发现我搞"统计造假"。我舒了一口气，准备转身开步走。

你不知道江老师什么时候会突然反转，一如他的监考：如临大敌的考场中，他稳妥地在教室的过道中前行，他背着手，目光前视，或者仰视着天花板，慢慢地从你身边踱过去，踱过去……一切都很正常，他踱过去了，你觉得你已经脱离了他的视线了，可以做点儿什么了，突然，他一个180度大转身，杀一个回马枪，鬼使神差地逮你个正着。

这次也是。正当我觉得可以撤退的时候，他按下作业本的事不表，突然来了一句：你昨天干什么去了？

　　昨天？昨天我回家了一趟。因为哥哥结婚，好不容易赶上一次过喜事，我请假给班主任马占龙老师，马老师同意的。这个理由无懈可击。

　　"唵嗯？"他眼睛骨碌碌转了一下，又来了一次反转："你哥？多大年龄就结婚？""19 岁。""19 岁就结婚？早婚？"半路上杀出来这一着，我无话可讲。

　　"哎呀，老江！"又是温婉的魏老师出马了，这回不是眼神的"约束"，而是明确的语言干预。于是乎，一场不对等的答疑结束。

　　出得门来，我暗自思忖：这个江老师会"读心术"？前面两个回合没有抓住我的把柄，难道是看出来我的些许得意而坚持"打压"？或许是"鸡蛋事件"让他对我反感？我一向表现还不错呀！好像没有什么过失让他不满。

　　很快的，我的这些想法被证实是纯属多余。第二天早晨，江老师抱着那沓英语作业本交给了我。他面露喜色，说："你不错！"我翻开作业本看看，红笔给我了一个大大的 A^+。

　　越是年龄渐长，我就越明白老师的良苦用心：他越是重视你，就越会对你严格甚至苛刻地要求。我总是很怕他。记忆中，除了表扬过我的英语作业，还有一次是在语文课上向全班同学朗读过的我的一篇作文，对我那句"为中华崛起而读书"的豪言壮语大加赞赏。还有，是在高考结束后他喜滋滋地对着魏老师表扬了我一句："这个杨占武不偏科！"2005 年，当他收到我的那篇小文《我的江老师和魏老师》后，回复了我一封邮件：

你的文风至今未变，记得在豫中时，见到你那散文式的作文，我当时惊诧不已，因为大多数人的作文，从小学开始，就千人一面一个模式。再改也难。你算是个异数。

如今，我能够肯定，江老师一直是对我抱有好感的。不过，他不愿意使我松懈，因而从不假以辞色。但少不更事，当时不能很好地理解他的深意。

我读过一则江苏籍名人的传记故事：晚清及民国初年，一位考了好成绩的儿子，归家的第一件事，竟是他的老子先将他暴打一顿，名曰"煞煞你的傲气"。莫非江老师的教育方法也属于老派的那一种？我远程参加江老师的追思会，在会上听到老师的长子江汇的追忆：他小的时候一直觉得爸爸不爱他。我希望这个故事江汇贤弟可以读到。这就是江老师、你的父亲。

5

我在机关作文秘工作的时候，经常要草拟文件文稿、领导讲话之类；经常要使用诸如"经济社会发展滞后""教育落后"之类的词句。

什么是"教育落后"？我的切身体会：不单是师资匮乏、教学条件差。

我上小学（一到四年级，即"不完全小学"）的时候，只有一个老师，要带四个年级的全部课程，且美其名曰"复式教学"。我觉得用"师资匮乏"来形容，显得多么苍白无力。

教室只有窑洞一孔，课桌是土块（方言："胡墼"）砌成的，"桌面"用当地的石膏烧熟以后，研碎加水调匀抹一下。

没有电灯。窑洞门敞开，前半部分可借日光照亮，后半部分昏暗；如果关上门，一片漆黑。

冬天没有取暖的炉子；夏天尚可，比较凉快。

没有教具，老师取一根树枝做教鞭，去皮、削结，加之"磨砺"日久，这根树枝变得光滑，也颇具教鞭的模样。低年级的学生用皮筋捆一束高粱秆作为加减法的演算工具——这个我也用过，很好用，教学的形象性、直观性很强。据说，还作为教学经验做过推广。

没有操场，窑洞出来，前行十来米处就是深沟；后面呢？没有后面。后面是高山陡坡，否则，"靠山窑"无可依靠……

这些，都可以说是"教育落后"。

但我理解的教育落后却不仅如此。我个人感受最深的是：无书可读。

我在认字以后，连最初级的那种字典都没有见过。上帝为你打开一扇窗，结果却让你什么也看不见。小学、初中时期，我只从别人那里借读过《林海雪原》《金光大道》，还有几本连环画，全是无头无尾、破损加缺页的那种，我恨不得从字缝里抠出书中人物的前世今生、前因后果来。有一年夏天，正当暑假麦黄时节，奉生产队之命，驱麻雀、护麦田，而我好不容易借到一本什么书，就如饥似渴地看起来，我的这一举动被麻雀精准地看到了，于是一哄而上在麦穗上哄抢。这情景被生产队的人看见了，褒贬不一，有个人说："装着呢！"意思是装样子、发懒、不管庄稼。

农村里甚至很少见到报纸，如果有的话，也是在生产队的干部手里。生产队经常组织学习，除了背诵"老三篇"等语录外，有时候会学习报纸的社论。"队干"从挎包里郑重地掏出报纸，恭敬地展开，请识字的人诵读。识字的人也不多，我上小学时就很荣幸地做过一回诵读人。如今我看到山区各种"文化创意产业"项目中复原的窑洞民居，墙上贴满了当年的报纸，我就知道这多少带有点想象和夸张。

于是，就形成一种习惯：如果在地上看见带有文字的纸片，便拿起来看一看。我的母亲不识字，她准备生火做饭的时候，往往拿着一片有字的纸片，过来问我一句："有用处么？"如果没有用处就可以拿去做引火了。

还做过一件事：初中毕业以后，实在无书可读，就把语文课本从头到尾抄一遍。

1977年恢复高考，全国一片热腾。但传递到我们那样偏远的农村，只能说情势在悄悄地变化。到了预旺中学走出第一位大学生的时候，学校里读书、高考的气氛陡然升温。

但问题依然存在：教材陈旧，完全不适应高考的需求，教辅书奇缺。学生们都来自穷乡僻壤的农家，自身也没有什么路子。比较而言，我还属于家境稍好一些的，搞到了一册数学书。那是上海出的一套丛书，我只得到《代数》分册，有习题、有答案。欣喜如狂地在暑假里做了一遍。我的表兄马吉福，他于1978年考入宁夏大学中文系，留给我的是一本封面为黄色、小于64开的小小笔记本，是他根据高考复习大纲做的复习资料。这很珍贵。

1979年元月，还有几个月就要高考，从县教育部门发来了几本数学教辅书。分到我们班里只有一本。早自习的时候，班主任马占龙老师进来了。当天的大事件就是这本教辅书如何使用的问题。马老师先训话，然后扬了扬手，挥舞着那本教辅书宣布：

> 这本书，啊，就归杨占武使用。啊，为啥呢？他是学习委员嘛。啊，还有呢，他是代表咱们学校到县上参加数理化竞赛的数学代表嘛！

马老师的这个决策，让我狂喜并且记了一辈子。另外，教政治的马老师真的很"政治"，他既使我得到了这本书，又替我解了围。否则，我会成为众矢之的的。

如今，走过任何一所学校周边眼花缭乱的书屋，教辅书、课外读物如汗牛充栋，鼓囊的书包压得学生喘不过气来。时代确实变了。但是，有谁能够理解我们当时对待书的感情，还有得到一本教辅书的感动呢？

我要说的最感动的事，是江老师为我开小灶。

也是 1979 年元月，一个寒冷的早晨，江老师迈着他一贯急匆匆的脚步来找我。他总是走得那么急。见面之后，塞给我几页稿纸。我打开以后，发现是依照复习大纲手抄的一些专题的参考答案。密密麻麻，工工整整。

我意识到，这是他认为必须予以重点复习的内容。农村中学没有什么图书资料，这些是他依据自己的藏书整理出来的。

我还意识到，这可能是他在煤油灯下熬夜搞成的。乡间缺电，停电是经常的事。

刹那间，我觉得自己副交感神经兴奋，泪腺收缩……

只可惜，我这个人一向疏懒，没有保存历史资料的习惯。这份手迹如果能够保存下来，那是可以传世的。

江老师这个人是有点儿"神"，他竟然能连续几年把高考的古文命题划在他指定的复习范围中。

6

自从江老师去世，一个多月了，我总不能使自己释怀。想起自己说过的还要写一些"与江老师的故事"的话，应该兑现诺言。

慢慢地回忆，锱铢积累地写。每写完一个故事，就发给当年的老师、同学，求得他们的指正。

魏老师是和我互动最多的，她给我很多鼓励，赞扬我"记忆精准"，还发了一些照片。

我在近期的下乡调研时，又一次到了挽淑老师的家乡——宁夏隆德县，心中的感慨无以言表。凑巧的是，调研到同心县时，县政协办公室主任杨彦德送我一本书《同心变迁，1949—2019》，在第33页，发现一张老照片《预旺中学教职工合影》，又见到我的那些老师。衣着素朴，坚忍清苦的生活并不能掩饰他们沉着、自信的目光……

2020年6月25日，星期四，农历五月初五，端午节，放假。我坐在电脑旁，继续写与江老师的故事，一边翻阅师友的评论、相关的照片。

2007年出版的《夜阑，涛声依旧——江之浒回忆录》，是老师唯一的著作。他在著作中几次提到我。书后的"结束语"中提及写作这部回忆录的缘起：

> "做学生的总希望多多了解老师的过去……尤其是像您这样复杂的坎坷的经历，假如我们以后有幸能读到您的自传，那将是多么令人高兴的事。"1982年的5月2日，还在陕西师范大学读书的杨占武同学，在我即将离开宁夏时，写给我的信里提出了他的这个希望。至今已25年。我已垂垂老矣，他也年逾不惑。所好这几年我下了决心，诚惶诚恐，总算完成了这二十余万字的回忆录，可以向我的学生们勉强交卷了。这当然是不平

等的。那时候，要他们交作业，是不允许超越规定期限的。

读着这样的文字，仿佛又回到与老师促膝而谈的场景。对"交作业"之说，不由得暗自失笑："夫子何哂由也？"

突然很难过：如果江老师健在，他会对我今天的这些琐忆有什么样的评论呢？

我走到书架旁，找到《曹刿论战》《黔之驴》默默地诵读了好几遍。

微信中不断地往来着节日的问候。这个端午节，平生中最难过。电脑中搜到了 20 世纪 80 年代的流行歌曲《狂流》，好几个演唱的版本一直在循环播放：

北风在吹着清冷的街道

街灯在拉开长长的影子

走过的路　想过的事

仿佛越来越远越来越长　越来越多越难以抛开

多少平淡日子以来的夜晚

你曾是我渴望拥有的企盼

太多分手的记忆

仿佛越来越远越来越长　越来越多越难以抛开

没有人能挽回时间的狂流

没有人能誓言相许永不分离

是我的错　是你错过

哦

没有人能挽回时间的狂流

没有人能了解聚散之间的定义

太多遗憾　太多伤感

留在心中

像一道狂流

是啊！"没有人能挽回时间的狂流，没有人能了解聚散之间的定义"。和江老师的故事，都发生在四十年前，已经遥远。老师的学生，大都已过花甲。四十年前，忍辱含垢的老师、饥寒交迫的学生，斯人斯境，境域是不可理解的，相见相遇相知都是奇迹；严寒风霜，不屈的生命，绽放出奇异的花，一如高原上顽强的"格桑梅朵"。没有人可以理解我们的曾经。这只是我们这一代人的芳华，只有我们自己觉得刻骨铭心。

附录：

寄黄几复

［宋］黄庭坚

我居北海君南海，寄雁传书谢不能。

桃李春风一杯酒，江湖夜雨十年灯。

持家但有四立壁，治病不蕲三折肱。

想见读书头已白，隔溪猿哭瘴溪藤。

我的江老师和魏老师

中年其实是一个最不善抒情的年龄。孩提有童趣，少年有幻想，老年有回忆，这一切似乎都与中年不沾边。人到中年，执着于事业，奔忙于生计；在现实的生活面前，中年人的想法是现实的，连语言也是现实和简短的。

处在这样的年龄，往事大部分都被尘封起来了。然而，那些刻骨铭心的记忆却有时会披荆斩棘似地涌出来。你会想起，偶尔它会如烟如雾，总是淡淡地在你心头滑过；但如果稍作滞留和品味，它就会在心头疯长，直至所有的细节都清晰起来。

起因于一次同学聚会，这样的记忆突然被开启。我长久地想起了我中学时的两位语文老师：江老师和魏老师。往事一旦被调动，简直挥之不去，最后竟至辗转反侧。从床上爬起来，在黑暗中摸索到客厅，燃起一支香烟，看着烟头一闪一闪的光亮，慢慢地想，慢慢地品味。我惊讶于这种回忆的绵长，也惊讶于自己诉诸文字的冲动。

我与我的两位老师的师生之谊，是一种苦难中的情谊。在那样的年代里，江之浒老师，一位才华横溢的北京大学中文系新闻专业的学生，1957 年被错划为"右派"，1960 年，他像一粒被狂风裹挟的沙砾，完全失去了主宰自己命运的可能，无声无息地飘落到大西北的宁夏同心县。在乡村，他和社员一起背粪、拉犁，一起吃公共食堂——后来他曾对我回忆道，同心清水河的苦咸水熬成的稀粥曾让他一天泻过 16 次。捱过了艰难饥饿的岁月，又在县城中学干了 10 年的重体力劳动。1973 年，这才"摘帽"教书。

传道授业解惑的历史一翻开，他人生的苦难便不再只是苦难。

从此，一群"读书的种子"便与他结缘。后来的一颗颗政坛上的新星、一个个学术界的骄子，便开始了真正意义上的人生启蒙，并最终奠定了安身立命的基础。

从此，我的家乡预旺就有了一位中国最高学府北大毕业的老师。贫瘠干渴的黄土地因为他的到来而变得温柔湿润。

我长久地思考着这样的现象：贫困的农家子弟，从世代居住的窑洞中走出来，从面朝黄土背朝天的日子中趔趄上路，会有那样一些人，对知识的汲取达到如此坚忍不拔的地步；而那个被污辱的灵魂一经解放，便会如此深情地拥抱他脚下异乡的土地。他的学生中，如今有省部级、司局级干部，有名校的博导，也有多名博士。我之所以称为"现象"，因为这实在是人才成长的一种范例。那是一种干柴与烈火的结合，是如饥似渴与诲人不倦的最权威的形象注解。用抽象的内因与外因、主观与客观等概念去解释，都显得苍白无力。

难道人才的成长只有破蛹化蝶、"艰难困苦，玉汝于成"这样一种模式？衣衫褴褛、食不果腹的莘莘学子与饱受生活重压、人生的考验已达极致的老师的相遇，便会产生如此壮丽的景观？

从 12 岁那年进入预旺中学开始接触江、魏两位老师，我人生机缘中的一些奇迹也就此埋下了伏笔。背着一周的咸菜、烙饼或炒面、黄米或高粱面——这是我的母亲所能给我的最多最好的照顾了！翻山越岭，步行约 20 公里山路，来到预旺中学。住校一周，然后再重复这样的路，重复这样的行囊，我的中学时代就在这样的重复中开始了。

我猜想，那个羸弱的少年一定没有给江老师留下什么印象。当时，他并没有教我们语文，而是按照那个时代的特需，讲农业基础知识。在"农基"课上，曾有过我和他一次碰撞式的交流。那是一次试验，大约是要求每个同学准备土豆和萝卜，挖出小坑后盛上盐水，12 小时后观察它们各自的变化。下堂课，江老师一上讲台，首先问大家这个试验做了没有，而回答他的是教室里的一片静寂。那个学工学农的时期，是最适宜儿童尽情游戏的好时光，有谁会去认真做什么试验！"学习委员呢？"他大声问，犀利的目光直视着大家，显然生气了。我嗫嚅着站起来。"你是学习委员嘛！你做了没有？"江老师料定我也是不会做的，语气中带着那种失望以后的严厉甚至是嘲讽。

"我做了。"我小声作答，并告诉他土豆和萝卜的不同变化，同时要起身去窗台上拿我的样品。因为有盐水，我不能把它们放在书包里。"不用了。"我感觉他已转怒为喜，并用赞许的目光看了我一眼。教室里的空气似乎流动起来了，我也悄悄地吁一口气。

以后的日子里，我与江老师也并没有更多的接触。除了听课，对他的其他方面我一无所知。印象中，他总是一年四季穿永远不变的一双黄色的胶鞋。他在学校里散步、上街买菜，总是走得很快。那是一种勇往直前的走，眼睛总是看着天，对脚下似乎不屑一顾。他像风一样从我们身边走过，我们会很快躲在一旁。等他走过去，再从后面偷窥。对孩子们来说，"北京大学"、"右派"和江老师连在一起，那就是一个谜。我们总喜欢一起在背后琢磨他、议论他。说他脑后有眼，会在监考时突然以极快的速度来个向后转，并准确无误地逮住那个自以为神不知鬼不觉正在作弊的学生；说他常在厕所里看书（那时都是乡间的茅厕），并且在厕所里背字典——背完两页，撕下来充做手纸，被撕掉的内容他能倒背如流。前面的"事迹"，有许多同学领教过，我没听说过有谁能"大难不死"，还有谁敢在他监考的考场里"横刀立马"；而后者就不得而知，但我确实看见过他手里拿着书从茅厕中走出。我想，入厕读书的习惯应该是有的。

初中的两年，我没有机会领教江老师作为语文老师的风采。那时教我语文的是他的夫人魏挽淑老师。

我以为，要找到"名如其人"的典型例子，应该是魏老师了。她的娴静、文雅，是"挽淑"的最好注脚。多年以后，我在自治区机关工作，也曾多次到她的家乡隆德县搞调研，但印象中从未见过她那样白皙、文静、书卷气十足而风姿绰约的女子。她总是沉静。我上大学后，一直到1982年他们离开，每逢假期回乡，总要去拜望两位老师。照例，江老师与我们海阔天空地聊，魏老师静静地在一旁坐，偶尔会插几句话，但不多。虽然他们都是我的老师，但即使是在这样的场合，魏老师也总是把自己置于夫唱妇随的配角位置。她与江老师之间，恰似宋词中婉约与豪放的分野。精神大餐之后往往是饥肠辘辘。这时，魏老师总要下厨做手擀长面给我们吃。那时还是粮食、副食品定量供应的年代，我们确实也少不更事，只觉得手擀面好吃，吃了还想吃，哪会再去想这也许会给他们的生活带来不便。

上语文课的时候，魏老师的风度，还有一手漂亮的板书把大家都迷住了。初中两年语文课，我只见过她一次不耐烦的神情，那时正值批林批孔批水浒。为配合形势，在语文课上同学们要发言评水浒，一位仁兄正张冠李戴、大讲特讲所谓的梁山108个好汉，并把张飞、岳飞等一帮好汉都拉扯进去，一股脑儿煮进"水壶"。魏老师先是静静地听着，脸上泛起红晕；既而很不耐烦地打断，说："是这样的，我来说吧！"于是，她讲《水浒传》是一部什么书，情节、人物是什么，毛主席评

《水浒传》的那一段话应该怎么理解。若干年后，我在读中文系汉语史专业的研究生时，就是从《水浒传》做起，把这部代表近代汉语语法特点的书几近翻烂，并以此为中介进行溯源及流的工作，研究了一种语法形式的历史嬗变。

1977年。不用详述，对处在那样一个环境中的我们这代人来说是个什么样的年份。高考恢复了。从这年的冬天开始，一年有半，喜讯两度传来，谁谁考上了大学。上大学，就是翻身把歌唱，就是鲤鱼跃龙门，就是走出黄土地，做拿工资的干部。父辈的重托，改变自己命运的希望都在这一刻。学啊学，头悬梁，锥刺骨，不信春风唤不回；考啊考，咬紧牙关挺过去，这是最后的斗争，要争取最后的胜利。这里就是分水岭，要么回乡子承父业，去捣牛后板筋；要么穿个四棱见线，搏它个封妻荫子。这里就是转折点，要么跃上巅峰，要么跌入低谷。在穷乡僻壤，大学生宛若旧时中举的举人，老乡们会争去看稀罕，同学们也会引为楷模。我记得一个赶集日，一位上了大学的学兄放假归来，他往街上一走，就成了明星。我务农的哥哥也要拉着我去看。我的恼怒突然而来，"看什么看！有什么好看的？"嘴上这么说，心里面却在发狠，"明年让你们都看我！"

这时是我的高一。语文老师成了江老师。学习语文吗？去找江老师。你看他的名字：江之浒。"浒"是什么意思？要查古汉语字典。浒者，水边也。唐诗有云："无由达江浒。"那是有来历的。你去听江老师讲课，一首古诗，他读一遍，你就会记住；一篇古文，他一串讲，你就忘不掉那些怪头怪脑的词句的释义。江老师讲柳宗元的文章，字句铿锵："黔无驴，有好事者船载以入。……他日，驴一鸣，虎大骇，远遁……"，并配以手势和身体动作，古文也就变成了白话文，带着浓厚口音（他是江苏南通人）的普通话就是最标准的国语。

偶尔，他会在语文课上和我们聊天。说到兴奋处，古今中外，文史哲，天文地理……他一边说，那一双总是犀利严峻的眼睛便会变得温柔起来。我总是忘记了他在说什么，只盯着他的眼睛。他的眼睛生动极了，会一闪一闪、一眨一眨，仿佛一闪之间就会打开知识的另一座宝库。

我从大学中文系毕业，继而又考取中文系的硕士研究生，后来又转而念了经济学的博士。自己虽常有"染缘易就，道业难成"的慨叹，但所见过的硕学之士也并不少。不知怎么，我总是不自觉地用"高山仰止""瞻之在前，忽焉在后"这样的圣门弟子语言来暗暗形容我的江老师。他是一个什么样的人呢？我总是这样问自己。也许，圣门弟子在说出"瞻之在前，忽焉在后"这样的话后，一定掷笔长叹，在无以把握的惆怅中给后人留下了这样一种飘忽不定、难以琢磨的空灵。我非敢自比圣门弟子，只是想这大体是一种体验罢。

而我与江老师的私谊，这时只是一个开始。是那样的一些细节，为这种开始做了铺垫；又是那样的一些细节，组成了我永远无法忘却的念想。西人有谚语说：地狱里尽是不知感激的人。我对我的江老师和魏老师是心存感激的。我在参加1979

年的高考时，面对着无书可读的尴尬，江老师翻检他几经流失
而幸存的藏书，按照复习大纲，像做题那样，用蝇头小字写成
复习资料送到我手中让我复习。乡村缺电，那是他在烛光和
煤油灯下熬夜写成的。多年后，大家共同回忆起江老师的教
诲，当时的同学中还不曾有谁吃过这样的"小灶"，不曾有谁
有过这样的"宠幸"。顺利考过大学的分数线后，十六岁的我
依然羸弱，个头只有一米六，体重只有八十多斤。我从未走出
过乡镇，对外界懵懵懂懂。考上大学的惊喜，几乎要被即将到
来的第一次远行的忧虑所替代。怎样填写志愿，上什么样的大
学？我又敲开了江老师家的门。他似乎早有准备，很快帮我选
了陕西师范大学中文系，并举出三条理由：首先，西安也是一
个大城市，你可以见见世面，但又不至于太远；第二，学校是
好学校，是重点大学；第三，师范学校包伙食，对贫困的家境
较合适。这样的细致入微，我还能有什么话好说？如果仅仅是
师生之谊而没有亲情，会有这样的体贴吗？每当想起这些细
节，我会惆怅和伤感。所谓"高山仰止"，我不光是说他的学
问。他的人品，他的知识分子的良知和社会责任感，他对贫困
的乡亲和黄土地的感情，是我无法诉诸笔端的。

今年应该是江老师的七十大寿吧！遥祝我的江老师在遥远
的南国精神矍铄，并请他"总不至于太拂了大家的心意"，在
他的第二故乡作次巡回。与江老师的故事尤其是那些细节，我
还会写一些的，并渴望他看到后会还以莞尔的微笑。

附记：

　　这篇小文写就后，我将它寄给了江老师。承他读过后订正了一些细节，还对一些词句做了"批改"。在文章的第九自然段尾，抄录了我在陕西师范大学中文系任教时给他写的一封信中的一段话，并注明"摘录你给我信的一段"：

　　江老师：……我想起中学时代您给我讲过的《藤野先生》了，其实，鲁迅先生挺有福气，尚有一张照片常让他回忆；您可是一生中唯一对我失约过的一次，所热切盼望的照片终于没有寄来。……我在一九八七年毕业后留校了。……每次能写点东西时，总是想起您在那块平凡的土地上对我这个幸运者的携助。也许发配至宁，对您是一件不幸，但从纯个人的角度，我却是直接的受惠者。您的弟子　占武　1989-1-23

在多彩的文明中生长

　　新疆总让我着迷。除了山川旷野之美，农耕草原之盛，最让我着迷和充满想象的，是其文明叠加沉淀和绚丽多姿。

　　据说，大历史学家都喜欢做假设。汤因比（Arnold Joseph Toynbee）就曾说，如果可以选择，他愿意出生在公元一世纪的新疆，因为新疆是多种文化交汇之地。文化人，一旦对历史上瘾，总会有一种抑制不住地往新疆跑的冲动。最著名的，有19世纪中叶冠以"探险家"名号的斯坦因（Sir Aurel Stein）、伯希和（M.Paul Peelliot）、斯文·赫定（Dr.Sven Hedin）以及日本的橘瑞超等。斯坦因在《西域考古记》提及，他考察的目的地西达阿姆河东抵新疆，"那里无论是山岭或是滴水俱无遍望是沙的平原，大部分都是沙漠地带，但是在过去的历史上却占了很重要的地位。为古代印度、中国以及希腊化的亚洲西部文明交通往来的通道历好几百年，构成文化史上很绚烂的一章。这些文明在此地各种遗物上留下丰富的痕迹，因为地方的干燥，竟能给我们保存至今。寻找这些古代文明遗迹以及因为当地地形而引起的问题，是我这几次探险最强烈的动机"。新疆，连同整个中亚地区，这片远离海洋的内陆之海，在为欧亚两大文明界定范围的同时，由于"东进西出、南上北下"的地理位置，至少在1500年间，一直是沟通欧亚文明的媒介和枢纽。承担着东西文明交通的任务的，则是古老的路网——今天以"丝绸之路"而闻名于世。加文·汉布里（Gavin Hambly）在《中亚史纲要》中将商路的作用定义为"为中亚周围的诸文明提供了一条细弱的，但又绵绵不绝的联系渠道"。外来的印度、伊朗和欧洲的艺术、思想正是通过这种"细弱"但又"绵绵不绝"的商路，不断涌入，交光互影，撞击、融合、取代，层层叠压，斑斓多彩。

我一直认为，文化、文明的多重底色，是精神创造最沃若的土壤，是哺育天才、艺术家的苗圃。我所仰慕的一些研究中亚史的西方学者，他们发现这一区域曾产生过如此之多的学者、艺术家以及技艺精湛的工匠时，惊讶赞叹之余，却往往不无揶揄地宣称这是"不相称的"。什么样的地方才会"很相称的"产生文化巨擘呢？我很是纳罕。如果说这还是西方文明中心论的傲慢在作怪，不算是"恶意的揣测"吧？

说了这么多，是读明月兄的诗文之后，有感而发的。

我与明月兄在古城西安相遇，已经是40多年前的事了。他来自新疆，我来自宁夏；虽不同班，但在一个小食堂同餐。说来可笑，如今记忆最深的倒不是互相切磋学业，而是日复一日地结伴去食堂吃饭，还有偶尔他在10号学生楼下等我吃饭的面露愠色——不用说，是因为我迟到了，吃食堂三境界："吃啥有啥、有啥吃啥、吃啥没啥"，完全取决于到达食堂的时间。这一点，即便是学富五车、不计较生活琐碎的老教授也是谨守"潜规则"的，他们绝不轻易拖堂，免得台上趣味盎然，台下跺脚连连。偶尔还有一些机会，是攒下几文碎银，一同奔向著名的西安西大街桥梓口"咥"一碗羊肉泡馍。我们一大一小（当时他 20 岁，我 16 岁），迤逦前行，收获那个年代才能体会的饱饭的快乐。除此之外，就是知道他喜欢电影以至于痴迷，能将乔榛的配音模仿得惟妙惟肖。他还写电影评论，偶尔向我展示杂志上刊发的他的影评文章，这让我既好生奇怪又好生羡慕：奇怪的是他如何有这等奢侈的爱好，羡慕的是什么时候我也能够把自己的涂抹变成铅字呢？这个愿望太高远，简直不可企及。我在这部诗文集里，又读到了他钟爱电影艺术的"夫子自道"："电影一直是我生活的另一部分，甚至一度我有考电影学院的打算，命运没有给我这个机会。虽然经风吹雨打岁月销蚀，对电影的热爱至今也痴心不改。有那么多缤纷过眼的电影垫底，有经年累月关注电影发展的积淀，我自信和圈里人谈起电影没有疏离和隔膜。"（《蔺青山》）

大学同学时期的明月兄还是什么样子呢？借着阅读他写的人物故事，算是部分地还原了我对他的印象。收在这本集子的，有十多个人物的故事，有大学同学、中学老师、文友，还有女儿，个个都很传神。特别是，我是带着窥探和好奇看他如何写我们都熟悉的那些大学同学的：性格如头发一般硬梗的王琪玖，多才多艺和倜傥不羁的陈汉生，弹吉他吟唱的张少华，"常常心事重重，忧郁如托尔斯泰笔下的聂赫留朵夫"的陆夫奎……钱锺书先生有言：别传就是自传。你要知道一个人，你得看他为别人做的传。读着明月兄的这些描述，我所熟稔的这些同学的形象在我的脑海中被"激活"了；但同时，那个当年一同和我奔赴食堂、谈电影的明月兄也在我的脑海中被"激活"了，如重温一部老电影：遥忆当年的马明月同学，多才多艺，有一些"文艺青年"的范儿；落拓不羁，总会使人感觉到一种"独立特行"的味道；然而真诚、耿直是难以掩饰的，定力是一以贯之的。不知明月兄以为然否？

同窗四年之后，他径直又回到了新疆，先是从戎，后来一直在新疆公安机关工作。所幸，没有放下文学爱好，读书、写作坚持不辍。这几年来，借助于新媒体的传播，朋友们能够便利地读到他更多的作品。

开阔的视野，奔放的豪情，瑰丽的色彩，奇谲的想象，隽永的幽默……受多元文化的浸润，在多文明土壤中成长起来的人，他们的写作，总会带给你一种奇异的感受。读明月兄的诗文，则再次强化了我的这种感受。

收入这本集子中的散文，写新疆风物的并不多，但凡所形诸笔端，和田、喀什、阿图什、阿克苏、伊犁、塔城、哈密……，一个个风物独特、文化绚丽、风格迥异的西域古城，就活脱脱地跃入眼帘。读过太多的散文，他们对山川的描摹，总是机巧的，景致是堆砌的，唯独缺乏心灵的体验。明月兄无疑是很用心的，不是以旁观者姿态去做游记。而且他很会讲故事，他描述每个境域的时候，都有人物，都有人的活动，但照我看来，他故事中的人物及其活动连同"风物"的描绘，都是为这些境域服务的，从而形成一种迷人的叙述方式。这可能是明月兄的为文"狡猾"之处吧？他描绘塔城，盛赞"塔城人有更开阔眼光和包容的胸怀"，文尾是出人意料的：

> 在塔城，有一次一个朋友请我吃饭，竟然上了一个硕大的牛头，轰轰烈烈占据了大半个桌子，让我惊骇地说不出话来。这位朋友说，你来了，我高兴，反正一个牛就一个头。在智商过剩的年代，走心才能让我们的心海汹涌澎湃。(《宁静的塔城》)

如此，你还会有比诠释塔城更好的例证吗？"反正一个牛就一个头"，这种显然是游牧民族的待客和语言表达，充裕着奇异的想象和比拟，具有十分丰富的"所指"，能给你强烈的震撼。他描述和田巴格其镇喀拉瓦其村里的那棵古老的核桃树，"在初春的阳光中缄默"，但却有一个"苍髯皓眉""仙风道骨模样，像从古代穿越过来的"老人。老人说："人嘛，活不过一棵树。不要看它现在干巴巴的，再过两天，绿衣裳一穿，这棵老树又像小伙子一样了。"(《和田一瞥》)读及此，你会感到一种禅味的哲学，一种自信，一种底蕴深厚的文化的张力。

　　我最喜欢读的，还是收在这本集子中的《我的村庄》。喀什地区莎车县，是维吾尔古典音乐十二木卡姆的故乡，明月兄驻村就在莎车县艾力西湖镇。他写村里的独柳、万寿菊、村东的叶尔羌河，更重要的是村里的家长里短和村里的人，每篇故事都极尽幽默风趣之能事，但当掩卷之后，感到的是一种"捷克式的幽默"：又笑又哭和本质的辛酸。故事的背后，是作者悲天悯人的情怀。这不是一种油腔滑调、玩世不恭的文字游戏，而是对生命、生活的关切，是对大地上的房屋、劳作、动物、植物以及边地子民简朴、清苦却达观、隐忍的生活态度及岁月伦常的深切观察。我喜欢这样坦然、从容而又感人的叙述方式。你不妨读一读明月兄的描述或者到他所描述的村子里走一走，也许会收获你所始料未及的、直击人心的感动。他叙述所驻村庄的女人布热比，生活艰窘然而自尊，劳作粗粝但不忘记每次到村委会参加集体活动时，收拾得得体整洁，换上最好的衣服，甚至洒上香水，"一次在村里的文化联谊活动中，一名歌手深情的热瓦甫弹唱打动了她，我发现她泪流满面，以为发生了什么事。通过阿迪力江的翻译解释，才知道触景生情了。她抹了一把脸，有些腼腆地说，她男人的热瓦甫弹得很好，以前经常在家里给她弹琴唱歌，歌声也是生活的给养……"（《乡村女人》）。岁月艰忍，思念流淌，我突然想起早年读过的唐代金昌绪《春怨》诗："打起黄莺儿，莫教枝上啼。啼时惊妾梦，不得到辽西。"他所描绘的主人公，一定不是劳作者吧？劳作者的思念按理不是在贪睡中形成的。

明月兄将他经年所成诗文辑为一册准备付梓，向我索序，因掩饰不住对他的文字的偏爱，惊喜惶恐之余，拉拉杂杂写了上面这些文字。正如他所说，文学写作是个人化的。我谈这些感受也是个人化的。但还是希望读者们能够将这本集子作为一个"朋友"，到"朋友"的房子里坐一下：

朋友来了我太高兴得很，一切都非常很好！(《如孜的房子里坐一下》)

(《天山明月》，马明月著，广西师范大学出版社，2021 年 9 月。)

红军西征在预旺

读到马汉德同志编写的《红军西征在预旺》，有一种久违的心情。

生于斯长于斯，自小就听说过红军在预旺的一些零星故事。

据我父亲讲，民国二十四年的一天傍晚，家里来了三位不速之客，说是借宿。吃罢饭，闲谈很久。我父亲当时 11 岁，突然感到肚子疼得厉害。后来他曾描述说，除了疼痛，肚子里面还有"冷块"。我猜测可能是蛔虫性肠梗阻，这种病有阵发性腹痛、恶心、呕吐等，还可以摸得着大小不等粗麻绳样的索状块物。如不及时治疗，可发展为完全性肠梗阻。其中的一位客人说他略懂医术，可以看看。诊断的结果是有蛔虫。他给了口服药，还扎了针，结果药到病除。父亲说，此后他再也没有犯过腹痛，并一再感叹此生再没有见到过"这么手高的医生！"。农村缺医少药，这是可以理解的。

经过治病，主客之间的关系就拉近了。客人询问：可知道

一个叫做杨子福的人？此人大名鼎鼎，草莽出身，曾是民国
十七年（1928年）第一任宁夏省政府主席门致中所任命的国
民革命军宁夏南路军总司令，当时因受到排挤正赋闲在家。我
爷爷告诉客人说：杨子福是本家，也算是晚辈。这时，客人终
于亮明身份，说他们是红军的"探子"，并掏出一张杨子福的
名片，说已经和他取得了联系。此事应该还有后续的故事，但
我不知道。

我印象很深的还有一个人，他叫白生彩，是我大姐的公
公，曾在马和福为县长的豫海回民自治政府里任财政委员。因
为有亲戚关系，来往比较多，在同心县举行的豫海回民自治政
府成立纪念活动上几次都看到他出席活动，在吴忠市的博物馆
里还见到过他的照片。他是一个很有才干的人，思路清晰，也
是一个工匠，很会盖房子。

著名的《西行漫记》记述预旺的地方很多，我尤其喜欢这
一段文字：

> 与陕西和甘肃的无穷无尽的山沟沟相比，我们走
> 的那条路——通向长城和那历史性的内蒙草原的一条
> 路——穿过的地方却是高高的平原。到处有长条的葱绿
> 草地，点缀着一丛丛高耸的野草和圆圆的山丘，上面有
> 大群的山羊和绵羊在放牧啃草。兀鹰和秃鹰有时在头上
> 回翔。有一次，有一群野羚羊走近了我们，在空气中嗅
> 闻了一阵，然后又纵跳飞跑躲到山后去了，速度惊人，

姿态优美。

五小时以后，我们到达了预旺县城。这是一个古老的回民城市，居民约有四五百户，城墙用砖石砌成，颇为雄伟。城外有个清真寺，有自己的围墙，釉砖精美，丝毫无损。

平原、葱绿草地、高耸的野草、圆圆的山丘、大群的山羊和绵羊、兀鹰和秃鹰、一群野羚羊……这些描述让人心旷神怡，我还想到也就是在八十年前的预旺一带，生态还是很好的，田园如画，半耕半牧的生活情境跃然纸上。

我写出上述的文字，是想说明：有关红军西征在预旺的故事一定很多，但多年来一直没有人作深入的调研和记述，这是很遗憾的。现在，终于有汉德同志的这本《红军西征在预旺》的书付梓出版了，这是令人十分高兴的。他在基层工作，利用闲暇时间，走村串户，铢积寸累，下了很大的功夫，终于完成了这样一部著作，是很不容易的，我们大家都应该感谢他。我不敢说他的书已经把红军西征在预旺的故事都记录下来了，也不敢说把一切文献记述中关于红军西征在预旺的资料都收集起来了，但这是一部填补空白的著作，也是一个好的开端。牢记历史，是为了不忘记前辈们走过的路，把我们正在做的事情做得更好。

后　记

　　收入这本集子的作品，有一部分在《读书》《作家》《朔方》《黄河文学》《六盘山》等杂志刊发过，但多数都未曾面世。已刊发的作品有一定的阅读量，一些读者还打问有无作品集。这次承上海三联书店美意，结集出版，给偏爱我的作品的读者提供一种便利，也是对自己近几年写作的一个总结。

　　本书名为《牧马清水河》，是取首篇文章的篇名，但也不是随意的。收在本书的文章，内容虽涉及较多方面，但主要还是对某个区域历史、地理、文化、社会生活的描写，而这个"区域"主要是清水河流域。这是我最熟悉的地方。

　　我在序言中表露过这样的意思，即这些作品在文体上如何归类呢？我的作家朋友石舒清先生读过其中部分作品，他说："很大程度上可看作是学术文章，但和惯见的学术文章面貌迥异，读来不但不觉得疲累相隔，反而有一种走马赏花的愉悦感。只有既具扎实的学问底子，又有良好的文学素养的人，才可以写得这样的文章。"除了其中的溢美之词，他的感觉是对的，即我总是游走在学术与文学、历史与现实之间。文章最要紧的是有人读，至于归于什么文体，这倒不是一个主要的问题。在此，我还想一厢情愿地借用黄德海先生在《2023文艺盘点·随笔选》——其中收录过本书《贺兰山阙作春秋》一文——序言中的话自我安慰一下："这开阔的人间，需要开阔的文字。"

感谢我身边的一众文友，他们中有学者、作家，有画家、书法家，有出版界的资深编辑，还有行政工作岗位的文字爱好者。我每写出一篇文章，总喜欢先和他们中的一些人交流，思想的启迪令人兴奋，"如切如磋，如琢如磨"的过程如此美好。

感谢上海三联书店，感谢黄韬先生以及王建、程力老师，特别是感谢本书的责任编辑殷亚平女士，她在本书编辑中所显示出的专业水准、严谨认真、耐心细致，令我感佩。

作者 2024.5

图书在版编目(CIP)数据

牧马清水河/杨占武著.—上海:上海三联书店,
2024.7(2024.12 重印)
ISBN 978 - 7 - 5426 - 8400 - 4

Ⅰ.①牧⋯　Ⅱ.①杨⋯　Ⅲ.①散文集-中国-当代
Ⅳ.①I267

中国国家版本馆 CIP 数据核字(2024)第 041428 号

牧马清水河

著　　者 / 杨占武

责任编辑 / 殷亚平
装帧设计 / 徐　徐
监　　制 / 姚　军
责任校对 / 王凌霄

出版发行 / 上海三联书店
　　　　　　(200041)中国上海市静安区威海路 755 号 30 楼
邮　　箱 / sdxsanlian@sina.com
联系电话 / 编辑部: 021 - 22895517
　　　　　　发行部: 021 - 22895559
印　　刷 / 上海展强印刷有限公司

版　　次 / 2024 年 7 月第 1 版
印　　次 / 2024 年 12 月第 2 次印刷
开　　本 / 889mm×1194mm　1/32
字　　数 / 230 千字
印　　张 / 11.75
书　　号 / ISBN 978 - 7 - 5426 - 8400 - 4/I · 1862
定　　价 / 68.00 元

敬启读者,如发现本书有印装质量问题,请与印刷厂联系 021 - 66366565